国家级非物质文化遗产代表性项目

泾源民间故事

人物轶事篇

主编 马晓勇

黄河出版传媒集团
阳光出版社

图书在版编目（CIP）数据

泾源民间故事. 人物轶事篇 / 马晓勇主编. -- 银川：
阳光出版社，2023.9
ISBN 978-7-5525-7049-6

Ⅰ.①泾… Ⅱ.①马… Ⅲ.①民间故事—作品集—泾
源县 Ⅳ.①I277.3

中国国家版本馆 CIP 数据核字（2023）第 205602 号

JINGYUAN MINJIANGUSHI RENWU YISHI PIAN

泾源民间故事·人物轶事篇　　　　　　马晓勇　主编

责任编辑 杨　皎
封面设计 杨宏霞
责任印制 岳建宁

黄河出版传媒集团
阳 光 出 版 社　出版发行

出 版 人　薛文斌
地　　址　宁夏银川市北京东路 139 号出版大厦（750001）
网　　址　http://www.ygchbs.com
网上书店　http://shop129132959.taobao.com
电子信箱　yang guangchubanshe@163.com
邮购电话　0951-5047283
经　　销　全国新华书店
印刷装订　固原博奥彩色印刷有限公司
印刷委托书号　（宁)0027517

开　本　787 mm×1092 mm　1/16
印　张　11.75
字　数　200 千字
版　次　2023 年 9 月第 1 版
印　次　2023 年 9 月第 1 次印刷
书　号　ISBN 978-7-5525-7049-6
定　价　76.00 元

国家级非物质文化遗产代表性项目
《泾源民间故事》丛书编辑部

主　　编：马晓勇

副 主 编：王　鑫　吴桂花

执行主编：王文清

编　　辑：马金瑞　张　昕　丁　丽　秦永利　马志发　金　良

　　　　　马亚丽　张　滢　李光辉　吴　勇　咸永红　陈翠英

　　　　　冯丽琴　王　芳　张　燕　马　燕　铁安阳　杨润泽

　　　　　马　旎

校　　对：陈翠英　冯丽琴

摄　　影：王文清

序

泾源县文化旅游广电局局长　马晓勇

《泾源民间故事》是国家级非物质文化遗产代表性项目,民间故事是民间文学中的重要门类之一。《辞海》解释说:"民间文学,指民间集体口头创作、口头流传,并在流传中不断有所修改、加工的文学样式。"民间故事是从远古时代起就在人们口头流传的一种以通俗的语言和象征的形式讲述人与人之间的种种关系,题材广泛而又充满幻想的叙事体故事。作为一种民间文艺形式,它具有形式多样、主题丰富、充满想象力、生动有趣的特点。这套民间故事集充分体现了泾源这一地域的文化和艺术作品的风格风貌,展现了这一地域劳动人民极富创造力的精神世界,对研究当地民间文化具有一定的史料价值。

民间文学是一个地域口传的历史。你要想了解一个地域特色,不妨从爷爷奶奶讲的故事开始。了解泾源的传统文化、历史文化、农耕文化、泾水文化,也不妨从民间故事开始。泾源民间故事,可以说是民间的百科全书。泾源民间故事是泾源先民在特定时期、特定环境下,对理想、情感、生活方式、思维方式、价值取向和审美情趣的记录。想象大胆而奇特,具有鲜明的地域特色,它涉及生活习俗、生产习俗、岁时节令、民间信仰等诸多方面。其主题集中体现了鲜明的惩恶扬善思想、赞美至死不渝的爱情、重视婚姻和家庭、主张人与自然和谐相处,呈现出鲜明的教育和娱乐功能。

泾源民间故事具有多重文化价值。故事里包含的文化、艺术、历史等人文科学,为研究民俗学、历史学、社会学、哲学、伦理学、教育心理学等提供了丰富而重要的资料。泾源优秀民间故事种类多,内容丰富,几乎反映了泾源人生产生活的方方面面。有生活故事、神话故事、人物轶事、风俗故事、地方传说、动物故事、笑话故事和寓言故事。这些故事语言朴实无华、感情诚挚真实,题材来源于生活,具有很高的文学艺术欣赏与借鉴作用和较高的地方史、文化史、民族史研究价值。

挖掘、搜集、整理泾源民间故事是一项宏大的文化传承工程,也是继20世纪80年代"三套集成"以来规模宏大的口头文学抢救工作。在充分认识到这项工作的重大现实意义和历史意义的基础上,泾源县文化馆组织非物质文化遗产中心工作人员,肩负着抢救、保护泾源民间文化遗产的责任,历时6年,冒着严寒,顶着酷暑,带着方便面和饼子走村入户。在田边地头、院落炕头,文化馆的非物质文化遗产工作者不辞辛劳,共采访搜集了1440篇民间故事,筛选整理800多篇,总计近200万字。这套故事集力求体现"科学性、广泛性、地域性、代表性"的编纂原则,删繁就简,去芜存菁,最终精选优秀民间故事480篇,180万余字,分为泾源民间故事集《生活故事篇》《人物轶事篇》《神话故事篇》《风俗故事篇》《传说故事篇》《动物故事篇》6卷本。这套泾源民间故事凝结着文化馆非物质文化遗产工作者和非物质文化遗产传承人共同的智慧和心血。在此,谨向长期在基层默默无闻的非物质文化遗产工作者和非物质文化遗产传承人表示敬意。

《泾源民间故事》这套丛书收录了当地广为流传、为人民群众喜闻乐见的故事、传说、神话等,它赞颂的是人世间的真善美,鞭挞的是人世间的假恶丑,内容健康向上,富有教育意义,是一部融通俗性与艺术性于一体的故事集。一个个妙趣横生的民间故事,已成为广大人民群众在长期的生活历程中一种自我教育、自我愉悦的有效表现形式。民间故事立足于现实生活,又富于幻想的艺术特色,简洁精练的表达方式和曲折生动的结构技巧等,都有很大的艺术欣赏价值和文学价值。发掘这些文学宝藏,对繁荣文艺创作,为社会、历史、民族、语言等学科研究提供珍贵的资料有着重大的意义。

历史的车轮永不停息,文化的魅力永远不减。在社会昌明、文脉兴盛的今天,守好老祖宗留给我们的宝贵财富,传承好他们的精神根脉,是我们每一个公民应尽的责任和义务。只有守住了我们的根,才知道我们是谁;只有把住了我们的脉,才知道我们要到哪里去。传承地域文化、保护民间故事,才能讲好"中国故事",坚定文化自信,为实现中华民族伟大复兴的中国梦凝聚精神和力量。

愿泾源文化遗产绽放时代光彩!愿泾源人民的生活幸福美满!

是为序。

2023年5月30日

目　　录

黄帝战蚩尤

黄帝姓公孙，他是少典的儿子。黄帝的父亲少典和母亲附宝在姬水河边谈情说爱时，突然天气大变，电闪雷鸣，一个闪电击中了他的父亲和母亲，随后他的母亲就有了身孕。他的母亲怀黄帝怀了三年零六个月，很多人认为黄帝的母亲怀的是个怪物，他的父亲少典也认为是不祥之兆。后来黄帝降生了，长得的确和平常人不一样。传说黄帝一生下来没多久就会说话，到了十五岁，已经无所不通了。炎帝听说黄帝有异能，就早早把大位让给了黄帝。

炎帝把大位让给黄帝，炎帝原来手下的大将军蚩尤非常不服气，带兵造了反，和黄帝的部落打起仗来。传说蚩尤有 81 个兄弟，他们号称是神的后代，这 81 个人全部是兽身人面，不吃五谷杂粮，他们以山上的石头和水里的沙石为食，个个都是铜头铁臂。在蚩尤的怂恿下，这些人经常残害百姓，滥杀无辜。黄帝几次劝说都没有结果，黄帝顺从民意，决定征召各路诸侯讨伐蚩尤。

蚩尤不但能带兵打仗，而且还会使用法术。蚩尤率领魑魅魍魉四大鬼，还请来风神、雨神来给他助阵，他还有命令龙王的能力，让风神雨神驭风降雨，又让龙王以大水冲击黄帝的军队，几次大战下来，黄帝的军队死伤无数，军队士气低下，民心开始动摇。

炎帝和他的老部下看黄帝兵败，也起兵抵抗蚩尤的军队，然而，由于都是老将残兵，不是蚩尤的对手，被蚩尤杀得一败涂地。经过这次战斗，炎帝气得吐血而亡。

据说黄帝平时驯养了熊、罴、貔、貅、貙、虎六种野兽，在打仗的时候，这些猛兽给黄帝助阵，蚩尤的兵士虽然凶猛，但是碰到这些野兽也无能为力，每到这个时候，天昏地暗、浓雾弥漫、狂风大作、雷电交加，蚩尤就使用道法请来风神雨神来击杀黄帝的士兵。

把这些猛兽放出来助战。蚩尤的兵士虽然凶猛，但是遇到黄帝带领兵士乘胜追击，忽然天昏地黑，浓雾弥漫，使黄帝的兵士无法追赶。

这仗打了十五年，黄帝的大半领地让蚩尤给抢去了。虽然这样，黄帝还是鼓舞他的士兵，让士兵们提起精神，黄帝说："我们是正义之师，老天不会偏向恶魔的，只要我们坚持下去，总有一天，我们会成功打败蚩尤的。"

为了能打败蚩尤,黄帝在四海之内广发英雄帖,在海隅找到了风后,在泽边找到了力牧。黄帝以风后为相,力牧为将,开始大举进攻蚩尤。

这一次,在涿鹿郊野,两军摆开阵势大战。黄帝认为自己有风相力将的支持,定会大胜而归。黄帝放出他驯养了多年的熊、罴、貔、貅、貙、虎六种野兽冲向蚩尤的军队。可没有想的是,蚩尤布下百里大雾,刚才还晴空万里,一时间大雾腾腾,三日三夜不散,致使兵士辨不清方向。蚩尤心想,黄帝也就这几招了,派几个畜生来对付我身强力壮的81个兄弟,看来黄帝这次要输到老家去了,一个小小的风神就让你们死得精光。蚩尤又唤来风神,瞬间狂风大作。黄帝的士兵一下乱了阵脚,连东南西北都分不清,还怎么去攻打蚩尤。

黄帝仰头大喊:"老天爷啊,你这是要灭我轩辕一族啊,老天啊,求你救救天下苍生吧,救救黎民百姓吧,别再让他们遭受苦难了!"

就在这时,黄帝的眼前一道亮光闪过,在黄帝军队的上方闪现出了一个四丈宽八丈长的方形盒子。

原来黄帝感动了上苍,上苍派出了指南车,并且派了一个长白胡子的老神仙指挥黄帝的军队。有了这个指南车,黄帝的军队一下有了方向,再加上长白胡子神仙的帮忙,黄帝的军队士气一下子高涨起来,一举歼灭了蚩尤的军队。

蚩尤一直往南逃,逃到一个山崖上无路可去,抽出宝剑刎颈自杀。但蚩尤是不死之身,为了让蚩尤不能再次复生危害人间,黄帝下令将蚩尤分尸葬于九州四极,让他的尸体不能完整地结合到一起。各部落看到黄帝打败了蚩尤,个个都高兴得跳了起来,黄帝受到了许多部落的拥护,成为中原各部落的盟主。

蚩尤的81个兄弟和魑魅魍魉四大鬼见大势已去,灰头土脸地逃回老家去了。风神、雨神、龙王也归顺了黄帝,听从黄帝的调遣。

搜集地点:泾源县大湾乡武坪村
搜集时间:2018 年 1 月 23 日
讲 述 人:王丕和
采录人员:王文清 陈翠英 王 芳 张 昕 咸永红 冯丽琴
文字整理:泾源县文化馆
整理时间:2020 年 12 月 12 日

周 王 梦

传说周王在天上是玉皇大帝,在天上管天下。他说,骰子大的江山,有啥好管的,天庭的人就说你有本事那就由你去管天下吧。于是,就把周王派下来管天下,周王从此就管了天下。那时候周王管了天下兵将也多,亲戚也多,反正身边的人都很厉害。周王有个三丈人,叫文忠,他这个三丈人很厉害,把他侄儿保着呢,没有人敢肆意妄为。

有一天,周王和他的随从到女娲庙里去上香,去的人很多都在排队。而这个女娲庙里的女娲头像不能让人看到,就用一个帘子遮挡着。周王插香时说这是个啥啊,还挡住不让人看,就随手把帘子拉开,一看是个女娲头像。原来这个女娲这么漂亮,周王心想如果把这个女娲给我做媳妇多好,这么漂亮的女娲,用帘子挡住太可惜了。周王心里想的这些不知怎么被这个女娲给知道了。女娲心想,你一个皇帝,还想要我,真不知道你是怎么坐上皇帝宝座的。女娲就想要把他的天下扰乱,让他不得安稳,看他怎么办。于是,女娲请了三个妖怪,一个琵琶精、一个狐狸精、一个鸡精。这个狐狸精是个野狐子,来去自如,而周王朝中有个将士叫苏怀,苏怀有个女儿叫妲己。皇上听说他女儿非常漂亮贤惠,就告诉苏怀要将他的女儿召进宫侍奉。苏怀作为大臣,没有办法,皇命难违,再不情愿也只能把女儿送进宫侍奉皇上。在苏妲己进宫的路上,由于路途遥远,一天到不了,走到半路天黑了,没地方可去,正好此处有个寺庙,他们一行人就进了寺院暂且住下,等明天天亮再继续赶路。就在晚上大家熟睡后,狐狸精也就是野狐子来到寺庙,它看妲己如此美丽,就想占用她的身体,趁妲己熟睡的时候,狐狸精入了妲己身体。

第二天天一亮,妲己的随从就开始赶路,一路匆匆忙忙,不敢有丝毫怠慢。害怕周王生气,就这样,妲己被抬进了宫。进宫之后,周王惊艳妲己的美貌,对妲己偏袒有加。整天围着妲己转,朝中大事也很少过问;整天陪妲己吟诗作赋,狐狸精趁着周王的宠爱肆意妄为,对朝中大臣不断进行陷害。狐狸精今天杀一个朝中大臣,明天杀一个朝中大臣,周王身边的忠臣都被狐狸精杀完了。没有人保护他了,这个女娲当初告诉狐狸精不能杀忠良。但是狐狸精没有听,反而杀的都是忠良。有个叫黄飞福大将,他的妹妹也就是周王的第一个妃子,也被妲己杀害了。黄飞福跑去找周王评理,此时的周王已经被妲己迷得团团转,哪有时间理会。黄飞福想替妹妹报仇,要杀了苏妲己。他开始反了,不保护周王,离开了周国,带领他的士兵来到西岐,投靠了吴王,就是文王。文王有一百多个儿子,其实是他收的义子干儿子,不是亲生的,亲生的只有两个。文王二儿子是武王,周王听说文王八卦算得好,周王就把文王召进宫。周王身边有两个奸臣,一个叫费仲,另一个叫幽魂,这两个奸臣看文王进宫了,就来到文王住处问:听说你卦算得好得很,不如就此给我俩算一算以后的征途。文王说你往前走三步,再往后退三步。费仲就照做了,前走三步,后退三步,文王对费仲说你以后会在冰眼里冻死。费仲一听,甚是气愤,净胡说八道,就在周王面前参了文王一本,周王就把文王关进大牢,文王临走之前就安顿儿子:我算到我这三年之内有牢狱之灾,三年之内你不要来看我,三年之后再来看我。眼看再有七天就满三年了,儿子急得坐不住,就来到周国。文王听说自己儿子来了,心想儿子肯定活不了了,甚是着急,但是他在牢中没有办法。文王儿子很出众,是个才人,仪表堂堂,被妲己看上了。妲己让文王儿子做他的男人,文王儿子说我是文王后人,这个不行,拒绝了妲己。妲己发怒了,竟敢拒绝我,就把文王儿子杀了,剁成肉,包包子让文王吃,看他吃不吃。他要是吃了就证明他八卦不行,不吃就证明他八卦好。于是,就把文王儿子的肉做了五个包子给文王端来,文王一看这就是儿子的肉。我怎么能吃儿子的肉,逼得没办法,我要是吃了就对不起自己儿子,但不吃就一直得待在牢中,就把包子吃了。妲己看文王连自己儿子都算不出来,八卦厉害肯定是吹的,就把他放出来了。他在回西岐的路上把包子吐出来,变成五个兔,兔刚好是文王的儿子。幽魂对周王说,你把文王放了,人家有一百个儿子,以后要是攻打周国看你咋办。周王说:赶紧去追上他把他杀了。追到半路上,有一个悬崖,过不去。眼看周王的人来了,文王正在着急时,他的第一百个后人来把他救走了。他儿子说父皇,你坐在我背上,我把你驮过去,等周王的兵马到后,文王和他儿子已经飞过去了。到了悬崖对岸,周王的人过不去悬崖,眼睁睁看着文王逃走。到西岐了,文王由于伤心过度,年事已高,不久就死了。文王死后,武王就坐了天下,武王开始练兵整顿讨伐周王。

妲己自从来到周王朝,就要盖个摘星楼。摘星楼38层高,是用老百姓的血汗钱一层一层盖起来的。妲己自从盖好摘星楼后,整天就在摘星楼里饮酒作乐。武王听说妲己整天在摘星楼饮酒作乐,就找机会在摘星楼点了一把火,把妲己和摘星楼一块烧了。周王得知此消息赶到后,妲己和摘星楼都已化为乌有。周王开始消沉,身边的大臣也被妲己杀得杀,走得走,周国百姓也恨他入骨。武王开始攻击周国,把周王杀了,开始建国立业,就这样周国灭亡,周王死了。

搜集地点:泾源县六盘山镇大庄村

搜集时间:2018 年 3 月 21 日

讲 述 人:陈连理

采录人员:王文清　王　芳　咸永红　张　昕　张　滢　陈翠英　冯丽琴

文字整理:泾源县文化馆

整理时间:2020 年 12 月 12 日

周文王访贤

历史上的姬昌就是周文王。周文王在位五十年，是中国历史上的一代明君。周文王在位期间，广罗人才，访贤时听到有个叫姜子牙的贤人，周文王就想无论如何都要把姜子牙找到，并且挖到自己身边。

周文王为何要寻访姜子牙呢，是因为武吉这个人。有次在访贤的路上，周文王遇到了一个叫武吉的壮士，武吉说："我给你介绍一个人，这个人本事特别大，你一定要去找他。这个人每天算我的这一担柴能卖三个钱，就能卖三个钱；算着能卖五个钱，就能卖五个钱，那准得了不得！"武吉介绍的这个人就是姜子牙，周文王听了这个建议，派人去请姜子牙。

派去的人看见姜子牙正在渭水河边钓鱼，看似拿个直竿子钓鱼呢，不管鱼儿是否上钩，只管坐在旁边专心地看他的兵书。请姜子牙的人跑到跟前一看，姜子牙头不抬眼不睁，嘴里念念有词："钓钓钓，钓钓钓，大的不到，小的到。"请姜子牙的人叫了半天，姜子牙也没动弹，若无其事地只管看他的兵书，好像旁边找他的人根本就不存在。来请姜子牙的人，回去给周文王说："我叫了又叫，人家就是不来。"周文王说："他怎么说的？"跑腿的说："人家头不抬眼不睁，嘴里一直说'钓钓钓，大的不到，小的到。'"周文王一听心领神会，说："哦，人家是让我亲自去请他呢，我是大的，你们小的去请人家就是不来。"

这姜子牙每天只钓两条鱼。姜子牙每天就把一个直钩子放在水上，愿上钩的上。每天泾河老龙王就给送两条鲤鱼，不多不少，刚够他们家的生活所需。卖鱼换来的钱，买的面刚够全家人当天吃饭，连第二天吃的面都没有。姜子牙的妇人给姜子牙送饭去了，一看姜子牙是这样钓鱼的，生气地说："难怪你一天给咱们只钓到半斤重的两条鱼！你拿个直钩子能钓上个鱼吗？"姜子牙的妇人一把拔下自己头上的簪子，只一阵阵工夫钓了半鱼篓的鱼。姜子牙看完他那几页兵书，回过头一看，不得了了。他的妇人钓到的都是龙子龙孙，姜子牙给妇人说："你赶紧回去，你这是犯扫帚星呢，啥都干不成！你给咱们一钓鱼竟把祸闯下了！"姜子牙把妇人钓上来的鱼全部放了。

　　周文王一看,他不去姜子牙不来,于是就亲自跑到河边去请姜子牙。姜子牙说:"我坐轿子,你牵绳。"文王都给人家答应了,说:"能成! 你坐轿子,我牵绳!"姜子牙给周文王一根很粗的绳子,说:"你啥时候把这根绳子拉断了我再给你答复。"周文王一看:"我的个天吆,我是个西伯侯么,我啥时候能把这么粗个绳子拉断么!"走的时候,姜子牙就给周文王说:"你一边走,一边把你的脚步数记下来,到地方了我有话给你说。"

　　周文王扶着姜子牙坐上轿子,周文王开始背着绳子拉车。开始拉车之前,周文王心想,这么粗的一条绳子,我拉到猴年马月也不得断啊! 这样实打实地拉,不动点心思,不想个办法这哪成啊? 周文王急得团团转,一低头无意间看到了地上的破碎瓦片,他偷着在地上捡了一块瓦片攥在手心里,拉车的时候边走边偷着割手中的那条粗绳子,一直走了 880 步,绳子才被他割断。周文王说:"现在绳断了。"姜子牙说:"你走了多少步?"周文王说:"我走了 880 步。"姜子牙说:"你拉我 880 步,我保你 800 年!"周文王说:"那我把绳子接上再继续拉你!"姜子牙说:"那不行! 天机不可泄露,说过的不灵! 刚才我让你数过的,你再接上数就不起作用了。你拉我走了 880 步,我保你们周家的江山坐 800 年。"

　　后来,在姜子牙等贤能人士的辅佐下,周家的江山一直持续了 800 年。

采录地点:泾源县六盘山镇和尚铺村

采录时间:2020 年 12 月 14 日

讲 述 人:李　强

采录人员:王文清　陈翠英　王　芳　咸永红　冯丽琴

文字整理:泾源县文化馆

整理时间:2021 年 8 月 21 日

神农尝百草

神农氏就是人们所说的炎帝。传说炎帝牛头人身，出生在烈山的一个石洞里，一生下来因为他的肚皮是透明的，可以看见各种植物在肚子里的变化，这样能分辨什么植物可以吃，什么植物不可以吃，亲尝百草，以辨别药物作用。炎帝从小聪明伶俐，很快得到了首领的赏识，最终把他确定为接班人。上古时候，五谷和杂草长在一起，药物和花草长在一起，分不清哪些植物能吃哪些果不能吃。传说有一年开始天天下雨，这雨一下就是九年，上古的人都以打猎为生，这九年的雨下得飞禽越来越少，就连地上跑的走兽也越来越难打。人们打不到猎物，只能饿肚子。那时人们没有吃的，而且还有一种瘟疫在人们之中传开来，看着身边饿死病死的人越来越多，老百姓的日子越过越疾苦，作为部落的首领，神农氏一天比一天发愁，怎么才能让百姓有东西吃，又怎么能让百姓的瘟疫得到救治呢？

神农氏把自己关了起来，苦思冥想了三天三夜，在快要绝望的时候，他的肚子开始咕咕地叫着，他也好几天没有闻到肉味，喝一口肉汤了。他拍着自己的肚子说："你也没得吃，怎么办呢？"撩开肚子上的粗麻衣，他看到了自己的肠子在透明的肚子里像粗麻绳一样缠着，突然他大叫一声："有了，有办法了！"

他的肚子能分辨哪些植物能吃哪些植物不能吃，他决定亲自去尝试植物，至少吃这些东西百姓不会饿死啊。

于是，他带着一批臣民，从家乡出发，向大山里走去。可是连年的大雨下得连花草也没有长出多少，他们边走边寻，一直走哇走，脚和腿走肿了，脚上也起了厚厚的茧子。他带的臣民们走不动了，慢慢地跟着他走的人越来越少，最后只有神农氏一个人还在向大山深处行走。走了不知道多少个日日夜夜，神农氏终于看到了一个神奇的地方，这里的高山一座连着一座，山上长满了奇花异草。远远地就能闻到花香的味道。正当神农氏高兴地向大山奔跑时，一群毒蛇围住了他，没走多远，有的缠住他的腿，有的缠着他的脖子，有的缠着他的手，缠着他脖子的毒蛇越缠越紧，还张开血盆大口咬住神农氏不放。神农氏拼命反抗，虽然他打败了毒蛇，但蛇毒已经侵入他的身体，在他昏昏沉沉的时候，他抓了一把身边的草吃进肚子。谁知，这棵草有解蛇毒的功效，神农氏获救了。

为了辨别药性，神农氏尝遍了山上所有的花草，有时一天能中毒70多次，每次都能用花草进行解毒。一次，神农氏尝到了一种叫断肠草的植物，吃进肚子以后，肠子就像要断了一样的疼痛难忍，豆大的汗滴像是从身体里蒸发出来一样。神农氏忍着剧痛，继续尝试百草，在他的坚持下，断肠草的剧毒也被化解了。

在神农氏尝百草的过程中，除了毒草毒虫给他带来的伤害以外，还有山中的猛兽时常来攻击他。有一天，突然从峡谷窜出一群豺狼虎豹把他团团围住。神农氏挥动着手里的木棍，可豺狼虎豹一点儿也不害怕他，有几只凶猛一点的虎豹向他扑来，他左躲右闪，虽然躲过去了，但还是被豺狼虎豹们围着。打走了一批，没有几步又来了一批，一直打了七天七夜，最后，附近的村民们听到神农氏抽打豺狼虎豹时发出的嘶叫声，才赶来帮神农氏一起赶走了豺狼虎豹。

看到神农氏遍身是伤，村民们劝神农氏回去。神农氏摇着头说："我不能回去！百姓还处在饥饿之中没有食物吃，瘟疫传开了也没药物治疗，作为你们的首领，我怎么能回去啊？"说完后，神农氏慢慢地站起来，拄着木棍继续进了峡谷，走向另一座茫茫大山。

村民们被神农氏感动了，一个老一点的村民说："反正现在也没有啥吃的，等着也是死，不如咱们跟了首领，说不定还能捡一条命哩。"村民们纷纷赞同老村民的话，愿意跟着神农氏一步一步走下去。又整整走了七七四十九天，来到一个地方。这里的山半截插在云彩里，四面是刀切崖，崖上挂着瀑布，长着青苔，溜光水滑，看来没有登天的梯子是上不去的。村民们又劝神农氏说："算了吧，还是趁早回去。你已经尽力了，我们听天由命吧。"神农氏还是摇着头说："已经坚持了这么久了，现在放弃就是前功尽弃，不能回，我不能回，如果你们想回，你们回去吧。"看着高入云端的山峰，有几个胆小的村民放弃了，顺着来时的路往回走。

神农氏站在一个小山峰上，对着高山，上望望、下看看、左瞄瞄、右瞅瞅，这山又高又远，真是不好过。这时传来几声鸣叫声，远处几只猴子窜来窜去，看着它们顺着高崖上的树藤跳来跳去，来去自如，神农氏灵机一动，用树藤搭成梯子，哪怕一天一节，也总有爬到高峰顶端的一天。他从春天搭到夏天，从夏天搭到叶落，又从叶落搭到飘雪，不管是刮风下雨，还是飞雪结冰，他从来都没有停下，传说他搭了360天，一天搭一层，一共搭了360层才到了山顶。

山顶上像是另一个世界，神农氏被眼前的景象惊呆了，山顶上真是花草的世界，红的、绿的、白的、黄的，五颜六色，密密匝匝地生长着。神农氏喜出望外，他叫村民们提防着猛兽的攻击，自己采摘花草，把一棵棵花草放在嘴里尝着。山顶上的风大，气温也低，到了晚上非常冷。神农氏让村民在山上栽了几排树，又搭了些木屋，屋顶上盖着茅草，这样不管刮风下雨，还是飞雪冰冻，村民们再也不害怕冷了，他还学火神钻木取火，把攻击他们的野兽的皮剥下来防寒，把猛兽的肉割下来烤熟，年纪大的村民们也能咬得动，而且味道更好吃。

白天，神农领着村民到山上尝百草，到了晚上，他叫村民们生起火堆，把白天尝试的过程记载下来,哪些草是苦的,哪些是甜的,哪些能充饥,哪些吃了会中毒,哪些能解哪些的毒,哪些果子不能吃,他让村民们记录得清清楚楚,看着自己的首领这么拼命,村民们记得更认真了。

有一天,神农氏尝了一棵草之后,感觉天昏地暗,一下栽倒在地上,像这样子村民们已经习以为常了,神农氏经常这样,不过平时他一会儿自己就会醒来,可这次很长时间都没有起来,村民们惊慌失措,连忙扶起来,大声叫喊着他的名字。过了好一会儿,他才慢慢地睁开眼睛,他想张开口说话,可是已经没有说话的力气了,他明白这次中的毒不一般,或许他的生命到此就结束了,看着远处一棵红亮亮的灵芝草,他指指灵芝草,又指指自己的嘴巴。村民们明白了他的意思,急忙把灵芝草摘来捣碎,喂到他的嘴里。果然,毒气解了,神农氏又恢复了之前的活力。

村民们很心疼神农氏,劝他放弃了,他还是摇着头说:"不能回,我的百姓还在饥饿之中,还有瘟疫没有清除,作为首领,我怎么能回去呢?"说完之后,神农氏又开始尝花草了。

有一天,一只全身红彤彤的鸟儿衔着一棵五彩的谷穗在神农氏的头上飞来飞去,一不小心彩鸟将谷穗掉在了地上,这时正好被尝花草的神农氏看到了,还没等彩鸟飞下来衔谷穗,神农氏抢着将谷穗拾了起来,把谷穗的颗粒取出来,放在嘴里,感觉很好吃,而且还能充饥。于是,他叫村民们到处去寻谷穗,他把谷穗埋在地里,第二年就长了一片。他还教会人们砍倒树木,用石头制造石斧、石锄等工具,开垦荒地,种起了谷子。

就这样,他尝完这一山的花草,又到另一山去尝试,走遍了千山万水,翻过了一山又一岭,又走了九九八十一天,他先后尝出了麦、稻、谷子、高粱能充饥,就叫村民把种子带回去种植,这就是后来的五谷。他还尝了365种草药,写成了《神农本草》,让天下的百姓生病时有药可医。

神农氏不仅为百姓们带来了麦、稻、谷子、高粱的种子,让他们不再忍受饥饿,而且还带来了能治瘟疫的草药。在神农氏的带领下,他的部落越来越强大,最后成了中原百姓最多的部落,而且神农氏也更加受到了黎民百姓的爱戴。由于神农氏这些可歌可泣的故事,人们便称神农氏为医药之祖。人们为了纪念他的功德,奉他为药王神,并且建了药王庙祭祀他。

搜集地点:大湾乡武坪村

搜集时间:2018 年 1 月 23 日

讲 述 人:王丕和

采录人员:王文清　陈翠英　王　芳　咸永红　冯丽琴

文字整理:泾源县文化馆

整理时间:2020 年 12 月 12 日

神医扁鹊

扁鹊外出给人治病，家里的老母亲由扁鹊的大哥照顾。这一年母亲得了病，大哥四处求医都没有医好母亲的病。无奈之下，大哥想到正在周游列国的扁鹊，弟弟医术高明，被人们称为神医，弟弟肯定能治好母亲的病。大哥收拾了盘缠和行李，就背着母亲去寻找扁鹊。扁鹊那时周游到了河南一带，他把给人看病得到的钱托人带回家里，让母亲的生活有所保障。顺着每次带钱来的人见到扁鹊的地方，大哥摸清了扁鹊的行医路线。

大哥背着母亲从家里出发，走了不知道多少个日日夜夜。终于找到了扁鹊，扁鹊给母亲把了把脉，又看了看母亲的眼睛，摇着头对大哥说："咱妈的病已经很严重了，依我看是治不好了。不如让咱妈在这里多住几天，转一转，看一看，也算你没有把母亲白送到这里。但转的时间不能太长，要不然咱妈就要把命断到这里了，想落叶归根都难。"大哥带着母亲在扁鹊看病的地方转了两天，两天后又背上母亲往回走了。

这天到了一个深山里，大哥背着母亲上山，走了一会儿，母亲让大哥把她放下："你歇息一下吧，走得有些累了，把我放下来，我有点渴了，你找点水来让我喝吧。"大哥擦了头上的汗，把母亲放下，让她靠在一棵大树下乘凉，提着水罐罐走了几个沟，过了几个洼，跑到东又跑到西，总是找不到水。正要放弃回到母亲的身边时，大哥看到水照的影子一闪一闪地，撵过去一看，只见一个人的脑瓜壳子躺在阴沟里。下过雨以后，水就进脑瓜壳子里了，再仔细一看，两条六七寸长的小白长虫在水里游。小白长虫刚脱了的皮还在水上飘着呢，再走近时，一股腥味扑面而来。这水是喝不成了，蛇有毒呢，而且味道还大。但转念一想，母亲正渴着急需要水，如果没有水会把母亲渴死的，有了这一点水说不定能救母亲一命。他一边想，一边走近人脑瓜壳子，往水罐罐里倒了点水。走到母亲身边，把水给母亲喝了，母亲喝了之后，又缓了一阵，觉得自己精神了起来，她靠住树起身，感觉身体比之前轻了很多，母亲对大哥说："你不用背我了，你把我搀上，搀上咱们母子两个慢慢走。"

母子两个路过一个村庄，有只母鸡刚下完蛋正在叫，母亲念叨着说："这鸡一叫唤，我想起咱们好久都没有吃鸡蛋了。还记得咱们在家里的时候，你每天还会孝敬我一个鸡蛋，要是有鸡蛋吃那就更好了。"大哥背着母亲到村庄里四处打探到了母鸡的主人，敲开院门，这家的老婆子不想给他们鸡蛋，老婆子的媳妇，在家里听到老婆婆和大哥的对话，出门对老婆婆说："妈，咱们把这个黑头鸡蛋给这位老婆婆吧，你看她也一把年纪了。又走了这么长时间的路，既然她想吃，咱们就把这个鸡蛋给她，让她了一下心愿吧。"母亲接过鸡蛋，走到那家的灶房里，借了一个碗把鸡蛋打碎到碗里生喝了。这喝下去没多久，精神更好了。老母亲走路不要儿子搀，自己能独立走路了，没走多久，突然下起了大雨，荒郊野外的没有个遮蔽的地方。不多时，两人成了落汤鸡。雨过之后太阳出来了，太阳一阵暴晒，不一会儿，两人身上的衣服就晒干了。经过太阳的炙烤，老母亲的病一下好了，像个正常人一样了。老母亲高兴地对大哥说："这下咱们慢慢走，慢慢走着回。"

回到家里，大哥对弟弟扁鹊越想越胀气：你是个名医，人人称你为神医，你能给旁人看病，却不给自己母亲看，还说是快死了，我得好好地砸砸你的招牌。于是，大哥在家安顿好母亲以后，起身去寻找在外给人医病的扁鹊。见到扁鹊，大哥就生气地大骂："你这个忤逆不孝的东西，咱妈有病了，我把咱妈远远地送来让你给治病，你说咱妈没得治了，快要断气了。现在咱妈病好了，你是个啥神医啊？"扁鹊说："大哥息怒，给咱妈治病的方子我有呢，可是没有地方去抓药啊？除非是咱妈在路上碰到了奇迹发生，不然这病肯定是没得治了。"扁鹊拿出给老母亲开的药方给大哥看，大哥一看药方傻了眼：

> 头骨天降雨露水，
> 二龙脱衣洗澡汤。
> 黑鸡头生双黄蛋，
> 淋过大雨晒太阳。

大哥半晌惊叫了一声，说："我弟果然是神医啊，咱妈回家途中果然是遇见奇迹了，你这个药方上的几味药，都是咱妈回家途中遇见的，连个顺序也没有变。"于是，大哥高高兴兴地回家去了。

扁鹊在同一个地方不会待很久，换到了另一个地方。刚到那个县的街道上遇见一队抬着棺材又哭又喊的送葬队伍。棺材经过扁鹊面前时，扁鹊看到棺材缝缝正在滴血，滴下的血还是热的。扁鹊拦住送葬队伍，问道："你们抬着一个活人要去哪里？"

"活人，你别胡说了，谁会把活人抬着去埋？这人死了都好几天了。"抬棺的人说。

扁鹊说:"你们抬着的这个人没有死。"

抬棺的人说:"死了好几天了,是我们亲自把她放到棺材里的,怎么会是活人呢?"一个抬棺的这么说,其他几个也附和着说:"是死人,你别在这里胡说了。"

扁鹊说:"你们抬的可是个女人?这个女人在生娃娃时,是不是难产?她是昏迷,不是死了。"一个抬棺的说:"的确是个女人,的确是生娃娃时难产。"扁鹊连忙让人打开棺盖,取出针包,给棺材里的女人扎了两针,棺材里的女人有了气息,手指开始动弹了。扁鹊让人扶着女人坐在棺材里,又扎了两针,女人一使劲,一个婴儿呱呱坠地。扁鹊接过婴儿,是个又白又胖的小子。这家人把扁鹊请到家里盛情款待。扁鹊不喝酒,吃了几口饭菜就匆匆离开了。

扁鹊到了另一个地方,碰到了一件怪事。有户人家在街道上开了家店铺,男人在店铺里经营生意,女人在家操持家务。扁鹊经过这家店铺时,正好女人端了一盆脏水往外泼,她并没有看到扁鹊,一下给扁鹊泼了一身脏水。女人跑过来又是道歉,又是给扁鹊擦衣服上的脏水。女人把扁鹊请到家里,要给扁鹊换身干净的衣服,因为这一身的味道会让病人受不了,扁鹊只能答应女人进了屋子。进屋一看,扁鹊惊呆了,说道:"你们家掌柜的今天晚上有性命之忧。"女人开始骂了起来:"你这个人一进人家里,就说不吉利的话,我不就给你泼了一身脏水。你至于这样咒骂我们吗?你赶紧出去吧,衣服也别换了。"她边说边把扁鹊往门外推。扁鹊出了门,就在这家店对面的客栈里住下了。知道对面的人家会出事,扁鹊也没有睡实。到了半夜,听到对面店铺里呼天喊地的叫声,那家店铺的掌柜绞肠杀的病犯了,扁鹊提着针包药箱到了对面店铺里,取出银针给掌柜的扎了几针,不多时,掌柜的病就有所好转。掌柜的父母见了扁鹊说:"真是对不起神医,儿媳有眼不识泰山,不知是扁鹊神医。白天多有得罪,还望神医不要记挂。"

扁鹊又到了一个地方,刚摆上医摊。一个男子风尘仆仆地跑过来,见到扁鹊扑通一声跪下:"神医求你救救我的命吧。"扁鹊说:"足下并没有得病,我咋救你啊?"那个男子说:"我是没有病,我家里的那口子有病,她写了一首诗给我:无须说,自从夫君中酒邪,泪眼由心家难破,行至此,再无着,爱女无人管,此子后难舍,我死目难眠。"扁鹊看到诗信,拿出纸墨,也写了一个"方子":"瑶妻随我五六年,情投意合心相连。尽管为夫不作脸,没管家园俱拆散。本日已醒回头晚,投生必将成笑谈。想死夫妻同相赴,阴曹地府再团圆。"男子回到家把诗信给了妻子,说道:"要死咱们一起死,咱们一家到了地府也能团聚呢。"说完举起尖刀刺向胸口,女人连忙拦住男子。男子不顾女人的强拉,举起尖刀还是要往心口扎,女人一时心急,"哇——"地一声一口血吐了出来便晕倒在地。男子急了,扔下手里的刀,抱着妻子也哭了起来。扁鹊走进屋里,给女人扎了一针,对男子说:"贵夫人心里的怒气已消,再服几味药,必将痊愈。"几服药吃完,女人的病好了,夫妻两个的日子更加甜美了。

搜集地点:泾源县六盘山镇和尚铺村

搜集时间:2018 年 3 月 28 日

讲 述 人:赵海江

采录人员:王文清　陈翠英　王　芳　张　昕　咸永红　冯丽琴

文字整理:泾源县文化馆

整理时间:2021 年 4 月 10 日

赵海江　1947 年
3 月出生于六盘山镇
和尚铺村。

孙膑与庞涓

孙膑拜鬼谷子先生为师,在鬼谷子先生那里学习兵法。有一天,他在山上学习,感觉很枯燥,就到山下闲逛。结果在山下碰到了一个同样爱好兵法的小伙子庞涓,两个人聊了几句,孙膑感觉这个庞涓对兵法还有些造诣,如果带到山上去向鬼谷子先生请教,三五年之后庞涓肯定能学业有成,成为一个大将军。

孙膑带着庞涓到鬼谷子先生处,鬼谷子收留庞涓为他的学生,但鬼谷子见到庞涓的第一眼就看出了庞涓是个有魔性的人,没有给他过多地教授兵法知识,而是让他挑水浇花。孙膑和庞涓两个人能玩到一起,孙膑把他从鬼谷子先生那里学到的知识全部教给了庞涓,两个人情谊很深厚,还结成了异姓兄弟,孙膑年纪稍微大一些,是兄长,庞涓为弟弟。随着庞涓从孙膑那里学到的兵法越来越多,他的魔性变得越来越强。一次,鬼谷子让庞涓担上百十担柴,到了晚上,鬼谷子不见庞涓担柴回来,只见他担了一担草木灰来了。师父问他担的百十担柴在哪里,他说百十担柴他一时半会儿还担不了,他在山里把百十担柴一把烧成了草木灰,他担的一担草木灰就是百十担柴。鬼谷子先生摇着头离去,并没有责骂庞涓。

但之后鬼谷子先生还是很少给庞涓教授兵法,庞涓心里很不服气,虽然表面上对孙膑以兄长相待,但心里已经对他怀恨在心。他给孙膑说他不想在这里学习了,先生啥也不教给他,成天让他去砍柴浇花,好男儿志在四方,整天干砍柴浇水的活没有多大的出息。孙膑问:"那你打算做啥呢?"庞涓说:"听说各国国王正在招收天下贤士到列国做将相,不如你和我一起去列国为将。"孙膑觉得自己学业尚未精熟,还想进一步深造;另外,也舍不得离开老师,就表示先不出山。他给庞涓说:"我离学成还很远,你如果实在不想在山上待了,那你给先生说一声,虽然给你教的兵法没有给我教得多,但毕竟还是咱们的师父呢。"庞涓找到鬼谷子,并没有给先生说他要去列国的事情,只是说他到山上多年了,也学到很多兵法,他想用学到的兵法去为国家献策出力。鬼谷子说:"你学到的兵法够你用的了,如果你想下山那就下山去吧。"鬼谷子心想:"这个人魔性这么大,他学到的兵法越少越好,兵法不能让坏人学了去,要不然成魔就会祸害一方。"

庞涓到了燕国①,见到了燕王,燕王便任命他为元帅,执掌燕国兵权。庞涓确有本领,不久便带兵侵入燕国周围的诸侯小国,连连得胜。打败了燕国周围的其他几个小国,还有一个强大的齐国是燕国的心头大患。庞涓在山上学兵法的时候,就听说鬼谷子给了孙膑三卷兵书,每一卷兵书都可扫平列强君临城下,他给燕王说:"齐国有个孙膑的人,兵法厉害得不得了,他的手上有三卷兵书更是了不得,如果能得到此人的三卷兵书,大王肯定是诸侯国里最厉害的国君。"燕王问:"孙膑这人的能力怎么样?"庞涓说:"那自然是十分了得。"燕王说:"你能把这个人请到咱们燕国来吗?"庞涓说:"能,我与此人关系很好,还是拜了把子的兄弟呢。"燕王很高兴地让庞涓去请孙膑到燕国来为将。

庞涓并没有自己出面去请孙膑,而是派了一个使臣,这个使臣礼节周全、礼物丰厚,代表燕王要迎接孙膑下山。孙膑以为是学弟庞涓以燕王名义请他共创大业,很高兴两人的情谊并没有失去;但又顾恋自己的老师。鬼谷子先生见燕国使者很真诚热情、务必要请孙膑下山,也就劝孙膑:"学本领固然不为谋个人富贵,但若有为百姓效力的机会,还是应施展自己才能的,你去吧!"

孙膑于是秉承师命,随燕国使臣下山。到了燕国的王城,使臣安排孙膑在客栈里休息。庞涓提着酒找到孙膑,两人喝起酒来。喝了一会儿,庞涓说:"燕王明天要召见你,你第一次见燕王,他不知道你学问的深浅,兄长你要好好给燕王露一手,让他见识见识,好给你封个王侯将相的大官。"孙膑问:"庞弟认为我露哪一手比较合适?"庞涓说:"你今天就用那一招日月轮换,把天地给暗了,燕王一看你能把白天变成黑夜,还能把黑夜变成白天,就会认为你有天大的本事,自然会重用你的。"孙膑老实,使出一招,不多时,白天变成了黑夜,刚刚太阳还在天空挂着呢,可转眼太阳已经不见了,变成了一闪一闪的星星。酒喝了没多久,孙膑喝得呼呼大睡。庞涓跑到王宫见到燕王说:"燕王你可知道刚刚还是大太阳的,现在星星满天是啥征兆?"燕王不明白,问:"请大将军明说。"庞涓说:"我刚去见的孙膑,这变换日月就是他的招式,孙膑的能力十分强大,此人一旦被齐王重用,要灭咱们燕国肯定是不费吹灰之力的。"

燕王问道:"那怎么办才好?"

庞涓说:"早早除了他,以免后患。"

燕王下令精兵侍卫数人到客栈,将孙膑绑了推到午门斩首。精兵侍卫正要出王宫,庞涓阻挡了他们,对燕王说:"我王先等等,这个孙膑学业有成,他著成的《孙子兵法》有排兵布阵的方略,又有破阵之法的讲解,兵法我们尚没有得到,还有他脑子里的兵法之道也没有得到,如果这阵子把他除了,对我们燕国可是一大损失啊。"

①庞涓,乃战国初期魏国名将,此传说为燕国名将,应属讹传。——编者

燕王问："将军有啥更好的办法没有？"

庞涓说："大王先不要杀他，先把他关押起来，让他把他的兵法写下来，我们再杀他不迟。"

燕王说："那就照你意思办吧。"

庞涓回客栈，抱着孙膑大哭起来，他给孙膑说："大王不知道啥原因，见兄长的能力如此之高，又听说兄长是齐国人，怕对燕国不利，派了精兵良将要将兄长斩首，我力争苦求，才免于一死，但兄长怕是离不开燕国了，不管我怎么说，燕王都要把你关起来。"孙膑叹了一口气："总算保住了性命，这全靠贤弟救助愚兄了！以后我定要报答的。"庞涓说："燕王也听说兄长著有兵法奇书，燕王很想得到，只要兄长把兵法写下来，我拿着兵法再给燕王求情，那时兵法已书，燕王留你也没有多大的用处，我再一求情，燕王肯定会放兄长回家的。"

为了不让别人得到兵书，庞涓把孙膑接到自己的府里，让在午门斩杀犯人的刽子手死死地盯着孙膑，只要孙膑有点反抗就是一顿毒打。庞涓给刽子手们交代了，他们自然出手很重。这事让庞涓的夫人看不过去了，她对庞涓说："孙膑也算是你的异姓兄长，你让人下这么重的手，于心何忍！"庞涓骂着夫人："女人家见识短，你是我的夫人，理应要向着我，你向着孙膑，难道你还对孙膑有意思了？"夫人无奈，就不再说话了。

此时，庞涓一边让下人对孙膑大打出手，一边到孙膑跟前更是关心体贴，一日三餐，极其丰盛。为了感激庞涓，孙膑夜以继日地在木简上写起来，日复一日，废寝忘食，以致人都劳累变了形。时间长了，庞涓担心自己的夫人把他对待孙膑的事给燕王及燕国的大臣们说，便把孙膑安排到了一个大夫家里关押。关押在大夫的府上，庞涓去催要兵书，只要庞涓不满意，他从大夫府里出来就暗示刽子手对孙膑狠狠地毒打。这让燕国的这个大夫都看不下去了，他趁着看守没有在就给孙膑说："他们就是要得到兵书，你兵书写好了没有价值了，他肯定会杀了你，你写得慢了他会让看守毒打你。"孙膑想着，庞涓是自己的兄弟，是不会让别人毒打的，但他仔细回忆了自己刚见到庞涓的所作所为，相信了大夫所说的话。刚没想一会儿，看守进来了，见他闲坐在桌前没有动笔，又对孙膑一顿毒打，看守这次手重，把孙膑的腿给打折了，孙膑在看守的残害下成了个残疾人。大夫实在看不下去了，他偷偷地给孙膑说："听说你是齐国人，你如果再在燕国待下去，肯定会死在庞涓的手里，我想办法把你弄出去，不过你要听我的。"

庞涓自从打了几次胜仗以后，认为自己取得了盖世大功，时不时地向人夸耀，大有普天之下，舍我其谁的气势了。燕国大夫看不惯庞涓很久了，他正想借着孙膑的事好好收拾一下庞涓。他给孙膑出了一招，让孙膑不要写，装疯卖傻。在大夫的帮助下，孙膑逃出了燕国。当庞涓知道孙膑逃出大夫府时，派出禁卫军把大夫一家三百多口人全部斩杀，男女老少一个都没有留。

孙膑逃到齐国后，齐王拜孙膑为主将，后来又拜了军师。齐王的军队按孙膑的计策，把庞涓的军队引到马陵道，万弩齐发，箭就像是下大暴雨一样，把庞涓浑身上下射得像刺猬，"扑通"栽倒在地，呜呼身亡。

搜集地点：泾源县六盘山镇和尚铺村
搜集时间：2018 年 3 月 28 日
讲　述　人：漆效文
采录人员：王文清　陈翠英　王　芳　张　昕　咸永红　冯丽琴
文字整理：泾源县文化馆
整理时间：2021 年 4 月 9 日

　　漆效文　1945 年 8 月出生于六盘山镇和尚铺村，自治区第五批非物质文化遗产代表性项目民间故事传承人。

鲁班架桥

提起木匠活的始祖——鲁班,大家耳熟能详。他在木活方面创造了很多成就,这些工艺一直沿用至今。今天咱们来说说他生活中的一些趣事。

鲁班从小聪明伶俐,有着和常人不同之处,这也是他比许多同龄子弟优秀一点的原因之一。尤其他对木活这方面很有造诣,可以说他的木活,在他们村子里都是数一数二的,无人不夸赞。随着年龄的增长,他的手艺可以说是炉火纯青。

他想要将木活发扬光大,就开始自己创办了一间木活铺,专门给上门的客户制作他们想要的东西。起初店的规模不大,他一个人完全可以干得来。但是不久他的名声大振,附近各村的人,都来找他做木活,他一个人自顾不暇。

他就张贴告示,招收学徒一名,这时前来给他做徒弟的人,也是络绎不绝。鲁班设计了一些测试,最后就决定留下了一位姓孙的少年。他见姓孙的这位后生,老实憨厚,便收他为徒。刚开始小孙可以说是踏实认真,也勤快麻利。但是随着时间一长,人的惰性就开始增长,他也开始偷奸耍滑。鲁班每次干木活,都会用到一件神器,那就是他的法宝——墨斗。他的墨斗就像是有魔法一样,只要将墨斗上的弦,在木材上轻轻一弹,那木材就劈开了,特别平整。但是比较麻烦的是,每次都要往上面浇水。

有一次,小孙为了偷懒,就悄悄在墨斗上撒了泡尿。然后若无其事地将墨斗给了鲁班,鲁班要弄一块大型的木头,为客户做一款精致的床。鲁班使用墨斗时,墨斗竟失灵了。鲁班一顿蒙,他不知道墨斗为啥失灵。这位客户的活必须赶出来,他绞尽脑汁地想尽办法,终于想到可以做一把大型的锯齿。这样也可以做出想要的东西,他看到有些东西还需要测量是否平行,就想到墨斗还可以做测量水平的工具,他将墨斗上的弦抹上墨汁。只要一头被人抓住,一个人在中间将墨斗弦一弹,那木材上面就有印记了。这样跟着墨斗弦留下的印记,劈开木材就是水平的。每次拉墨斗弦,都是由他老母亲帮他拉的。但是他母亲不能每次跟着他去,于是他又想出了一个办法。做一个可以固定的东西,他想到了固定螺母,用固定螺母将墨斗弦的一头固定住。拉着另一头向前走,这样就可以了,也不需要别人的帮忙,一举两得岂不是美哉。

鲁班不只是做一些小木活,他开始向桥梁这些方面尝试。他的村子到集市正好隔着一条河流,他开始突发奇想,如果在这条河上建一座桥,那么人们去集市就方便轻松多了。可以缩短距离,也可以节省时间。他打算用木材制作一座桥,花费了一年多的时间,才将这座桥修建完成。这座桥非常牢固,就这样为村民们解决了很多问题。

有一次,有位神仙想要试试他的手艺活,他叫张果老。他骑着毛驴要过这座桥,让人找鲁班来,要问清楚他一些事。鲁班到了以后,就问道:"老先生,你有什么问题,请赐教。"张果老大笑着说道:"年轻人,你这桥确定能承受住我这头拖着两麻袋银子的毛驴吗?"鲁班自信地回道:"老先生,你就放心过桥吧,你和毛驴还有身上的东西,也超不过三百斤,你放心过吧。"但是张果老走了还不到一半,桥开始晃动了。张果老赶紧骑着毛驴折回去,然后大怒道:"年轻人,做啥事情都不能说大话,看你这桥承重根本不行。"鲁班这时羞愧不已,然后赶紧寻找原因,这才发现桥有一些地方的榫卯松动了。怎样才能把榫卯上紧了,他想到先用东西把桥顶起来,然后将松动的地方对准扣紧,就这样桥整修好了,然后让张果老再次过桥。张果老这次顺利地过桥,到桥对面,他才说道:"年轻人,大有可为。"骑着毛驴上天飞走了,而围观的人看到张果老飞走了,都激动得跪倒在地。就这样鲁班的名声再一次被远扬,他被很多达官贵人高价请去做木活。很快,他的名气在全国大增,拜他为师的人也越来越多,他的技艺也被传承了下去,无人能超越他。

采录地点:泾源县六盘山镇和尚铺村
采录时间:2020 年 12 月 30 日
讲 述 人:李　强
采录人员:王文清　咸永红　冯丽琴　陈翠英　王　芳
文字整理:泾源县文化馆
整理时间:2021 年 11 月 15 日

泾源民间故事·人物轶事篇

楚 霸 王

人们只知道霸王，却不知道霸王没妈。霸王不是他妈养的，而是一只老虎叼来的孩子。这到底是咋么一回事，听我给大家慢慢道来。

山的上梁有老两口，年纪四十多岁，夫妻多年膝下无子。老两口靠上山打柴为生。这天，这家老汉上山砍柴，砍好柴正准备捆柴时，忽然一阵大风吹来，吹得人都站不住。"哪来这么大的风，连人都能吹着跑得站不住。"只听得空中传来了一个声音："老虎要下山了。"狂风吹来，看样子真像是猛虎要下山，他想要找个地方躲起来，找来找去，看到一块石头下有个石窝窝。这个石窝窝看起来很是隐蔽，不仔细找真不容易发现。只听见几声虎啸的声音，重重的脚步声从头顶的石头上跃下。渐渐地，风小了，老虎的啸叫声也听不到了。老汉正准备爬出石窝窝时，听到一个声音一声接着一声，仔细听来，像是月娃子的叫唤声。左看右看寻不到声音的来源，找来找去，原来声音是从他的脚下传来的。果然是个月娃子，老汉掀开包裹月娃子的布片，是个儿子娃娃，额头宽阔两耳坠肩，看相貌，长大后肯定能当上大官。也不知道老虎从谁家叼来的娃娃，着急得老汉想把这个月娃子给人家送回去，可不知道这是谁家的娃娃。转念一想，自己老两口四十多岁了也没个儿子，不如把这个娃娃抱回去让家里的老婆子抓养上。但又一想，家里的老婆子没有生过娃娃，把这个娃娃抱回去怕是老婆子不好好抓养。如果老虎叼了谁家的孩子后，那家的人听说我在山里捡了一个娃娃回去，那家人寻上门要着去了可咋办啊？老汉眼珠子一转，想了一个主意：我回去给老婆子说，这是我生养的娃娃，但要想好怎么说，要不然老婆子也不会相信。捆了柴，把柴背上，把月娃娃揣进自己的衣服里。

回到家放下柴，老汉把月娃娃移到了衣服里面，捆在了肚子上，抱着肚子直喊疼，老婆子闻声出了门，急急忙忙地问："老汉，你这是怎么了？"老汉弯着腰，抱着肚子说："我今儿个上山砍柴，肚子一阵一阵地疼开了。"老婆子说："你怕是砍柴砍热了把山泉上的凉水喝多了吧。"老汉说："我没有喝过凉水么。"老汉喊着："肚子疼，肚子疼，怕是我要生娃娃了。"老婆子笑着说："从来就没有听说过男人还会生娃娃的，你可别要笑我了。你这明明是喝的凉水多了肚子疼。"老汉骂开了："你赶紧把炕上的席揭了，我真的快要养娃娃了。赶紧地，快把炕上的席揭了，在炕上铺上些草，真的快要生娃娃了。"老婆子慢吞吞地看着老汉，老汉催促着说："你快些子，我这就要养哈。"老婆子进了屋子，到炕边上把炕上的席揭了，还在炕上铺了两把麦草。老汉呻吟着说："你快过来把我扶到炕上，我这会儿肚子疼得很，腿都挪不动了。"

把老汉扶到炕上，老汉说："我这会儿也冷得很，你看屋里有啥衣裳吗？取过来让我披上一会儿。"

"你知道咱们家穷得没有啥东西，哪来的啥衣裳让你披么。"老婆子说。

"我记得你和我结婚时你娘家给你赔了个大红袄，你去给我拿来让我披么。"老汉念叨着老婆子的大红袄有些时日了，老婆子气不过，就给老汉把大红袄取来披在身上。老汉说："我这会儿肚子到底是疼得很么，疼得我真的受不了了，疼得我额头盖子上想蹦人呢。"老婆子一听笑得更欢了："谁家养娃娃还在额头上养呢？"

"疼呢，疼呢，真疼呢，疼得我眼睛里流脓呢！"老汉说。

"养娃娃跟眼睛有啥关系呢？"

"真疼呢，疼呢，疼呢，真疼呢，疼得我肝花摇铃呢！"

老婆子只一个劲地笑。

老汉说："这会肚子又疼开了，你快些把我扶好了，小心把我血潮了着。"

"疼呢，疼呢，真疼呢，疼得我肠子拧绳呢！"老汉说，"你快些把我扶好了，我这次真的要生了。"刚说完，老汉一个趴倒在炕上，说："娃娃生下了，我是动不得，你到我身子底里看我生下的是啥？我动不得，怕一动就血潮了。"

老婆子手伸出老汉的肚子底下，摸着一个散开的包裹，果不其然生了个儿子娃娃，只见这个儿子头大额宽两耳坠肩。

"这孩子刚一生下来头怎么剃得光光的呢？"老婆子问。

"你这个妇人就不知道了吧，男人家肚大能撑船，肚子里还怀不上几个剃头匠给娃娃把头给剃了。"

"这娃娃的衣服都缝好穿着，咋还整整齐齐的呢？"

"你这个妇人就不知道了吧，男人家肚大能撑船，肚子里还怀不上几个裁缝给娃娃裁几件衣服。"

"你这个男人还能得很，肚子里能怀娃娃还能怀剃头匠和裁缝。"

"你这个妇人给咱们不养娃娃，急得我这个男人不生也没办法么。"

"这娃娃乖得很么，你要给娃娃安个名字呢。"

"安个啥名字呢，安个软名字还是安个硬名字？"老汉问。

"安个硬的好。"

"硬的是个啥硬啊？"

"死铁烂铜灯柱子。"

"那都不好听,另给安上一个啥么。"

"那给安个啥名字呢？"

"安个软一点的吧？"

"瓜巴梨核榭莲根。"

"那也不好听,难听得很。"

"我爷爷姓锄,我大也姓锄,养下我也怕是姓锄,我养的这个娃娃跟着我姓,也得姓锄。硬名字你嫌硬得很,软名字你嫌软得很。"

"那你给起个不软不硬的名字。"

"唉,我记得有一次在路上捡到过一个锄杖,也不知道谁把锄头卸了,只剩下了个锄把了,锄把不软不硬么,干脆给安个名字叫锄把。"

老婆子很看好这个名字,于是老两口给这个娃娃安了个"锄把"的名字。那个时候正是秦始皇统一了六国,陈胜和吴广在给修长城的工人们送粮食的途中遭遇了七八天的大雨误了工期,去是死不去也是死,便带了一帮人揭竿起了义。他们两个这一起义,引起了刘邦等群雄争霸,那时老两口的儿子"锄把"也长成了英勇少年,带着队伍也反了朝廷,后来和刘邦楚汉争雄。"锄把"就是人们常说的"楚霸王"。"楚霸"没有妈,是老虎身上的,是老婆幻生的精灵。

搜集地点:泾源县六盘山镇和尚铺村

搜集时间:2020 年 3 月 31 日

讲 述 人:漆效文

采录人员:王文清　王　芳　咸永红　冯丽琴　陈翠英

文字整理:泾源县文化馆

整理时间:2021 年 3 月 24 日

西楚霸王的来历

古时候,秦始皇打长城的时候,得到了赶山鞭、炼海丹两件宝物,还有个钻云帽,就是一只鞋,一穿上就能上到天上去。为啥说"秦始皇要一统中原"呢?那时候人把中国叫中原。为了预防外侵,秦始皇心想把中原地区整个用墙围起来,就能把外来侵略者抵抗住了。

秦始皇把城墙一直打到江边的时候,岸边江水潋滟,老龙王正在哭。龙须女是龙王的三女儿,龙须女就问老龙王:"父王为何哭泣?"老龙王说:"你看这尘世上的人,秦始皇正在修长城,咱们水族世世代代在这个地方生活,这人家的一个炼海丹,将这整个江水炼完,咱们水族往后怎么生存呢?"龙须女为了给父王分忧,就说:"父王您不要担心,我有个办法。"老龙王说:"你有啥办法?"龙须女说:"我去人世间,把他的三件宝贝都盗来。"老龙王说:"你如何取得到啊?"龙须女说:"父王能舍得女儿吗?"老龙王说:"我舍得,为了咱们这个大家族,我舍得!"

天黑了,夜深人静的时候,龙须女出来坐在江边大声哭。因为她是仙女,就故意把哭声传给秦始皇听。秦始皇听到哭声很好奇,心想这个时候了,是谁在哭泣?就派士兵前去查看。士兵寻着哭声找到龙须女,询问龙须女为何在此哭泣。龙须女就撒谎说,自己迷了路找不到家人了。士兵把龙须女带到秦始皇跟前,秦始皇一看这个女子实在太漂亮了,太吸引人了!就想把龙须女给自己留下来,龙须女就答应了。龙须女陪秦始皇的这几天,江里面平安无事。龙须女熟悉了秦始皇的三件宝贝:赶山鞭、炼海丹、钻云帽。龙须女就把钻云帽这只鞋给偷了。没多长时间,龙须女就怀孕了,龙须女回到龙宫,老龙王就要把龙须女肚子里的孩子打掉,龙须女坚决不同意,她从东海跑到西海,坚持把娃娃生了下来。

龙须女生下娃娃以后,就到江边上,把娃娃放在一只竹篮子里面,说:"孩子,你听天由命吧!"在江的下游,项良正在山上砍柴,突然听到江边有娃娃的哭声。他赶过来一看,江边漂下来一只竹篮子,竹篮子里有一个婴儿。项良就连忙把竹篮子捞上来,把娃娃抱回家抓养了。项良把这个娃娃抓养大之后,这娃娃力大无穷。

这个娃娃就是后来的西楚霸王。西楚霸王为啥对秦始皇那样反感,这是因为有根基。龙须女把这个娃娃传给凡人抓养成人,就是一定要让他把秦始皇推翻。"恨天无把,恨地无环"! 说是天上要是有个把,他一把抓住,就把天翻过了;如果地上有个环,他就抓住这个环,一把把这个地翻过来! 他有这个想法,也力大无穷,就霸道得很!

龙须女把秦始皇的宝物盗去之后,秦始皇没有了这个宝物。长城就打到半截子上,山上也打不平了。只好在山上沿着山势打长城,在海上行不通打不过去,就失败了。秦始皇的宝贝被龙须女盗走了,长城就再没办法打了。

霸王最后为啥让韩信逼得乌江丧命了呢? 他原是从江里来的,原回江里去了,这就是西楚霸王的来历。

采录地点:泾源县大湾乡牛营村

采录时间:2020 年 11 月 19 日

讲 述 人:柳碧元

采录人员:王文清　咸永红　冯丽琴　陈翠英

文字整理:泾源县文化馆

整理时间:2022 年 5 月 26 日

2020 年 11 月 19 日,柳碧元(左一)在泾源县大湾乡牛营村李治明家中讲述泾源民间故事。

孔子过儿城

　　孔子带着他的弟子周游列国,到处宣扬他的思想,教化人们要讲道理懂礼节知荣辱。这天,孔子带着众弟子乘着马车,一路风尘仆仆来到西北长安,这时在路上有一群七八岁的小娃娃们正在玩耍。这些小孩子们拾了些石头,用石头垒了个城堡,一群娃娃们玩得兴高采烈。

　　孔子的队伍便乘着马车慢慢地驶过去,孔子见别的孩子全躲开了,唯独有一个小孩,就站在路中间,一动不动。孔子有个学生叫子路,子路是个比较勇武的人,脾气比较急,大声地呵斥:"你这个碎娃娃,孔老夫子在此,你怎么还挡在路中不走?赶紧把路让开。"听了子路的话,这个碎娃娃不但不动,还岔开双腿,双手叉着腰。

　　孔子在马车上问这个小孩:"这个碎娃娃啊,你拦在路当中不走,啥意思啊?"

　　那个小孩子说:"听说鲁国来的孔夫子是个知书达理的人,他到处给人们讲授礼仪和仁义道德,到处宣扬他的思想,教化人们要讲道理懂礼节知荣辱。我不管孔老夫子有没有在车上,我只是想说,我这里有座城池,孔老夫子是不是也要绕道而行啊?你们的马车能从城上飞过去吗?"

　　孔子问道:"这明明是一条路,哪里有城池?"这个小孩子用手指着他们这一帮娃娃用石头垒的石块城,说:"那就是我们的城池。"那个孩子接着问:"是车躲城还是城躲车?"

　　孔夫子一看这孩子不卑不亢,而且气度非凡,孔夫子也动了一点童心,就下车去看。孔子就问这孩子:"这个城墙有啥用啊?"那个小孩子说:"我这个城墙就是挡你这个车马的,还要防军队。"孔子说:"你这个碎娃娃真是会开玩笑。你这么小的一道城墙,我车过去又怎么样呢?"小孩子说:"这不对,这总还是一道城墙,既然是城墙,你的车马怎么过得去呢?"孔子上下打量这个孩子,就觉得这个地方的人真是聪明,一个碎娃娃都这么聪明伶俐,就问这个小孩子说:"那我怎么办呢?"小孩子又问道:"到底是城躲车马,还是车马应该绕城而走啊?"孔夫子一想,没办法,孔子带着弟子们没有再往西行,而是让马车折向了东南。

搜集地点:泾源县六盘山镇和尚铺村

搜集时间:2017 年 12 月 28 日

讲 述 人:赵海江

采录人员:王文清　陈翠英　王　芳　咸永红　冯丽琴

文字整理:泾源县文化馆

整理时间:2021 年 3 月 12 日

2018 年 6 月 28 日,赵海江(右二)在泾源县六盘山镇和尚铺村委会院中讲述泾源民间故事。

秦始皇仇儒

　　秦始皇嬴政出生于赵国首都邯郸。秦庄襄王之子，十三岁即王位，三十九岁称皇帝，在位三十七年。中国历史上著名的政治家、战略家、改革家，首位完成中华一统的铁腕政治人物，曾采用三皇之"皇"、五帝之"帝"构成"皇帝"的称号，是古今中外第一个称皇帝的封建王朝君主。秦始皇在中央创建皇帝制度，实施三公九卿，管理国家大事。地方上废除分封制，代以郡县制，同时又书同文，车同轨，统一度量衡。对外北击匈奴，南征百越，修筑万里长城。把中国推向了大一统时代，为建立专制主义、中央集权制度开创了新局面，对中国和世界历史产生了深远影响，奠定了中国两千余年政治制度的基本格局。他被明代思想家李贽誉为"千古一帝"。

　　秦始皇在没有登基之前，一次落难没处去，就跑到京城边的一个楼下面藏着。

　　有一天，有三个赴京考试的举子来到这里，他们三个在二楼出来一看，其中一个说："夜观天象，紫微星今夜在咱们偏城。"有一个看着说："唉，有人落难了，就在咱们这个城市，在咱们下方。"秦始皇一听吓得不得了。他在底下藏着呢，就想："这些家伙还能得了不得！现在的这举子能得很！"他着急得实在没地方藏，看见台子上有一个背篓，他就连忙拿起来扣下，顶在自己头上，把自己藏在了背篓下面。心想：这些念书有文化的人太可怕了，你看连我躲难藏身的地方都能知道，这些人真的是太能了。秦始皇刚刚藏在背篓底下，这三个举子出来在楼台上散步，其中一人尿急就站在上面撒尿，正好浇到了背篓上，也就浇了秦始皇一身。有一个举子说："看来今晚上紫微星不但落难，还遭水灾呢！"秦始皇心中怒火中烧，暗暗下定决心：等我有朝一日登了基，我把这些狗东西非杀光不可！

　　秦始皇有钻天帽、登云鞋、赶山鞭这三样子法宝。他登上天一看，说：中国才这么大点地方，我把他打一个长城圈住看多好！这巴掌大点地盘么，一瓦之地么，小小的么。秦始皇从天上一下来就宣布现在开始打长城！

　　按照现在的说法，就是把清华北大的学生、赴京赶考考上的状元都要求必须打长城。其他的人打上三个月，还可以回家休息。这些文化人不管你是打满三个月，还是打满五个月，直到把你累倒累死，打进长城里面，也不会让这些人回家。把全国各地儒家的书都拿去销毁。所以说从秦始皇起，就把中国的文学灭惨了，首先就把大量的书烧毁了。修建长城他有赶山鞭,哪里被山挡住了,他就用赶山鞭,把山吆过绕着走。后来秦始皇登了基,主要是让各学校的学生一直把长城打了下来。

采录地点:泾源县六盘山镇和尚铺村

采录时间:2020 年 12 月 14 日

讲 述 人:李 华

采录人员:王文清 咸永红 冯丽琴 陈翠英 王 芳

文字整理:泾源县文化馆

整理时间:2021 年 8 月 9 日

2020 年 12 月 14 日,李华(右一)在泾源县六盘山镇和尚铺村孙双玲家中讲述泾源民间故事。

孟姜女送寒衣

　　相传在秦朝的时候,有一姓孟的员外人家,家里很富裕,房多院大。花园里种了一棵瓜,瓜秧顺着墙爬到姜家结了一个瓜,这瓜越长越大,孟家人经常到姜家来看这瓜的长势。等到瓜熟蒂落时,一瓜跨两院算谁家的瓜呢?两家人为这个大瓜为了难。孟家说:"瓜是我家种的,瓜应该是我家的瓜。"姜家说:"瓜蔓爬过墙,在我家结的瓜,这瓜应该是我家的瓜。"最后,两家人商量,把瓜一分两半!一家一半。但是把瓜打开一看,里面竟有个又白又胖的小姑娘,于是就给她起了个名字叫孟姜女。

　　孟姜女长大成人,漂亮得像一朵花。在方圆十里八乡,谁都知道她长得漂亮,聪明伶俐,针线活做得好,棋琴书画样样都会。转眼孟姜女长到十八岁了,婚姻大事就一直拖着。穷人家不敢上门提亲,都怕高攀不上;富人家把门槛都能踏断,孟姜女又都看不上。

　　秦始皇统一六国后下令,全国男人都到边关修长城。自愿报名修长城的人很少,各地官府没办法,就命官兵每家每户去抓劳工。有一个叫范喜良的公子,官兵要抓他去当劳工,范喜良从家里跑了出来,吓得四处躲藏。范喜良东躲西藏,跑了半个多月时间。这一天,他跑得口干舌燥,刚想歇脚,找点水喝,忽听见一阵人喊马叫,老百姓四处乱跑。原来这里也正在抓劳工!范喜良来不及跑,也没有地方躲藏,就翻过一个大户人家的院墙。原来这院墙里是孟家的后花园,孟姜女刚弹完琴、练完字,和丫鬟们出来在后花园里散心。范公子翻进院墙,吓得孟姜女和丫鬟们乱喊:"哎呀,有贼!抓贼呀!"范喜良上前打揖、施礼哀告说:"小姐,别喊,别喊了,我是逃难的,快救我一命吧!"

　　孟姜女仔细一看,这范喜良是个白面书生模样,长得挺俊秀,就和丫鬟回去告诉了父亲。孟员外就和孟姜女来到后花园,孟员外见了范喜良,就问他的家乡在何处?姓甚名谁?为何要翻墙入院?范喜良一五一十地作了回答。孟员外见范喜良挺老实,知书达理,就答应让他暂时躲藏在家中。

　　范喜良在孟家一住就是半年,孟员外老两口见范喜良一表人才,举止大方,就商量着招他为婿。跟女儿一商量,女儿也同意;和范喜良一商量,范公子也愿意,这门亲事就这样定了。

　　在那兵荒马乱的年代,官府三天两头不是抓壮丁,就是抓劳工。孟员外担心范喜良被官府抓走,老两口一商量,择了个良辰吉日,请来了亲戚朋友。摆了几桌酒席,欢欢喜喜地给孟姜女和范喜良拜了堂成了亲。常言说:"天有不测风云,人有旦夕祸福"。孟姜女和范喜良成亲刚三天,突然闯来了一群官兵,不管三七二十一,就把范喜良生拉硬扯地抓走了!孟姜女依依不舍,悲伤万分,每天都是以泪洗面。

范喜良被官兵抓去修长城,他是个秀才,读书多,知道的事就多。修长城时遇到好多难题,范喜良都帮劳工解决了。官兵就让范喜良当了带工头头子,这下范喜良就不再吃苦受罪了,人也比较自由,白天干活,晚上他就偷偷跑回家了。

这一天,范喜良跑回家,吃完饭,人也很累。孟姜女就给范喜良端来一盆洗脚水,平时都是范喜良自己洗脚,今晚感到又乏又困,孟姜女就帮着给范郎洗脚。不一会儿,范郎就睡着了,孟姜女见范郎脚指甲长了,就拿剪子给范郎剪了脚指甲。看见范郎脚心有一撮毛,孟姜女也拿剪子给剪了。

范喜良一觉睡到三更天,起来去修长城的工地,穿鞋时发现自己脚心那一撮毛不见了。范喜良问孟姜女:"我脚心那一撮毛咋不见了?"孟姜女说:"范郎,我给你剪脚指甲时,一起给剪了。"范喜良唉声叹气地说:"唉!你把我的飞毛铰了,从今后我这飞毛腿也跑不起来了。平日我能日行千里,夜行八百。往后我和常人一样,只能行走百八十里路,想见你只能等到把长城修完。"范喜良说完就走了。

孟姜女很后悔,但也无可奈何,她心里明白范喜良这一去是凶多吉少。孟姜女成天坐在家里哭啊,盼啊!可是眼巴巴地盼了一年,不光没有把人盼到,连个信也没有盼来。孟姜女实在放心不下,眼看着天气也越来越冷了,孟姜女就一连几夜为范郎赶做几件寒衣,要亲自去长城寻找丈夫。她爹妈看她想范郎心切,坚决要去寻找范喜良那固执的样子,挡也挡不住就答应了。孟姜女整理了行装,辞别了二老,踏上了寻找范郎的行程,孟姜女一直往正北走,翻过一座座大山,蹚过一道道河水。肚子饿了,吃些干饼子;口渴了,喝些山泉水;人乏了,坐在路边缓一缓;天黑了,找个破庙、烂草棚睡一觉。有一天,她问一位打柴的白发老汉:"大爷,这儿离长城还有多远路程?"老汉说:"还远得很,你一直往西北方向走。"孟姜女心想:"就是长城远在天边,我也要走到天边找我的范郎!"

孟姜女不管是刮风,还是下雨,也不怕路滑沟深,不缓一天。这一天,她走得精疲力尽,又觉得浑身发冷。刚想坐下缓一缓,咕咚一下子就昏倒了。等她醒过来,才发觉自己躺在老乡家的热炕上。一位老大妈给她擀了一碗洋芋面,孟姜女吃了才感觉浑身舒服了好多。她千恩万谢感激不尽,挣扎着起来想继续赶路。大妈含泪拉着她说:"娃呀,我知道你寻找丈夫心切,可你身上热得像火炭一样,我咋忍心让你走哩!你看看你的脚,都成了血疙瘩了,咋能再走路哩?还是再住些日子,等把脚缓好再上去寻找你丈夫。"孟姜女一看自己的脚,满脚都是血泡。她在大妈家多住了几天,身体恢复得差不多了,脚上的血泡刚干成血痂,就要动身去寻找范郎。

孟姜女历经千辛万苦,来到了修长城的地方。看到好多人在服劳役:有人在不停地搬运土石;有人手握铁钎开凿打槽;有人用青石堆砌城墙;还有几个人手持鞭子双目圆睁,虎视眈眈……

孟姜女在人群中左找右寻,走遍了修长城工地,也寻不见丈夫范喜良的踪迹,心中焦急如焚。向服徭役的人逐个打听,他们有的摇头,有的摆手,都说不知道范喜良的下落。孟姜女不知打问了多少人,才打听到了邻村修长城的民工。邻村的民工热情地领着她,找到和范喜良一块修长城的民工。

孟姜女问:"各位大哥,你们是和范喜良一块修长城的吗?"

大伙说:"是!"

孟姜女急切地问:"范喜良呢?"大伙你瞅瞅我,我瞅瞅你,含着泪谁也不吭声。孟姜女一见这情景,嗡的一声,头发根儿都竖起来了。她瞪大眼睛急忙追问:"俺丈夫范喜良呢?"大伙见瞒不过,吞吞吐吐地说:"范喜良连累带饿,上个月就……就死了!"

孟姜女问:"尸首呢?我范郎埋在啥地方?"

大伙说:"死的人太多,埋不过来,监工的都叫填到长城里头了!"

大伙话音未落,孟姜女双手拍打着长城,失声痛哭起来:"秋风飕飕天气凉,孟姜孤寂独守房。昼望云天思范郎,晚伴豆灯恨夜长。心忧衣单夫着凉,不分昼夜织衣忙。千针万线情深藏,但愿衣暖把寒防。谁知一切白恓惶,送衣不见我范郎。范郎呀!我的范郎!心上人儿范喜良!怨!怨!怨!恨!恨!恨!怨恨全是这堵城墙!"她哭哇,哭哇。只哭得成千上万的民工,个个低头掉泪,只哭得日月无光,天昏地暗;只哭得秋风悲号,海水扬波。正哭呢,忽然"轰隆隆"一声巨响,长城像天崩地裂似的一下倒塌了一大段,露出了一堆堆人骨头。那么多的白骨,哪一个是自己的丈夫呢?她忽地记起了小时听母亲讲过的故事:亲人的骨头能渗进亲人的鲜血。她咬破中指,把血滴在每一块尸骨上,有些尸骨见血就渗入骨头里了,孟姜女就确定这尸骨就是范郎的,有些尸骨滴血就流走了,孟姜女确定这尸骨不是自己的范郎。她又仔细辨认尸骨,凑够完整的范郎尸骨。孟姜女守着丈夫的尸骨,哭得死去活来。

正哭着,秦始皇带着大队人马,巡查边墙,从这里路过。

秦始皇听说孟姜女哭倒了城墙,立刻火冒三丈,暴跳如雷。他率领三军来到角山之下,要亲自处置孟姜女。可是他一见孟姜女年轻漂亮,眉清目秀,如花似玉,就要霸占孟姜女。孟姜女在悲伤中哪里肯再嫁给皇上?秦始皇派了几个老婆婆去劝说,又派宫女带着凤冠霞帔去劝说,孟姜女死也不答应。最后,秦始皇亲自出面死缠硬磨,孟姜女一见秦始皇,恨不得一头撞死在这个无道的暴君面前。但她转念一想,丈夫的冤仇未报,黎民的冤仇没申,怎能白白地死去呢?她强忍着愤怒听秦始皇胡言乱语。秦始皇见她不吭声,以为她是愿意了,就更加眉飞色舞地说上劲了:"孟姜女,只要你开口!你有什么要求我都答应你,你要什么我给你什么,金山银山都行!"孟姜女说:"金山银山我不要,要我嫁给你也行,只要你答应三件事!"秦始皇说:"别说三件,就是三十件也依你。你说,这头一件!"孟姜女说:"头一件,得给我范郎立碑、修坟,用檀木棺椁装。"秦始皇一听说:"这事简单,好说,好说,我答应你这一件。快说你的第二件!"

"这第二件,你要给我范郎披麻戴孝,打幡抱罐,跟在灵车后面,率领着文武百官哭着送葬。"

秦始皇一听,这怎么能行!我堂堂一个皇帝,岂能给一个小民送葬呀!"这件不行,你说第三件吧!"孟姜女说:"第二件不行,就没有第三件!"

秦始皇一看这架势,不答应吧,眼看着到嘴的肥肉吃不着;答应吧,岂不就让天下的人耻笑。又一想:管他耻笑不耻笑,再说谁敢耻笑我,就宰了他。想到这儿,对孟姜女说:"好!我答应你第二件。快说第三件吧!"孟姜女说:"第三件,我要在最高的长城上面静坐三天,最后陪我范郎三天。"秦始皇说:"这个太容易!好,这三件事我都依你!"

秦始皇立刻派人给范喜良立碑、修坟,采购棺椁,准备孝服和招魂的白幡。出殡那天,范喜良的灵车在前,秦始皇紧跟在后,披着麻戴着孝,真当了孝子了。孟姜女看着范郎的葬礼办得非常隆重,她心里也很满足。等大家给范郎发完丧,孟姜女跟秦始皇说:"我要去最高的长城上,静坐三天,等我回来和你成亲。"秦始皇听了,就命令官兵护着孟姜女爬上了长城最高处。孟姜女站在最高处,大声喊着:"范郎,我的夫呀,你等着我,为妻来陪你。"孟姜女说完,忽听"扑通"一声,纵身从长城最高处跳了下去,香消玉殒……

搜集地点:泾源县六盘山镇和尚铺村

搜集时间:2017 年 12 月 28 日

讲 述 人:司玉霞

采录人员:王文清　王　芳　咸永红　张　滢　陈翠英　冯丽琴

文字整理:王文清

整理时间:2022 年 6 月 22 日

韩信埋母

韩信是汉朝的开国功臣,以英勇善战而著称,他的战法灵活多变,据说是有个老神仙点化了他,才能让他功高盖世。

韩信出身贫贱,他生下来就没见过父亲,跟着母亲艰难度日,时常靠别人接济糊口,孤儿寡母的常被人看不起。韩信稍长大后,也不见有什么长进,性情放纵,不懂礼貌,整天背着祖传的一把剑东游西逛,不务正业,成了街头巷尾的笑料。村里大一点的孩子有一次拦住韩信,让韩信从他的胯下钻过去,钻过去就给他馒头吃。韩信好几天也没有吃到食物了,他的母亲眼睛瞎了看不见,也在等着他讨饭充饥。韩信没想多少,俯下身子从那个孩子的胯下钻了过去。

又一天,韩信到附近的九里山给哥哥家放牛,看见一个老先生左走几步右走几步,好像在丈量什么。走近一看,这老先生鹤发童颜,很有几分仙风道骨。韩信很好奇地走过去,问:"老人家,您这是在做啥呢?"

老先生起初并没有看韩信,只顾着自己踩来踩去,有时还趴在地上用手量一量,掐着指头算一下。韩信看了半天,又上去问:"老先生,你这是做啥呢?"

老先生被韩信问得不耐烦了,看了一眼韩信,只这一眼,老先生见韩信虽放荡不羁,但骨骼清奇,相貌堂堂,不像凡夫俗子。老先生停下丈量,把韩信从头到脚打量一番,他指着三步以外的一个地方说:"这个地方是个宝地,你信不信?"

韩信说:"我是韩信,我不信。"

老先生用手捋一把飘在胸前的白胡须说:"这里头顶洪泽湖,脚踏诸多小湖泊,左手握金湖,右臂挽着女山湖,风水学上讲:'江河转弯环转回顾,乃龙脉止聚之处',而这正应了'大荡大江收气厚,涓流点滴不关风,若得乱流如织锦,不分元运也亨通'的上乘佳境之说。"

韩信听不懂,摇摇头。

老先生说:"你听不懂就对了。"

他拉着韩信说:"我给你说那是块宝地你可别不信,这块宝地能让枯柳生根发芽。"

老先生拿过韩信手里的放牛棍,这根放牛棍是柳木的,已经干透,老先生说:"就是它了。"说完折断韩信的柳木放牛棍,插在地上。老先生拍拍手上的土说:"明天这个时候你过来看,看他会不会长出新芽来。"

第二天,韩信早早地赶着牛羊到九里山,谁知老先生比他来得更早。看见韩信,老先生高兴地叫韩信去看昨天插的那节干柳枝。果然,那节干柳枝发了芽,绿绿的叶芽长着,很是喜人。

老先生看着韩信惊奇的眼神,说:"你明天来的时候带个鸡蛋,后天鸡蛋就能变成鸡娃到处跑。"

第三天,韩信带了只鸡蛋,老先生在原来插柳枝的地方挖一个小坑把鸡蛋埋进去。这次韩信没有回家,他盯着埋鸡蛋的地方,生怕老先生趁他不注意把鸡蛋给换了。老先生看出了韩信的心思,说:"小伙子,你慢慢等吧,明天天一亮,太阳升起的时候,小鸡娃自然就跳出来了。"

韩信就这样一直守着,天一亮,老先生就慢慢地走过来。当太阳的光照到小坑处时,只见土坑旁边的土开始松动了,像是有什么东西要钻出来一样,慢慢地,随着太阳升得越来越高,土坑下的东西越往上钻,不一会儿,一只鸡蛋从地里跳出来,喷到半空中,又落到地上,蛋壳摔碎了,从蛋壳里跳出一只小鸡娃娃来,小鸡娃娃冲着韩信叫了两声,慢慢地奔向了田野。

韩信被眼前神奇的一幕惊呆了,他觉得不可思议。老先生说:"小伙子,你现在相信这是块宝地了吧。"

韩信问:"您这个宝地真能起死回生? 真就这么神奇?"

老先生道:"果真是这么神奇。"

"那它能治好我母亲的眼瞎病?"

"能。"

"能?"韩信半信半疑。

"肯定能!"

"那怎么能治好我母亲的眼瞎病?"

"回家把你母亲背过来,挖个坑,把你母亲埋下去,等到第二天日出,你母亲自己就会从土里钻出来,那时她就能看到你了。"

"不过……"

"不过什么?"

"不过,你不能告诉你母亲你要背她到这里,也不能告诉她你是带她来治病的,要不然就不灵验了。"

韩信跑回家跪在母亲面前说:"娘啊,是孩儿不孝,这些年让您在家里受苦了,我听说下午寺庙里有庙会,很热闹的,我想背您去看看。"

韩信的母亲说:"娘的眼是瞎的,看不了,你去吧。"

韩信说:"你看不见,听总是能听到的,听说还有得道的高人宣扬道法呢。"韩信的母亲拒绝不成,只能听从韩信的意见让韩信背着她去"看"庙会。

韩信就把老人背到了九里山,韩信说:"娘啊,山上风景更好,空气清新,咱们到山上去吧。"

"可是,你背我走了这么久,你也累了。"

"没关系,我不累。"

"你歇一下吧。"

"娘,我不累,我背你上去!"

就这样,韩信的母亲被韩信弄到了他早已挖好的大坑里。

韩信说:"娘,您在这里面坐会儿,我看您也渴了,我去摘几个野果让您解解渴。"

听到韩信这么孝顺,韩信的母亲打心眼儿里高兴。

于是,韩信就把母亲给活埋了。

盼星星,盼月亮,终于盼到了太阳初升,埋了韩信母亲的土堆一点变化也没有,太阳一竿子高了,还是一点儿动静也没有,那个老先生也没有到。韩信着急了,连忙挥动铁锹挖开土堆,他母亲不但没有治好眼疾,而且已经没有了气息。

这时,老先生出现了,韩信跑过去撕住老先生的衣领:"还我母亲!"

老先生不温不火地说:"人死不能复生,小伙子还请节哀。"

韩信拔出身上戴着的宝剑,要杀了老先生。老先生很冷静地说:"天机不可泄露,这是块宝地没错,若是热葬(刚死就下葬)则三年左右,埋葬者的后代里肯定能出大将军,我看你骨骼清奇,相貌堂堂,果真不像凡夫俗子,以后必能成大将军。"

老先生给了韩信一部兵书,韩信一转眼的工夫,老先生就不见了。他向母亲的墓大哭一场后,磕了三个响头,无精打采地回家了。

过了几年,韩信果然被刘邦登台拜将,成了大将军。再后来,韩信在九里山设下十面埋伏打败项羽,成了汉朝的开国功臣。再后来,刘邦死后,韩信被吕后以谋反的罪名处死,年仅三十二岁。人们都说,是他活埋了生身母亲,损了阳寿,才遭此劫运。

搜集地点:泾源县大湾乡武坪村

搜集时间:2018 年 1 月 23 日

讲 述 人:王丕和

采录人员:王文清　陈翠英　王 芳　咸永红　冯丽琴

文字整理:泾源县文化馆

整理时间:2020 年 12 月 12 日

泾源民间故事·人物轶事篇

刘备落难

刘备和曹操各守一方,为什么之间冤仇这么深呢?有一次,曹操请刘备来赴宴,刘备去了之后,一看来的宾客比较多,宾主说话之间,曹操当着众人没给刘备面子,说话太欺人。刘备一直忍着,直到说到当前天下大势时,刘备借机说:"曹先生,你的地盘这么大,你给我让一点呢么。"曹操一愣之后说:"听说你有一个姐姐一个妹妹,如果你能把她俩嫁给我一个,我分一些地方给你。"刘备听后,哭着说:"这本该三媒六聘私下说的事,你在这大庭广众之下说出来,摆明了是羞辱我啊……"曹操一听,呵斥道:"我开玩笑,你还当真,哭着要地盘,哪有这么容易的事,轰出去!"刘备恼羞成怒地离开席,曹操想想又派人追杀刘备。

刘备一路跑,跑到山脚下,看到一个叫花子,着急地说:"把你的皮袄借我穿穿。"叫花子喊着说:"你这人好奇怪,给你我穿什么,要我冻死吗?"刘备说:"后面有人追杀我,你借我穿一会儿,我的衣服给你。"叫花子听后就换了衣服,让刘备在路边的草窝里装睡。追兵到了后,看着路边穿着烂皮袄倒着睡觉的叫花子,踢了一脚,笑道:"这叫花子死了还是活着,睡觉倒顺都不知……"说着手放到刘备嘴边试探,看是否有气,刘备趁机一把拿过士兵手里的刀,跳起来砍了士兵的头,后面跟来的士兵一看,吓得打马转头就跑了。回去后报告给曹操,曹操大怒,让把士兵押进大牢。从此刘曹两人结下仇恨。

刘备躲过这一难之后,把叫花子接到他的营地,为他所用。一日,两人说话时说到救命的皮袄,叫花子说,这是他在财主家要饭时没要到,被轰出来后,看到财主把皮袄丢在了地塄上,他捡起来,还没穿多久。刘备派人把这个财主接来,说是有事商量。财主到后看到桌上的皮袄,惊奇地说:"这是我干活穿的,找不到了,怎么在这呢?"叫花子说,我到你家要饭没要到,看到你放在地塄上的皮袄,就拿来了,没想到这皮袄还救了刘备的命。刘备说:"你家大业大,我叫你来,是想把我的姐姐嫁给你,把我的妹妹嫁给要饭的叫花子。为啥要嫁给你们,一是你们救了我的命,二是曹操羞辱了我,我宁给你们也不给他。"

搜集地点：泾源县黄花乡店堡村

搜集时间：2020 年 3 月 27 日

讲 述 人：杨德山

采录人员：王文清　王　芳　咸永红　张　滢　陈翠英　冯丽琴

文字整理：张　昕

整理时间：2021 年 1 月 8 日

　　2020 年 3 月 27 日，泾源县文化馆非遗中心工作人员在黄花乡店堡村村杨德山家中采录泾源民间故事。

多疑的曹操

曹操作为历史上有名的枭雄,他有着称霸一方的野心,也想要做大一统的霸主。但是金无足赤,人无完人,每个人都有自己的软肋,即使英雄也有致命的弱点,而生性多疑就是他的致命伤。

赤壁之战,成为曹操人生的转折点。赤壁之战,刘备设计让他的手下关云长,在华容道活捉曹操。说实话,曹操从来没打过败仗,但赤壁之战成了他人生中的一大污点。无论谁都有"马有失蹄、人有失手"的时候,但是曹操却不容许自己的人生有这样的失误,但事与愿违。他这次被关云长设计活捉,他和手下的将士,都被活捉到关云长的大营。

关云长一见到是曹操本人,他想起要还欠曹操一个人情。他觉得是该还的时候了,于是他退了手下。对曹操说道:"恩公,我欠你一条命,今天就当我还你了。等会儿你假装挟持我,一出城你就赶紧回中原。"曹操按照关云长的方法做了,关云长的手下都不敢轻举妄动并按照曹操的要求,准备了马匹和粮草,曹操骑着马飞奔而去。关云长成功地放掉了曹操,就当还了人情,这样他们之间两不相欠。曹操回到自己的军营后,他觉得自己九死一生,大难不死必有后福。虽然这次他被关云长放回来了,但他觉得这是关云长对他的侮辱罢了,他不会领情。就这样他抑郁成疾,得了脑中风,只要一受刺激就头疼得厉害。

后来,刘备又和东吴开始了战争,刘备还是派关云长应战。东吴派出了当时震惊一时的鲁肃,鲁肃善用计谋,他利用手段将关云长打败,砍下了关云长的头,带到东吴大殿,向他们的君主炫耀自己的功绩,可不知怎么回事,他突然口吐鲜血,直接倒地一命呜呼了。就这样,东吴的君主孙权很是害怕,觉得这是不祥之兆,担心关云长被杀一事传到刘备耳中,刘备要为自己的结义兄弟报仇,这样就挑起了两国的战争。于是,他的一个朝臣出了一个计策,将关云长的头颅献给曹操。将罪责转嫁给曹操,挑起刘备和曹操之间的又一次战争,可谓一石二鸟之计。

第二天,东吴使者来到了曹营,让曹营的士兵禀告曹操,曹操的手下对曹操说道:"丞相,东吴的使者前来,供奉一样宝贝,是否宣他进来?"就这样东吴使者,将关云长的人头献给了曹操。看到关云长的人头时,曹操虽然很震惊,但表面上假装镇定地对东吴使者说道："你们将关云长的头献给我干啥？你还是带回去的好。"曹操赶走了东吴使者，由于被刺激了，他的头疼病又犯了，可以说是群医无策。这时，有一位大臣对曹操说道："丞相，我听说有一位道士，能治各种疑难杂症，要不你试试。"为了让头疼好得快点，曹操只能死马当活马医。就听了这位大臣的话，让人去请道士。道士来到曹营，就对丞相说道："你头疼主要是常年受寒风所致，你居住地金殿不合尺寸。还有你居住的寝室，也是不合适，你现在得搬地方，重新盖金殿。金殿需要一根九丈长的房梁。"曹操一听这话，就让手下去准备，手下却被这一根九丈长的房梁困惑住了。根本就没有这样的一棵树啊，但是找不到这棵树他们就得陪葬了。工匠们费尽心思多方打探，终于找到了一棵符合的榆树。他们就开始拿着锯子去锯树，奇怪的是，锯了好久，只锯破了一点点皮，更奇怪的是，锯子上沾满了鲜血，这些工匠们很害怕。就让其中一人回去禀告曹操。曹操不信这个邪，他下令让工匠们用斧子砍，但情况还是一样，榆树皮被砍破了一点点，斧头上照样沾满了鲜血。工匠们都不敢再砍了，又去禀告曹操，曹操听完真不信这么邪门。他带着自己的宝剑，亲自去砍，一刀下去榆树倒下了，鲜血直冒，曹操将榆树带回去修建宫殿了。花费了半年时间宫殿修建好了，他的头疼还是没缓解，他很是气愤，下令将道士杀死了。

曹操的头疼病，成了他的心结。他的臣子听到民间有一个叫华佗的神医，就向曹操推荐，曹操让人去请华佗。华佗来到了曹营，为曹操把脉诊断，说道："丞相，你这是脑中风寒气淤积，脑子里面有一大片坏死了，需要开颅，将坏死部分切除。"曹操听完大怒道："你这庸医，打开脑袋，那岂不是死了？你是谁派来暗杀我的？"华佗赶忙解释道："丞相，我之前给关云长刮骨疗伤的事，想必丞相有所耳闻。我给他刮骨疗伤，他还在下棋，治愈后他还生龙活虎的，我对自己的医术，还是很自信的。"曹操还是不为所动，他本就生性多疑。他觉得有人要害他，所以一怒之下，命令手下把华佗关进了大牢。在狱中，华佗得到了吴牢头的照顾，吴牢头好酒好菜地照顾华佗。在被斩首之前，华佗想要报答吴牢头，就对他说道："吴牢头，谢谢你这段时间的照顾，我是个将死之人，无以为报，我将我所学医术，编写成书籍赠予你。你也许有用得着的地方，你就去我家中取吧。"本来吴牢头不打算收，华佗好说歹说，才说动吴牢头。其实他还有另外一个私心，就是想要将他的医术传承下去。

第二天，吴牢头来到了华佗家，就听见两老人在骂："要不是你学医到处医治病人，从不要求回报，怎么招得这杀身之祸。留着这些破医书干啥，还不如一把火烧了，老头子一把将书扔进火里。"吴牢头见状赶紧跑进屋里，阻止道："华老爷，请消消气，这医书既然没用了，能否赠予我？我很喜欢医术。"吴牢头没有说出实话，害怕知道是华佗让他来取书，估计就都烧完了。刚开始华老爷不愿意，吴牢头想尽办法，才让华老爷松口，将书送给了他。

过了几天,华佗被押往刑场,处以死刑。华佗就这样死了,而他成了曹操疑心病的牺牲品。

可谓是疑人不用,用人不疑。曹操多疑的性格,让他丧失了好多人才,而生活在这人世间,防人之心不可无,害人之心不可有。所以我们既要学会保护自己,也要学会相信人世间还是有善意的,我们要学会珍惜那些美好。

采录地点: 泾源县六盘山镇和尚铺村

采录时间: 2020 年 12 月 30 日

讲 述 人: 漆效文

采录人员: 王文清　咸永红　张　滢　冯丽琴　陈翠英

文字整理: 泾源县文化馆

整理时间: 2021 年 12 月 21 日

漆效文　1945 年 8 月出生于六盘山镇和尚铺村,自治区第五批非物质文化遗产代表性项目民间故事传承人。

汉武帝的故事

说起汉武帝,大家对他都是充满敬佩。因为汉武帝在位期间,可是相当的强悍,手下的两员大将卫青和霍去病,一举将匈奴赶到了草原深处。保卫了大汉王朝的领土和尊严,不过这并不代表汉武帝没有做过错事。相信很多人都知道,那就是非常著名的巫蛊之祸。这次内乱对汉朝的影响非常大,汉武帝随着年龄的增长,疑心也增长了很多。很多朝中重臣都因为他的猜疑而遭到了灾祸,甚至太子也因此受到了牵连,最终逼迫太子不得不造反。其中不仅和汉武帝年老昏庸有关,还有一个人绝对算得上罪魁祸首。他就是江充,他曾经多次陷害朝中大臣,却深得汉武帝信任。很多人对他非常害怕,生怕被此人所害,结果太子刘据还是没能躲过他的陷害。

一次,刘据派人去问候汉武帝,不过用了皇帝用的驰道,一般情况下其他人是不可以用的。江充发现之后,立即将其抓了起来,刘据得知后吓了一跳。赶紧找到江充道歉,说是自己管教不严,日后一定严加管教。结果江充根本不领情,硬是要报告汉武帝。

汉武帝听到江充的报告之后,对江充更加信任,认为江充非常尽职尽责,非常高兴。不过,江充内心却有不同的想法,因为当时的汉武帝已经年迈了,皇帝之位迟早会是太子刘据的,可是自己又得罪了太子,到时候自己肯定要倒霉,不如先下手为强,所以江充诬告太子行巫蛊一事。

正好当时汉武帝患病,再加上对江充的信任和自己的疑心,于是派江充亲自主持此事。江充果然在太子的居所"挖"到了证据,实际上这是江充提前准备好的。刘据听说之后非常慌张,想要找汉武帝沟通此事。奈何江充早有准备,封死了所有的路。太子自知难逃一劫,但是又不甘心,在身边人的建议之下,决定起兵谋反。他先是派兵杀掉了罪魁祸首江充,又杀了上百个巫师。结果还是被汉武帝得知了此事,不过他还是不太敢相信。就派一个使者去查探,结果此人胆小怕死,在半途中就逃了回来,说太子真的造反了。

加上之前的种种,汉武帝信以为真,派兵攻打长安,太子兵败自杀,就连他的妻儿也没能幸免,后来汉武帝得知了真相,灭了江充三族。

搜集地点:泾源县六盘山镇五里村

搜集时间:2019 年 12 月 16 日

讲 述 人:雍丙荣

采录人员:王文清　陈翠英　王　芳　张　昕　咸永红　冯丽琴

文字整理:泾源县文化馆

整理时间:2021 年 5 月 9 日

雍丙荣　1944 年 7 月出生于六盘山镇五里村。

汉武帝奇遇

　　宣帝统治时期,汉朝武力最强盛、经济最繁荣。汉武帝统治期间削弱诸侯强大了中央集团,他还开疆拓土,奠定了中华东北、西北、西南、东南的领土,是历史上一位伟大的皇帝。

　　相传在很久很久以前,汉武帝听闻香山香火鼎盛,便前去上香,邻国皇帝听闻便准备了五炷香送给了汉武帝,汉武帝如约前去见这位皇帝。初次见面,汉武帝看见此人身长八尺,面如冠玉,头戴纶巾,身披鹤氅,飘飘然有神仙之慨。此人手持羽扇,丰神飘洒,器宇轩昂,身似神仙,貌比宋玉,真乃当世高人。直到汉武帝看见五炷香每炷长约三厘米,形状如鸟蛋,后面有一小节手柄方便人握,此时的汉武帝心里很不高兴,他心想如此小巧玲珑的香自己国家不知道有多少,但也碍于面子只能吩咐人收下并谢过邻国皇帝。之后,一行人浩浩荡荡地前去香山,锦衣卫指挥使骑马行在仪仗最前方,头戴金翅盔的大汉将军分列左右而行,那排场怎一个风光了得。到达香山脚下,汉武帝被眼前的景象深深吸引了,吸引着他不断地向前。他们开始向山顶爬,上山途中只见满地都是红叶,小路旁边的枫树上都长满了似火的红叶,微风吹来,一片一片的红叶都飘了起来,好像一只只美丽的蝴蝶在翩翩起舞。汉武帝被这景色深深地陶醉了。

　　他们鼓着劲一直往上爬,终于爬到了半山腰,汉武帝看到美丽的天空离他是那么近,从上往下看,底下全是红叶,简直就是一幅美丽的动态画卷。他看到一块石头平整光滑,不禁让随从的侍卫拿出邻国皇帝赠送的香点上。在香点燃之际,顿时引起了他们一行人的惊讶,只见天地间的飞禽走兽闻味飞来,而人闻到此味道,不管是老人、小孩,还是妇孺,顿时觉得神清气爽,仿佛回到了年轻的时候。看到一支香引起了如此大的变化,汉武帝后悔极了,既然此香有这么大的功效,应该点到山顶更高的位置,让更多的人闻到。心里还没想完,只见刚刚一拳高的石头变成了一根粗壮的柱子,在不断地上升再上升,引来了更多凶猛的动物。害怕武帝有危险,眼看着柱子无止境地往上升,汉武帝立马命人点燃第二根香,希望这根柱子不要再长,拯救汉武帝。这时又发生了神奇的一幕,只听过古代愚公移山,没想到眼前的一座大山自己在移动,慢慢地向柱子的方向靠,当他们紧挨到一起的时候,原来的石柱一瞬间变成了一只巨大的香炉。汉武帝看到越来越多的动物赶来,害怕自己会有危险,赶紧带着自己的侍卫随从顺着刚刚靠过来的石头往山下走,临走时不忘留下自己身上仅有的三支香。他认为这些香只有神仙能点,他这样一个普通人不能用。没想到的是,只见随从刚刚把香放到石头上,这几根香竟然自燃了。刹那间,巨大的香味使那些豺狼虎豹更加有劲,拼命地朝着香味而来。

被巨大的危险笼罩着的他们,头也不回地拼命向前跑,在生命受到威胁时,他们忘记了所有。待他们成功地跑到安全的地方时,只见刚刚落下来的巨大香炉变成了金灿灿的黄金,在太阳的照耀下,那些黄金显得更加耀眼夺目,后来,汉武帝为这座山峰题名为"香炉峰"。

据说后来的香炉峰脚下树木成林,枝叶密密层层,桥下河水流动,水清澈见底,白鸽展翅飞翔,松鸡低头觅食。

搜集地点:泾源县六盘山镇东山坡村

搜集时间:2020 年 4 月 7 日

讲 述 人:柳金花

采录人员:王文清　陈翠英　王　芳　咸永红　冯丽琴

文字整理:泾源县文化馆

整理时间:2021 年 2 月 28 日

柳金花　1944 年 5 月出生于六盘山镇东山坡村,固原市第四批非物质文化遗产代表性项目民间故事传承人。

刘秀称帝

西汉建平元年,刘秀出生于陈留郡济阳县,他出生的时候,赤光照耀了整个房间,而当年稻禾一茎九穗,因此得名秀。刘秀是汉高祖刘邦的九世孙,出自汉景帝子长沙定王刘发一脉,刘秀的先世,因遵行"推恩令"的原则而从列侯递降。到他父亲刘钦这一辈,就只是济阳县的小官员了。

元始三年,刘钦去世,年仅9岁的刘秀成了孤儿,生活无依,只好回到祖籍枣阳白水村,依靠叔父刘良抚养,成了平民。刘秀勤于农事,经常被其兄长取笑。

新朝天凤年间,刘秀到长安学习,略通大义。新莽末年,全国局势动荡,战火连绵不断,各地诸侯纷纷揭竿而起,乘机推倒王莽政权,顿时海内分崩,天下大乱。在地皇三年,刘秀与李通等人打着"复高祖之业,定万世之秋"的旗号从宛城起兵。刘秀等人在柴界碰到王莽的军队,惊慌逃窜,王莽的追兵追杀刘秀,刘秀一路逃亡。但刘秀本有福星庇护,所以在半路遇到一个老农驾着一匹马和一头骡子耕地,刘秀看到广阔的农田没地方躲藏,甚是慌乱,而这些追兵仍是穷追不舍。这时农夫的马开口说:"公子,我把犁沟改成深沟,把你藏在里面,这样你先避避风头。"刘秀感激地答应道:"这是好办法,那我就赶紧藏起来。"但是一旁的骡子过来总是阻挠,马不顾骡子的捣乱,立马尿了一泡尿,拌土把刘秀埋了起来。这时追兵上前来没有找到刘秀,而马和骡子像往常一样耕起地来,但这时却有一只喜鹊叽叽喳喳地喊道:"他在这里,他在这里。"那些追兵循着喜鹊喊的方向找去,并没有找到刘秀,他们认为喜鹊在信口开河就离开了,还埋在土里的刘秀心里便骂道:"你这只喜鹊真是多嘴,以后六月里肯定喝不到水。"待追兵走后,马和骡子便返回到埋刘秀的那个深沟处,将刘秀从土里拉出来,刘秀本就是个爱憎分明的人,他对马表示感谢并说道:"马兄,谢谢你的救命之恩,以后有用得着小弟的地方尽管直说。"此时刘秀转向一边的骡子骂道:"骡子老弟,我刘秀也没啥得罪你的地方,何必要赶尽杀绝了,看你这骡子小气的,说实话,就你这样以后肯定没法生养,你会断子绝孙的。"刘秀说完这些话便继续逃亡,回到自己的家乡,刘秀开始韬光养晦,为下一次的起事做准备。

刘秀兄弟又在南阳郡起兵,由于前期兵少将寡,装备条件差,打仗初期,刘秀都是骑牛上阵的,而刘秀因此被称为"牛背上的开国皇帝"。随着刘秀和其他反莽政权的主力军进行联合,不断扩大实力,与新莽大将进行了激战,大破莽军。

公元 25 年,刘秀建立了东汉,成为东汉王朝的开国皇帝。

搜集地点:泾源县六盘山镇大庄村

搜集时间:2018 年 3 月 22 日

讲 述 人:陆小平

采录人员:王文清　王　芳　咸永红　冯丽琴　张　昕　陈翠英

文字整理:泾源县文化馆

整理时间:2020 年 12 月 17 日

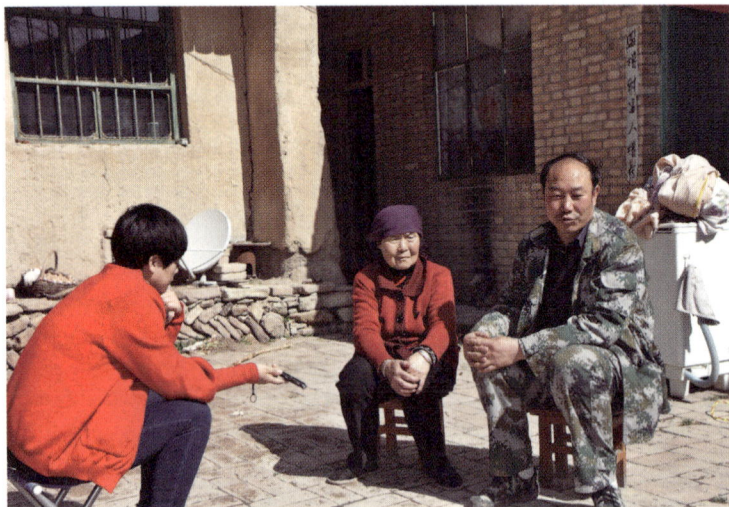

2018 年 3 月 22 日,陆小平(右一)在泾源县六盘山镇大庄村家中讲述泾源民间故事。

李渊反隋

　　李渊是隋朝的开国名将。有一天,李渊的母亲过寿,满朝的文武大臣到李府给她祝寿。众人祝完寿吃完寿宴后,陆陆续续离开李府,杨广太子喝了两杯,拿过棋盘找李渊来下棋。杨广太子是李渊的表弟,杨广说:"今儿个咱们高兴,咱弟兄两个来对棋两局。"李渊为母亲办寿宴忙活了几天,见众人离去,他本想好好缓缓,可杨广是隋朝的太子,他不好拒绝,只好答应下两盘。杨广一边摆开棋盘,一边笑着说:"平日里表哥都是让着我,今儿个就不要拘谨了,咱们君臣二人使出棋艺,说啥也要比个高低定个输赢。"李渊问道:"若有输赢,结果要怎么定夺?"杨广太子说:"如果我输了,我把我父皇的十万里江山让给你。"李渊心想:"我是隋朝的开国大臣,早晚不理朝政多年了,你父皇辛辛苦苦打下的江山,咋能让你随随便便地欺负这些有功之臣呢?"李渊问:"如果我输了,我给你啥呢?"杨广太子说:"你要是输了,你府里金银我一个都不要,我只要你把表嫂给我。"李渊一听,这个杨广太子太混账了,竟然打自己夫人的主意,抓起棋子甩了杨广太子一脸,杨广太子恼羞成怒,气呼呼地出了李府。

　　杨广太子到隋文帝那里说,李渊这个乱臣贼子有谋反之心,他早有心想夺咱们隋朝的江山,让隋文帝早做准备,不如早早把李渊除了以免后患。隋文帝老了,听杨广这么说,他知道杨广不成器。不过,他没有当着杨广的面臊他的皮,而是当着杨广的面答应了,说他自有安排。到了晚上,二更以后,隋文帝打发太监把李渊请到了皇宫,问道:"昨天不知道为啥你和杨广太子发生了争执?"李渊回禀道:"昨天臣的母亲过寿,太子到府上与微臣要下棋,说一定要下个输赢。如果他输了,他把隋朝的十万里江山给我;如果我输了,他啥也不要,只要他的表嫂我的夫人。我一时生气,甩了他一棋盘。"隋文帝是个清明之君,他很明白杨广太子是个不成器的混账东西,他对李渊说:"隋朝太子是杨广,可惜他的兄长杨勇已去世。大好的隋朝后继无人,如果有一天我死了,杨广太子继承皇位。他肯定会对此事耿耿于怀,必会对你有杀意,我准你点齐你府的家兵和你一起重回太原老家。出了皇宫之后,你们连夜走,我怕这皇宫里早有太子的耳目,我召你进宫的事情,有人很快就会传到太子的东宫,到那时,你怕是走也走不掉了。"

　　李渊三更回到府,四更时刻已经简单地收拾起身了。李渊府里的家兵也不多,三四十个人装备整齐,扶着李老夫人上了马车,带着家眷向太原方向急行。从杨广太子给李老夫人拜完寿那天晚上起，杨广就在皇宫和李渊府外安插了眼线，李渊一家人刚一起身，眼线就急急忙忙给杨广报了信，说隋文帝召了李渊进宫，已特许他带着李府家兵回到太原。杨广一听，这哪能让他给跑了，立即召集自己的精良府兵和巡街的绿林军六百人，把这些兵士们打扮成土匪的样子，个个蒙着脸，穿着夜行服，骑着快马一路追了过去。

追到临潼山，打扮成土匪的绿林军追上了李渊府兵，没几下就把李渊的府兵们杀得丢盔弃甲。正是这时，前往临潼山巡守首领——秦琼秦叔宝远远看到一群黑蜘蛛围攻着一条青龙，再定眼一看，原来是一帮土匪正在打劫行人。他召集士兵骑着马杀将过来，扮成土匪的绿林军和巡守的将士们不差上下，难决胜负。杨广太子急了，绑好蒙面布，手提银枪，骑着战马，前来与秦叔宝开始打斗。八十个回合的大战，秦叔宝看得出来对方的杀法是杨广太子特有的银马枪，这枪法是杨广太子随隋文帝统一九州里自创的，枪刺中要害很是了得。秦叔宝越战越觉得眼前的蒙面大匪首不是别人，而是当朝太子杨广。杨广边用银枪刺向秦叔宝，边向李渊靠近，他一心想刺杀李渊，早日霸占他的表嫂李夫人。杨广得胜心急，一下露出了破绽，被秦叔宝一枪刺下马来。杨广翻下马见势不妙，捂着脸逃离而去。看着那个奔跑的身形，一回想起刚才的银枪战法，秦叔宝更加确定眼前逃跑的人是太子杨广。把杨广挑下马，他以后当了皇上，肯定没有自己的好果子吃。秦叔宝急忙上了马，收了众将士向临潼山跑去。李渊见抢劫的土匪已被击败，望着救了自己的秦叔宝大声喊叫："恩人姓啥名啥，李渊日后必会相报。"秦叔宝听到李渊的喊叫声，不敢答话，只顾着向临潼山上奔去。那时值班的将领都有将旗，李渊没有看清旗帜上的全名，只看到了个"琼"字，猜到了来救他的是秦琼，隋朝的守将里名字是两个字带琼字的只有秦琼了。

一场大战让李渊损失惨重，人困马乏，走得也慢，天黑到了一座金刚庙。一行十余人夜宿在金刚庙里，李渊找到住持，给住持施舍了些香油钱。交代住持寺庙里关好门窗，把门顶死了，好让他们一行人好好休息休息。吃过斋饭，李渊打了水正在洗脚，李夫人喊叫着肚子疼，说是要生孩子了。这可把李渊给难住了，打了一天的仗，这远不见邻近不见舍的，只有这个和尚庙，这个女人生娃娃真会挑日子。刚走出屋子，只听见天鼓三声，满天通红，一个娃娃的叫声，李夫人就把个娃娃生下了，李渊抱过来一看，是个又白又胖的儿子。

第二天一大早，李渊让府兵们整修兵器，以防路上再遇不测。吃完早饭，李渊带着一路府兵先行开路。行走没多久，便见有一路人马拦在路上，为首的骑着一匹高头大马，三四十个将士围在他的周围。这可吓坏了李渊，他拉弓上箭，满弓过去，一下射倒了为首的高头大马。李渊的府兵围攻过去，骑大马的将士正是单义。单义曾是绿林好汉，看见李渊过去，忙行礼作揖，笑着说："我道是个谁呢，能一箭射杀我的宝马，原来是我朝的李大将军啊。"李渊赔礼说道:"真是误会了,大水冲了龙王庙一家人不认一家人了。"李渊把路上遇到土匪追杀他的事给单义说了,单义说:"还有这么个事啊,难怪大将军把我射伤。"两人坐在一起又聊了一会儿。单义回到家里,遇到了他的兄长单雄信,把遇到李渊和他被李渊误伤的事给单雄信说了一遍,单雄信感叹英雄多难。隋朝已不是他当初为之浴血奋战的朝廷了,当日辞了朝官,带着一众人马奔向瓦岗寨落草为寇去了。

杨广太子为了收拾李渊一家人,把拦在他前面的隋文帝给了结了。派了官兵直逼太原李渊老家,李渊被逼无奈,只好起兵造反。秦琼听到李渊反了隋朝天下,不远千里赶来投奔,还联合了瓦岗寨的众多兄弟一起反了隋,后来拥立李渊为唐王。

搜集地点:泾源县六盘山镇和尚铺村
搜集时间:2017 年 11 月 8 日
讲 述 人:漆效文
采录人员:王文清 咸永红 冯丽琴 陈翠英 王 芳 张 滢
文字整理:泾源县文化馆
整理时间:2021 年 4 月 1 日

漆效文 1945 年 8 月出生于六盘山镇和尚铺村,自治区第五批非物质文化遗产代表性项目民间故事传承人。

李世民的传奇

李世民是一代有名的君主,在历史上享有盛誉。他是一个极具抱负的人,想要一统天下,让百姓过上幸福安定的生活。于是他开始为自己的宏图大业奋斗。

有一天,他路过一座寺庙,里面供奉的是关老爷,看见好多人都在祭拜,便向排队的一个人打听起来:"大哥,在这儿许愿真的有这么灵吗?"这位路人有点不满地说道:"这位小哥真是不知道天高地厚啊,竟敢对关山爷不敬。"李世民笑着回道:"大哥,您误会了,我看大家都在祭拜,出于好奇便问问。"路人说道:"不是吹牛,我每次在这儿许的愿望都能实现。"李世民便抱着试试的心态,也许下了愿望:"关老爷,如果你能帮我打下这片河山,我一定为您塑几座铜像,让您享受源源不断的香火。"如李世民所愿,他真的得到了他想要的江山,他就兑现了自己的承诺。让大臣请最好的工匠,连夜塑造关老爷的铜像,塑造好就供奉在宫殿中。

后来,李世民出征西域,为了保一路平安顺利。他吩咐人用马车拉着这几座铜像一同前往,开始从长安出发,直到走到西安北门口关闹村处。奇怪的是,马车越来越重,最后停在了此地,所有人都想不通马车怎么会这样。有一位大臣就想到了,然后让占卜的人来算算。这位卜卦者在一支笔上拴上红绳,在地上写了一个字,然后从字上分析。他大胆地告诉李世民:"陛下,可能是我们有地方没做到,惹怒了关老爷。我刚算了一下,是因为关老爷一生,都没坐过唐木式的马轿。"没办法,李世民就下了马车,把关山爷抬进了马轿。就这样又开始上路,到了金川,马车又不走了。于是,将铜像留了一座在金川,又继续上路,一路经过了六盘山、静宁等地,最后到了兰州五泉山,把关老爷的铜像安置在五泉山寺庙,终年享受百姓的香火祭拜。

完成使命后,李世民带着部队返回。刚好遇到一位从兰州出发上京赶考的书生,两人甚是投缘。一路上谈论人生哲学,互相切磋,从诗词谈到歌赋,一直走到六盘山。看到六盘山上人山人海,他们很是好奇,于是跑去凑热闹。原来是关老爷的庙会,大家用各种形式在祭拜。看到强壮的青年抬着坐着关老爷的唐木木式的轿子,人们都在手舞足蹈。突然,有一位老人跌倒在地,周围的人吓了一大跳,却没人伸出援手。这时这位上京赶考的书生,勇敢地走到老人面前,很淡定地说道:"请大家赶紧疏散一下,周围留出一点空间,让老人有足够的呼吸空间。"书生用手按压老人的脉搏,通过望闻问切的方式进行诊断,并且用了自己随身备的丸药,给老人喂下一颗。不一会儿,这位老人苏醒了过来,激动地谢过书生。书生说道:"老人家你太客气了,作为一位医者,本就是悬壶济世,助人脱离病痛。"书生的行为打动了李世民,李世民万万没想到这位书生是一位谦虚、百年难见的奇才。他就问书生:"兄台,你是不可多见的人才,既然你医术这么高明,为啥不继续做医生,而要上京赶考呢?"书生道:"兄长,不是我不愿意学医,我的抱负是能为国争光,能给当今圣上进谏。百姓处于水深火热之中,我希望通过我的一己之力,帮助当今圣上,让百姓过上安居乐业的生活。"李世民听了书生的一番话后,甚是感动。这世间还有这般想为朝廷效力的文人,真是一大幸事。

花费了一个月的时间,他们终于抵达长安,并且互相告别。书生自始至终都不知道李世民的真实身份。李世民回宫之后,召集朝廷百官商议科举考试事宜,并且要求相关管理部门,严格遵守各种制度,不许徇私舞弊。考试后文章统一上交,李世民要统一阅览。李世民看到书生的文章大加赞赏,而且让公公传旨下去,今年的状元是书生。接到圣旨的书生激动地说道:"吾皇万岁,我定会用毕生效忠于朝廷。"然后,书生跟着公公来到朝廷为他安置的别院之中。公公嘱托道:"状元爷,明日你就要早早面见圣上,今晚你就在别院中早点歇息。"状元与公公道别后,公公就回宫了。

第二天早上,书生早早地起来了。他惶恐得一晚上都没睡着,整理好衣服和帽子,然后就去上朝了。在侍卫的带领下,状元来到大殿外,已有很多官员等候在此,到时间后,百官开始走向朝堂,皇帝正襟危坐,状元抬头发现正是和他一路上京的那位兄台着实吃了一惊。这时公公大声说道:"各位文武百官,有事上奏,无事退朝。"百官开始上奏各种事情,百官启奏完事后,圣上将公公叫到身边,附耳告诉公公留下状元,其他百官可以退朝了。公公又说道:"各位大人,现在可以退朝了,状元爷留下。"百官走完后,圣上走下龙椅,对状元说道:"兄台,很高兴你高中状元,贺喜贺喜。"状元惶恐地说道:"在下有眼不识泰山,请圣上勿怪。"圣上笑道:"状元,你这是哪里的话,朕很需要你这样的人才,为朝廷尽忠,以后还请兄台多干实事,为百姓谋福利。"状元赶紧回答道:"圣上请放心,我一定竭尽全力为朝廷效力。"一日为官,终身为官。作为老百姓的顶梁柱,时时刻刻要为百姓着想。为了百姓,书生总是向圣上谏言。也遭到了很多人的阻拦,甚至是恶意中伤,他的一生也奉献给了朝廷。到最后快要离世的时候,他仍时刻牵挂着百姓。李世民哽咽道:"爱卿,你把你的一生奉献给了朝廷。"状元的离世让李世民备受打击,感慨道:"汝言汝行让朕自省,让朕保持清醒。"李世民因久处悲痛之中,身体也大不如从前。

采录地点:泾源县六盘山镇和尚铺村

采录时间:2020 年 12 月 30 日

讲 述 人:赵海江

采录人员:王文清 咸永红 冯丽琴 陈翠英 王 芳 张 滢

文字整理:泾源县文化馆

整理时间:2021 年 10 月 29 日

2018 年 11 月 25 日,文化馆非物质文化遗产中心工作人员在六盘山镇搜集采录泾源县民间故事。

李世民的故事

李世民是唐高祖李渊和窦皇后的次子，唐朝第二位皇帝，杰出的政治家、战略家、军事家、诗人。

李世民年轻的时候，就聪慧过人，足智多谋。他十六岁那年，隋炀帝在雁门关被突厥围困，他把诏书绑在木头上，放进汾河水中，募兵救援。李世民马上应募，在将军云定兴的部下服役。李世民对云定兴说："突厥人敢围困我们的皇帝，就因为外边没兵马救援，现在应该派人，在几十里外虚张旗帜，让突厥人白天看到漫山遍野都是旗帜。夜里听到鼓钲声不断，他们肯定会认为救援大军赶到了，这样不伤一兵一卒，就可化解雁门之围。如果不这样的话，等到突厥了解了我们的底细，前来阻击，那么鹿死谁手就难以预料了。"定兴听从了李世民的计策，率兵到达崞县。突厥侦察兵看见周围几十里旗帜飘扬，军队来往不断，急忙把情况报告给了可汗。突厥可汗说："这肯定是隋军的大队救兵赶到了。"于是他们就赶忙撤兵了。

李世民从小勤奋学习，研修兵法，抱负远大。李渊起兵反隋，就是在他的劝告和敦促下实行的。后来，他率兵东征西讨，屡战屡胜，夺取了天下，可以说唐朝的建立，他的功劳最大。

唐朝建立后，李渊当了皇帝，但是在继位问题上产生了矛盾。论功劳、讲实力、凭才智，李世民都首当其冲，理应由他嗣位。但他的长兄李建成，以"长幼有序"为由想继承帝位，便勾结三弟李元吉，竭力排挤李世民。他们曾经千方百计地假送劣马、下毒酒想害死李世民，但都未得逞。后来，他们又想出了一条毒计，趁着边境突厥来犯，由李建成出面奏请李渊，让李元吉出兵征讨，要把李世民麾下之大将和军队交由李元吉指挥，然后在军队临行之时，派人暗杀李世民。李世民虽然多次遭受迫害，但他以大局为重，又念及骨肉亲情，多次忍让。李渊又断事不明，对李建成也不加处置。这次李渊又答应了李建成的要求，要削去李世民的兵权。同时李世民又得到密报，探知了李建成要谋杀他的计划，眼看情势十分危急。这个时候，如果还是一再忍让，就只能对自身不利。李世民在房玄龄、杜如

泾源民间故事·人物轶事篇

晦等文士和尉迟敬德、程咬金等大将的劝谏下,决定先发制人,除掉李建成和李元吉。当夜,李世民进宫向李渊禀告李建成要谋害他的实情。李渊让他们弟兄三人,明早一起进宫当面对质。

第二天,李世民就在宫城的正门玄武门布下伏兵。玄武门守将常何原是李建成的心腹,李世民晓以利害,已经将其收服,他答应愿为李世民效力,但李建成并不知实情。李建成和李元吉不知道李世民已经布下了天罗地网,一齐走入玄武门,常何就把城门紧闭。李世民已率数员大将在门内等候,李建成见机不妙,想夺门而出,奈何城门已闭,无法脱身。这时李世民一声呐喊,伏兵四出,李建成顿时死于李世民的箭下,李元吉也被尉迟敬德杀死。门外,李建成的部众听说门内有变,便猛攻城门。尉迟敬德站立城墙,将李建成和李元吉的人头扔到城下,士兵们见主子已死,大势已去,无心攻城,便纷纷散去。这时尉迟敬德又来到皇宫后花园面见李渊,李渊当时正在湖中泛舟游乐,尉迟敬德对他说:"李建成、李元吉反叛,已被秦王李世民诛杀。"并进谏道:"请陛下下诏,令秦王主政,以收拾局面。"李渊见事已如此,尉迟敬德又来逼宫,就顺水推舟地说:"朕也有此意。"不久,李渊借口年老体衰,退位当了"太上皇",李世民继位当了皇帝。

这次事变,历史上称之为"玄武门之变",李世民在危急关头,采取先发制人的办法,取得了最终的胜利。

李世民于隋文帝开皇十七年(597年)十二月戊午日(一说开皇十八年十二月戊午日),出生在武功的李家别馆,父亲是时任隋朝官员的李渊,母亲是北周皇族窦氏。李世民4岁的时候,家里来了一位自称会相面的书生,对其父李渊说:"您是贵人,而且您有贵子。"当见到李世民时,书生竟说:"龙凤之姿,天日之表,等到二十岁时,必能济世安民。"李渊便采"济世安民"之义为儿子取名为"世民"。童年时代的李世民聪明果断,不拘小节,接受儒家教育,学习武术,擅长骑射。

隋炀帝大业九年(613年),李世民娶高士廉的外甥女长孙氏为妻。大业十一年(615年),李世民参加云定兴的军队,去雁门关营救被突厥人围困的隋炀帝。大业十二年(616年),父亲李渊出任晋阳留守,李世民跟随到太原并随父多次出征,平定了发生在今山西省内的各种叛乱和抗击东突厥人的入侵。

李世民在位期间,积极听取群臣的意见,对内以文治天下,虚心纳谏,厉行节约,劝课农桑,使百姓能够休养生息,国泰民安,开创了中国历史上著名的贞观之治。

对外开疆拓土,攻灭东突厥与薛延陀,征服高昌、龟兹、吐谷浑,重创高句丽,设立安西四镇,各民族融洽相处,被各族人民尊称为"天可汗",为后来唐朝一百多年的盛世奠定了重要基础。

采录地点:泾源县六盘山镇和尚铺村
采录时间:2020 年 11 月 12 日
讲 述 人:漆效文
采录人员:王文清　陈翠英　王　芳　咸永红　冯丽琴
文字整理:泾源县文化馆
整理时间:2021 年 7 月 22 日

2018 年 6 月 28 日,漆效文(右三)在泾源县六盘山镇和尚铺村委会院中讲述泾源民间故事。

包文拯的传说

相传宋朝有个包文拯在开封府,大公无私,廉洁清廉,人称包青天。可审判上至天上,下至地狱的小鬼,日审阳来夜审阴,是人们心目中的人民公仆。

包青天在家排行老三,故小名叫包三,在包三未出世之前,他们的家境十分贫寒。有一天,包三的大嫂洗澡,澡盆里落下一颗星星,这一颗星星吓坏了他大嫂。她就把洗澡水让给他妈妈,他妈妈怀胎三年整,生时生不下来就从肋巴旁处生下了包三。当时天空阴沉沉,狂风四起,伴随着一阵电闪雷鸣,包三拽地而生。其哭泣声震天动地,第一声惊动了玉皇大帝,第二声惊动了四海龙王,第三声惊动了他的嫂子。他嫂子忠厚、善良,待他如同慈母。然而他奇丑无比,加上脸又黑,且额头上有一道月亮的胎记,他妈妈认为生了一个怪胎,要把他活埋了,说完就晕了过去。而他的大嫂偷偷地把他抱走,看着活生生的生命不忍心埋掉,把他抱到山上扔到一草丛中,就走了。包三在草丛中待了一天,每天有喜鹊、老鹰等很多鸟旋绕在他的上空,为他遮风挡雨,地上跑的猛虎怪兽跑来给他喂奶。

一天后,嫂子不忍心包三那样被抛弃,过来看他是否被好心人抱走,或者已被猛兽吃掉了。到了山上时,看见包三还在草丛中好好地活着,她简直都不敢相信自己的眼睛。她想既然上天都不收此孩子,毕竟是天福,她就将包三偷偷抱回家自己抚养,起名叫包文拯。随着岁月的流逝,包三又黑又丑,聪明无比,其嫂子将包三送到南洋学堂上学。包文拯第一天念会了百家姓,第二天念会了三字经,第三天就到私塾念书,后来考取了功名,到朝廷做官,做了包相爷,当地人都叫他包公。

有一年,天下遇上灾难,老鼠反乱,铺天盖地的老鼠成精,成为人间灾害。其中一只老鼠精带领众多老鼠,对人类造成危害。据民间传说有一神仙,将此事告诉了玉皇大帝,玉帝笑道:"人间遭遇百年不遇的灾难,先看看他们如何拯救吧?"官府们到处寻找办法,清除人间的祸害,开封府包公首当其冲,带领四位侍卫王朝、马汉、张龙、赵虎想办法灭鼠。可老鼠精就起身了,他也变成了一个和包文拯一模一样的人。同样也带领四位侍卫王朝、马汉、张龙、赵虎在人间祸害百姓。老百姓也无法判断真假包文拯,两个都有一样的随从,一样的衙门,这可把老百姓吓坏了,不知道哪个是真的,哪个是假的。

真假包文拯一下难以区分,两人就到凌霄宝殿找到玉皇大帝辨认。到了凌霄宝殿,王朝、马汉变成两只虎,垂头丧气地坐到石头上;张龙、赵虎变成一对狮子在宝殿门口守候。玉皇大帝看到两个黑脸包文拯,笑着说:"你俩到底谁是真的,谁是假的?"两个都说自己是真的,对方是假的。

玉帝坐在凌霄宝殿的宝椅上,看着文武百官笑着说:"各位神仙你们说一下谁是真的谁是假的?"各位神仙议论纷纷,都不能确定谁是真的谁是假的。玉帝站起来抖擞抖擞精神,大笑着说:"两个都是真的。一个是他本人,一个是他的影子。"之后,玉帝让下人把他的玉猫拿到凌霄宝殿,玉猫识别出了真假包文拯。

玉帝告诉真的包文拯,带上他给的玉猫到凡间并穿上朝服,把玉猫藏到衣袖里,等鼠精出来时叫上三声猫,玉猫就会跑出来把鼠精吃了。包文拯按照玉帝说的照做,果然降住了鼠精,解救了黎民百姓,天下太平了,包文拯名声远扬,后来人们将包文拯叫成了包青天。

采录地点:泾源县六盘山镇东山坡村
采录时间:2017 年 11 月 29 日
讲 述 人:姚治富
采录人员:王文清　王　芳　咸永红　冯丽琴　陈翠英
文字整理:泾源县文化馆
整理时间:2021 年 5 月 19 日

2017 年 11 月 29 日,姚治富(左一)在泾源县六盘山镇东山坡村自己家中为泾源县文化馆非物质文化遗产中心工作人员讲述泾源民间故事。

泾源民间故事·人物轶事篇

057

康王与岳飞

传说西天有个大佛叫如来佛,如来佛的头顶有一只大鹏金翅雕。这一天,在如来佛诵经的时候,有一位女佛不经意放了一个屁,惊诧了如来佛头顶的大鹏金翅雕。它非常生气,就飞下来把这个女佛抓出来,驱逐出佛门之地。

之后,这个女佛下凡投胎转世,成为宋朝康王身边的宰相秦桧的夫人。而大鹏金翅雕,被如来佛打下凡间投胎转世为岳飞。

岳飞生于岳家庄,岳飞母亲很慈善。在岳飞还小的时候。有一天,家里来了一个化缘老道,岳飞母亲给化缘老道啥东西化缘老道都不要。老道在院子里转了一圈,然后指着院子里的一个大花盆说:"有朝一日,如果岳家庄发洪水了,你们母子哪里都不要去,就坐进这个大花盆里。"说完,老道转身就不见了。岳飞母亲正纳闷呢,只见天空乌云密布,雷电交加,暴风雨来了,岳家庄真的发大水了。岳飞母子就按化缘老道的说法,急忙坐在院子里的大花盆里。像做梦一样,水越来越大,就把大花盆冲走了。一睁眼,花盆被漂到了山西的某县,他们母子被一位姓康的员外从水里捞出搭救了。

岳飞母子就在康员外家落脚了。母亲给康员外家做些杂活,岳飞还小,正是上学读书的年龄。他很爱读书,每天跑到附近的学堂外面听老师给学生上课。回来后,就一字不差地背着、写着,天天如此,从不间断。学堂老师是文武双全的小霸王周童,发现岳飞很用功,这么爱读书,长大一定是个人才,就免费收留了岳飞,让他进学堂读书。岳飞一边读书一边习武,后来,岳飞学业有成,成了朝廷的武状元。

再后来,三定中原,岳飞成了南宋抗金名将。为了收复中原,岳飞挂帅,把金兀术打得大败。金兀术密使勾结奸臣秦桧诬告岳飞,下令用残酷的刑法,将岳飞身上的肉一块一块牵拉拽下来,最后杀害。

再说到宋朝康王,岳飞拼死保护,而他被奸臣出卖被囚受辱。途中脱逃的时候,前有大河挡后有追兵杀,情急之下,康王夜晚躲进河边一庙内。康王又困又饿,梦中神人告诉他:"追兵来了,庙内有泥马能渡你过河,保全性命。"他突然惊醒,出庙见一泥马在面前,不假思索,就骑马扬鞭,眼睛一闭,泥马果真奔跑起来跳下河去。耳边传来呼呼的风声,和身后追兵的呼叫声,以及泥马游水的渡河声。

当康王再次睁开眼时,他已成功到了大河的岸上,对面的追兵倒是淹死了好多。再看泥马,泥马已经变成了一摊泥,还湿漉漉的。康王得救了,他不知道自己是怎么骑泥马渡河到对岸的。实际上,是康王在昏迷中岳飞单骑暗中相救。

搜集地点:泾源县大湾乡牛营村

搜集时间:2020 年 3 月 24 日

讲 述 人:段全瑞

搜集人员:王文清　冯丽琴　咸永红　陈翠英　张　滢

文字整理:冯丽琴

整理时间:2020 年 10 月 20 日

段全瑞　1949 年 4 月出生于大湾乡牛营村。

少年岳飞

传说岳飞出身于一个农民家庭,祖上世世代代都在黄土地上勤恳耕作。父亲岳和是个忠厚的庄稼人,他家省吃俭用,常常用节省的粮食帮助饥民度过荒年。邻居有侵占岳家耕地的,岳和干脆割给他。有借钱不还的,也就不要了。岳飞降生时,有一只像大雁一样的大鸟飞鸣而过,所以父亲为他起名叫鹏举。岳飞居住在岳家庄,没满月遭了水灾,黄河决口,母亲姚氏抱着岳飞坐到一口大水缸中,才幸免于难,大水缸飘到河岸边,被一个王员外收留了。母亲姚氏就和岳飞在此地落户了,一转眼,岳飞也七八岁了。

王员外有一个侄子,娇生惯养,游手好闲不听话。离王员外家不远,有一个苍家庄,苍家庄有个苍员外,也生一子,也是娇生惯养,游手好闲不听话。还有一个张员外,儿子叫张贤。这三个人家都有钱,三家人出钱雇了一个教书先生,为三个娃教书。三个娃不好好读书,不是迟到就是早退。有时,连续几天旷课不来,气得教书先生也不认真讲课。

岳飞白天早早地跑到门外面,偷听先生讲课,晚上回家,母亲亲自教岳飞读书写字。没有钱买纸笔,就用树枝做笔,沙地做纸,在地上练习写字。他寡言少语,但学习十分用功。尤其喜欢读《左氏春秋》《孙吴兵法》等书籍,崇拜诸葛孔明等济世名臣。

他小时还曾写联寄志:"诸葛大名垂宇宙,元戎小队出郊圻。"曾游历泰山,写下:"流水崇山怀作者,春兰幽竹契风人。"

岳飞不仅用功读书,还精心学习兵法,刻苦练习武艺。传说中他生就一身神力,未成年就能拉开三百斤的弓,八石的弩。经常向周边习武之人学习箭法,能左右开弓,箭无虚发。其实,岳飞这身武艺完全是练出来的。

岳飞学文练武的时代,宋朝正是内忧外患,民不聊生的时代。国难当头,匹夫有责,岳飞决心练好武艺,保家卫国。他12岁那年,投到一位外号叫"搬不动"的老师门下。"搬不动"并不教他武艺,却每天让他手拿镐锨、肩挑扁担,在山下挖坑担水栽树。一连两个多月,漫山遍野全栽满了树。可"搬不动"还不说教习武艺的事。岳飞心想:我为报效国家,前来求师学武,不能光栽树呀。"搬不动"看出了岳飞的心事,笑笑说:"功夫志中来,志在耐中磨。"

过了三个多月,树栽完了,他帮师傅干杂活,师傅还是不提学武。岳飞挂念老母,提出回去看望老母,"搬不动"说:"要学武艺,功在苦中练;要想卫国,须先舍小家,哪有学不到武艺,就中途退却的道理?"从此岳飞再也不提回家了。

春节将临,"搬不动"把岳飞叫来说:"你来到我这里共栽了3600棵树,从明天早上开始,你去把这些小树一棵棵挨个儿摇一摇,不准折断一枝,不准漏掉一棵,太阳不出来,就得摇。"从此,岳飞半夜就起床,打水扫地伺候好师傅就去摇树。开始,累得腰酸腿疼,到第十天,离日出还有一个时辰,岳飞就摇完了,腰不酸,气不喘。正好"搬不动"也来到了,摸岳飞的头说:"鹏举呀,俗话说,功夫,功夫,全在工夫。没有工夫,哪有功夫!看来,你跟我一年,功夫学得差不多了,明天可以回家看望你母亲去了。"岳飞很奇怪,说:"师傅,你还没教我武艺呢!""搬不动"摇摇头说:"武艺我不教,我只是教你一点武艺之外的功夫,有了这点根基,你学什么都不难了。"

岳飞辞别了"搬不动",回到家后又跟周同师傅学习箭法,后来果然练就一身绝技。宣和四年(1122年),岳飞应募出征,母亲在他背上刺下"精忠报国"四个大字。十年后,岳飞已经是一位战功赫赫的元帅了。他在《满江红》一词里写道:"三十功名尘与土,八千里路云和月,莫等闲,白了少年头,空悲切!"

岳飞建立起一支纪律严明、作战骁勇的抗金劲旅"岳家军"。

搜集地点:泾源县六盘山镇刘沟村
搜集时间:2017年12月1日
讲 述 人:李生录
采录人员:王文清 陈翠英 王 芳 咸永红 冯丽琴
文字整理:泾源县文化馆
整理时间:2021年4月19日

薛平贵回西凉

唐朝后期,朝廷动荡。其统治下的一些诸侯有了谋反的野心,都在暗地里壮大自己的队伍,其中兵力强盛和势力最大的就是西凉。西凉王身边最得力的将才叫凌霄,在他的领导下,西凉发展壮大了,西凉的魔爪也伸向了朝廷。

西凉驯服了一匹红鬃烈马,他们把红鬃烈马训练成了一头怪物。但是红鬃烈马也是有灵性的,认主后他会听从主人的命令。凌霄悄悄将红鬃烈马放生在朝廷边关,让红鬃烈马祸乱朝廷。让城中百姓人心惶惶,以此来动摇民心。红鬃烈马进入中原后,开始大肆吃人,百姓叫苦连天。朝堂文武百官都无计可施,派出去的大将领,都无果而归。朝廷开始到处张贴皇榜,揭榜者必有重赏。薛平贵在街上乞讨看到皇榜,他就大胆揭了皇榜。因为薛平贵家境贫寒,虽有本事,但无门可寻,只能以讨饭为生。今看到皇榜对他来说就是机会,像他那样无权无势的人才,想要入朝为官可谓难上加难,这次机会就是他改变命运的路径了。

当他揭了皇榜后,大街上的人都直摇头,觉得薛平贵自寻死路。拿着皇榜,回到他的破窑洞中,开始准备了一切要用的东西,第二天他就前往边关降伏红鬃烈马。

薛平贵到边关后,看到红鬃烈马正在吃人,于是大喊一声。红鬃烈马看着薛平贵,薛平贵立马跳上马背,抱着马背不被摔下来。红鬃烈马使尽浑身解数,都没将平贵摔下来。它开始温顺了许多,不再动弹而是安静地站着,等待新主人薛平贵的指令。薛平贵试探性地问道:"马兄,你以后做我的坐骑如何? 如果你愿意,就点点头。"薛平贵没想到,红鬃烈马听懂了他的话语。薛平贵整理好了一切,骑着红鬃烈马回了城里。全城百姓都欢呼雀跃,上报朝廷,朝廷颁旨封薛平贵为六品武将。并且奖赏了黄金百两和府邸,就这样,薛平贵有了自己的府邸。

都说人一旦有名,就容易遭嫉妒和陷害。有个叫魏虎的人很不服气,假借给薛平贵祝贺,在家设宴邀请薛平贵。薛平贵心想,要在朝廷有个说话的人,也就答应了魏虎的邀约,他哪里能想到这是一场鸿门宴。酒宴上,魏虎假惺惺地笑着,薛平贵也没任何防备,将手中的一杯酒一饮而尽。不一会儿,薛平贵中毒趴在了桌子上。魏虎吩咐下人,悄悄把薛平贵抬出去,架在红鬃烈马上。红鬃烈马看到主人身中剧毒,便带着薛平贵跑回了西凉。据说到西凉后,皇宫的门外看到红鬃烈马,拖着一条巨龙,向他们跑来。那场景让侍卫们目瞪口呆,到宫门后,才看清拖着一位帅气非凡的公子。门外的士兵禀告了代战公主,代战让他们把人抬到宫里。把红鬃烈马带到马厩给足马料,好生照看。代战让御医给薛平贵诊断病情,御医说道:"这位公子身中砒霜之毒,由于路途的耽搁,已经回天乏术了。"但是代战不死心,给御医下了死命令,救不活薛平贵,所有人陪葬。御医们商量来商量去,最后决定以毒攻毒。真是上天保佑,薛平贵捡回了一条命。由于中毒深,体内毒素没有完全清除干净,所以他需要好好静养。就这样代战和薛平贵朝夕相处,渐渐地,两人也熟悉起来,代战问薛平贵:"你是被何人所害?差点儿就命丧黄泉了。"薛平贵感激地说道:"公主,你对我有救命之恩,对公主我就知无不言了。我揭皇榜降伏了红鬃烈马,朝廷封我为六品将军,并赏黄金百两。但是被贼人魏虎假借给我祝贺之名在酒中下毒。"代战听完很同情薛平贵,在朝夕相处的这段时间里,代战对薛平贵产生了好感。等薛平贵完全恢复后,代战说明了她对薛平贵的爱慕之情。其实薛平贵也很喜欢代战,两人可以说是两情相悦。代战让父亲答应他们的婚事,封薛平贵为驸马。

西凉王很开心,代战终于出嫁了,他的王位也有人继承了。他们完婚后,薛平贵对代战说:"公主,我们能不能停止对朝廷的征战,战争最后受苦的还是百姓。"代战顺从了薛平贵的意见。西凉国和朝廷停战,两国和平相处了。

过了十几年,西凉王去世了,薛平贵继承了王位当上了西凉王。在薛平贵的统治下,西凉国可谓是繁荣昌盛。后来,朝廷为了拉拢西凉,就下旨宣西凉国国王进京,薛平贵回到故土,心里万般不是滋味。来到朝堂,魏虎看到西凉王薛平贵大吃一惊,他心里还在嘀咕,这是人还是鬼。而皇帝看到薛平贵后,也震惊了,这不是另一个自己吗?他想起了自己那个从小失踪的儿子,看到薛平贵心里有种不一样的感觉。下朝后,薛平贵被留了下来,皇帝小心翼翼地询问薛平贵的身世。聊到最后,发现薛平贵就是他失踪已久的儿子,两人抱头痛哭。薛平贵向皇帝叙述了自己的经历。

第二天,魏虎被下旨处死,魏虎的死大快人心。本来皇帝劳累成疾,因为儿子没找到,他一直提着一口气,希望在死之前能见到儿子。现在儿子见到了,他的心愿也了了,他就安心地去世了。皇帝死后,薛平贵继承了皇位,并且将代战接到了宫中,掌管后宫。

采录地点:泾源县六盘山镇和尚铺村

采录时间:2020 年 12 月 30 日

讲 述 人:石海兰

采录人员:王文清 陈翠英 王 芳 咸永红 冯丽琴

文字整理:泾源县文化馆

整理时间:2021 年 11 月 14 日

朱元璋的故事

朱元璋小时候,家里贫穷落魄。朱元璋在山里,给舅舅放牛。虽然家境贫寒,但朱元璋从小就比同龄的孩子聪明胆大,朱元璋长大后统一了全国,成了皇帝,他就是后来的明太祖。

朱元璋小时候放牛的这座山叫乱石岗,他在这座山上结拜了一帮兄弟,一共是七个。这弟兄七个长大成人后,个个都是能人将才。他们弟兄七个和其他放牛的孩子,一起在乱石岗山上玩耍。朱元璋让他的这帮兄弟从家里拿来铁锨,在乱石岗山上挖了皇上的龙墩当龙椅,掏了左伴丞相的座椅,又掏出右伴丞相的座椅。把龙桌、龙椅等这些皇宫大殿的东西,都挖着掏成之后,就模仿戏曲中的皇上上朝,学着当皇上。这帮小娃娃说咱们都换着上朝,还分组分成左伴丞相、右伴丞相、上大夫、下大夫等玩得不亦乐乎。天天就这么玩着,但说来也真是奇怪,只要朱元璋坐在孩子们掏出来的这个土龙椅上,其他娃娃给他三拜九叩,他坐在上面就稳稳当当地。其他娃娃说:"这个龙墩咱们要换着坐呢!"把其他娃娃换上坐在龙墩上,别人一拜就跌下来了,一拜就跌下来了。试来试去,只有朱元璋坐在上面,别人拜起来他坐得稳稳当当。大家就说:"这也太奇怪了,就你坐上龙椅才稳当!"

朱元璋就在乱石山上,给他结拜的这些兄弟,分了各种大官衔,经常这样玩着。有一天,朱元璋说:"咱们一天在山里放牛,嘴馋得没啥吃,把牛给宰了吃肉!"一个兄弟说:"那不敢!宰了回去你舅舅打咱们呢!"朱元璋说:"不怕,咱们试着宰。"弟兄几个把牛拉住宰了,把牛肉割下来煮着吃了,山高地远没人管。吃饱喝足了,其他娃娃害怕了,不知道该怎么办,朱元璋就像一个胸有成竹的大人一样,吩咐他的"手下"把牛皮用土埋了,把牛尾巴塞在石头缝里,就像啥事也没发生一样,快活地领着这帮兄弟,继续玩他们的拜皇帝游戏去了。

这天傍晚回到家后,朱元璋的舅舅说:"你放牛着呢,这牛数起来咋缺一头?"朱元璋说:"舅舅,那头牛钻进山了!"舅舅说:"你胡说着,那牛还能钻山?"朱元璋说:"舅舅,你要不信,我明天带你看走!"

第二天,朱元璋把他舅舅带到山上。他舅舅一看,这石头缝里塞着一条牛尾巴。朱元璋舅舅抓住这条牛尾巴一搋,牛"哞"地一叫,一搋牛"哞"地一叫,把朱元璋舅舅吓坏了。其实是山神爷在叫，人家朱元璋是真龙天子，连山神爷都给帮忙呢。朱元璋的舅舅一看的确和朱元璋说得一样，他实在没办法把那么大的一头牛从石头缝里拉出来，只好相信朱元璋说的是真的了，朱元璋舅舅无奈地说："原来这头牛真的自己钻进山了！"

朱元璋此后在乱石岗山上玩耍的时候，就给他的这些弟兄们分的是文武大臣，比如武殿章、胡大海、汤和、邓玉、常玉春、郭英等兄弟都被他分成自己的大臣。每天在山上练剑的练剑，射箭的射箭，都在练习武艺，学着怎样打仗，怎样消灭敌人。时间一天天过去了，朱元璋和他的弟兄们个个都练就了一身好武艺，后来个个都是能人。

后来，元顺帝到了徐州城胡作非为，引起了民愤，老百姓不堪忍受，纷纷起来造反。元朝官吏那些人非常野蛮，毫不讲理，在老百姓家喂了马，还把花荣他娘的手剁掉了。这些人胡作非为，弄得民不聊生。老百姓生活在水深火热之中。朱元璋就和他的这些弟兄们起来造反了。他们一行人从城门往过走的时候，让一个城壕里的一位脱脱太师把他们堵住了。这时候爱吹牛的胡大海就开始大吹牛皮说："你还竟然在这里挡我呢，你能挡住我吗？"脱脱太师说："你们今天从这里能过来吗？"胡大海就吹牛说："我这人能呼风唤雨！"话音还没落，猛然间电闪雷鸣，大雨即将到来。脱脱太师说："我们这里有一个红衣大炮我安在这里，看你们谁能冲得过来！"红衣大炮就是火药炮。结果他们把大炮搬出来，还没来得及点火，天边突然升起一团乌云，下了一阵雨，把炮捻子下湿点不着了！常玉春、郭英等兄弟都乘机跑了过去。

常遇春是个粗人，说话办事比较粗鲁。一次，朱元璋和常遇春等一行人骑着马赴京赶考，在路上问一个老头说："老头老头，去京城的路咋走呢？"本来是从北向南走，人家给他指的是向北走。常遇春骑马走了三天，有人问他："你骑着马这是要去哪里啊？"常遇春说："我要到京城去考武状元。"问话的人说："你别走错路了！人家都朝南走呢，你正好走相反了，你这是在往北走啊！"胡大海不礼貌，问人不下马，还直呼人家："老头！"后来朱元璋过来碰见那位老头，他赶紧从马身上跳下来，躬身礼貌地问："老大爷，您知道去京城考试的路怎么走吗？"老头就指着路说："你们顺着南边一直向前走，就到了。"

等到他们到了京城，武科场早就蓄谋收拾朱元璋这一帮子人呢，提前在武科场周围埋好了火药。围墙都是空心的，围墙里面安装的全部是红衣大炮。脱脱太师晚上查看战场，在一间店房里见了和他儿子长得几乎一模一样的常遇春，脱脱太师由于思念儿子早已经急疯了，因此，脱脱太师在店房里一看见常遇春就说是他儿子。脱脱太师高兴地说："我一个儿子几年前在战场上死了，原来他并没有真的死了，他还活着，他还在这里！"失去儿子的脱脱太师真的是急疯了，硬说常遇春是他儿子，其他手下明知不是还不敢说。脱脱太师就给店家安顿："你把这个人照顾得好好的，明天绝对不能让到武科场里去！如果出了任何差错，我就把你的店灭了。"脱脱太师的命令谁敢不听，店家就趁常遇春睡着的时候，连夜用棉被床单布料等把他住的房子门窗塞得严严实实，不进一点亮光了。常遇春睡一觉醒来见天还没亮，又睡了一觉醒来，天还没亮。常遇春心想：这今晚上的夜咋这么长，我还要到武科场考试去呢。见天还不亮，他又倒头睡了。由于连日赶路缺少睡眠，十分困倦，所以只要他头一挨枕头就睡得啥也不知道了。最后常遇春彻底睡醒了，突然意识到自己已经醒来好几次了，平日里自己都是一觉醒来天就亮了，这天难道还给不亮了吗？常遇春这才感觉不对劲，他跑过去一脚把门踢开，只见床单被子都掉了一地，看天色已经到下午了。

常遇春着急地骑上马就往武科场跑。等他跑到时，人家早都报好名在武科场里面比武呢，他在外面干着急进不去！常遇春骑马围着武科场跑了一圈，发现武科场外面这一圈墙是用砖头垒起来的空心墙，是一道加墙。其实在加设这道墙时就特意做成空心的，里面装的是火药。常遇春看不见武科场上的具体情况，着急得骑在战马上，站在一个高嘴子上绷着身子观望，由于看不清现场的情况，常遇春一着急一使劲往上绷身子，连带双脚使劲夹了战马，他的双脚一夹，战马条件反射立刻往前冲，失去重心的常遇春急得用手中的长枪扶墙想保持稳定，没想到他的长枪把那围墙戳透了，连人带马冲起来把围墙冲塌了，冲了三丈深的一个豁口。常遇春进去后武科场上比武的举子都已经结束了，他着急得还没处拴马。常遇春一着急，用他的长枪从墙上扎下去，一下子扎进墙里面装火药捻子的竹筒子，装好火药准备炸武科场呢，不知情的常遇春赶紧把他的马拴在长枪把柄上离开。这时候战马正要撒尿，一泡尿顺着装火药捻子的竹竿子灌了个透！最后火药捻子湿得也点不着了，这匹健壮的战马永远也不知道，它的这一大泡马尿，拯救了整个武科场的众举子。

最后乱石岗的这弟兄几个，郭英能射天下，从钱眼儿里能射进去四个字，箭法非常好，武科场的幕后人想把比武的这些举子全收拾了，结果围墙里的火药捻子湿透了点不着！脱脱大师赶紧率领手下，追上常遇春他们一伙人，结果红衣大炮也点不着！还有爱吹牛的胡大海，朱元璋弟兄几个是各显神通，才把武科场的这些众举子救了下来。

从此，朱元璋带领这帮弟兄们冲出了南京城，开始在徐州各地打江山了。

采录地点：泾源县六盘山镇和尚铺村

采录时间：2020 年 12 月 14 日

讲 述 人：李　强

采录人员：王文清　陈翠英　王　芳　咸永红　冯丽琴　张　滢

文字整理：泾源县文化馆

整理时间：2021 年 8 月 20 日

朱元璋认女儿

朱元璋是明代时的皇帝。他从小家境贫寒,放过牛、讨过饭,后来当兵从军,到部队以后,由于朱元璋才智过人、武艺高强,各方面出众,渐渐地有了影响力,势力壮大。

在一次行军作战中,朱元璋所在的部队人少,敌人众多,他们寡不敌众,很快被对方打散。部队被打散后,朱元璋他们一伙人就逃窜到一个村子里。

当晚,朱元璋逃窜到这个村子里的一户人家。这家的女人是个寡妇,相貌出众,她见朱元璋是当兵的,又在逃难,就收留了他。收留了两天,这个妇人觉得朱元璋人品端正各方面都好,就喜欢上了朱元璋;朱元璋也喜欢这个女人,两人相处了一段时间,感情很好。过了一段时间,朱元璋这伙人要去找部队。妇人舍不得朱元璋走,说:"你走了我也无依无靠,咋办呢?"朱元璋说:"我是个军人,要行军打仗,不能长期留在这里。我有我的远大理想呢!"最后没办法,这个女人说:"你我相处了这么长时间,你走了以后,万一我有了孩子怎么办呢?"朱元璋想了很久,把这个女人梳头的一把梳子一折两半,给女人说:"以后你有了孩子,孩子找爹时,就以此为证。"朱元璋拿了半截梳子,给女人留了半截。

后来这个女人果然生下了一个女孩。女孩渐渐长大了,一直问女人说:"我爹爹呢?我爹爹在哪儿?爹爹在干什么?"女人就一直哄孩子说:"你爹充军呢,在部队回不来。"渐渐地过了十几年,女孩一天天长大成人,哄不住了。女孩说:"自从我出生以来,就没见过我的亲爹。我的亲爹到底在哪里呢?"女人就只好给女孩把事情经过说了一遍。然后,她把当初和朱元璋一起约定的信物给女孩说:"你一定要找你亲爹的话,就以此为证。我打听过了,听说你爹已经当了皇帝,你去找你爹吧。"

这个勇敢的女孩,找到皇宫外,说她是朱元璋的女儿,所有人都不相信。最后得到消息的朱元璋,把女孩传了进去,当面问:"姑娘,你说你是我女儿,你可有凭证?"女孩说:"我有凭证!"朱元璋说:"那就快把凭证拿出来!"女孩就把那半截梳子从怀里掏出来,太监将梳子递给朱元璋。朱元璋看到那半截梳子,突然想起了当年的确有这么一回事。朱元璋拿出自己保存的那半截梳子,把两半接到一起,正好拼成了当初那把完整的梳子。朱元璋喜出望外,立刻就认了自己的女儿。之后,朱元璋就有了家。

采录地点:泾源县六盘山镇东山坡村

采录时间:2019 年 12 月 30 日

讲 述 人:王彦清

采录人员:王文清 张 昕 陈翠英 咸永红 冯丽琴 张 滢

文字整理:泾源县文化馆

整理时间:2021 年 10 月 23 日

2019 年 12 月 30 日,王彦清(右一)在泾源县六盘山镇东山坡村姚
治富家中讲述泾源民间故事。

刘 伯 温

  在明朝时期,陪朱元璋建功立业,有一人叫刘伯温,也是一代风流人物。他精通天文,懂兵法,是辅佐朱元璋打下江山的一代英雄豪杰,朱元璋的成功,离不开刘伯温。

  刘伯温跟着朱元璋征战南北,一起打江山,可以说是出生入死。元朝灭亡后,天下陷入了一片混乱,战火四起,民不聊生。那时候,朱元璋发誓要救百姓于水火之中。因为刘伯温从小出身贫寒,所以他很明白百姓的困苦。成年后他到处游走,结交有志之士,为他的目标奠定基础。后来,朱元璋认识了智勇双全的刘伯温,刘伯温也很佩服朱元璋,就这样两个人开始招兵买马,不断壮大自己的力量。等到时机成熟的时候,他们就利刃出鞘,给对手一个措手不及。

  元朝灭亡后,诸侯开始互相争斗。战火连连,百姓叫苦连天。朱元璋觉得时机成熟,于是他和刘伯温对诸侯发起战争。通过不断的努力,他俩终于将分裂的诸侯收归于麾下。一切都回归了平静,百业待兴,万物皆得休养生息,朱元璋建立了明朝。但是好景不长,南京又出现匪徒猖獗的事情,朱元璋派刘伯温南下剿匪。

  刘伯温收拾好东西,待一切准备就绪后,他带着一支精锐的军队,开始南下来到南京。到达南京后,听说诸葛孔明在此修建了一座像鼻子的雕塑在等他。刘伯温听了很好奇,就来到了这座雕塑面前,看到这座雕塑时很震惊。这座雕塑高约两米,工程很宏伟,做工很细致。上面有着行云流水的碑文,写道:"十分的天下诸葛孔明,三分的天下刘伯温。"看完后,刘伯温很气愤地说:"你就是三分天下,还号称十分天下,真是大言不惭。"一气之下,让手下人把鼻子拆了,没想到的是,这是个套凹式的鼻子,里面还套着个小鼻子。小鼻子就矮多了,就好像是精心设计的,知道刘伯温的身高似的。刘伯温稍微掂一下脚尖,就可以和鼻子平视,可以清楚地看到上面写着:"十分的天下刘伯温,三分的天下诸葛孔明。"看完后,刘伯温哈哈大笑起来,对着手下人骄傲地说道:"这里面的鼻子上面,说的才是大实话。不枉费我跟随朱元璋这么多年征战沙场,陪着他上刀山,下火海了。"这时刘伯温的副将疑惑地问道:"将军,都说下转能人刘伯温,你下转是何人?"刘伯温有点落寞地说道:"这个问题我无法回答你,诸葛孔明五百年前就知道自己下转是能人,我却不知道自己是何人了。"听完刘伯温和副将的聊天后,大家都陷入了一片寂静中。突然,有东西从远处朝刘伯温迅速地飞过来,越来越近,所有人才看清楚是一支无头箭。刘伯温想要躲开，无头箭却以迅雷不及掩耳之势，射向他的咽喉。无头箭和刘伯温的咽喉处只差一毫米的距离，刘伯温吓得两腿直哆嗦。这时有人说道："要不是因为你不是暴君，我才不会手下留情，留你一条性命。"大家瞬间才反应过来，无头箭原来是一支通灵的箭。刘伯温感激地跪倒在地，说道："谢箭神不杀之恩，我还是想知道，箭神是哪里的神仙，可否告知一下你的名讳？"无头箭的箭灵笑着说道："刘将军客气了，我就是一个小小的剑灵。就是负责人间的正义善恶，专杀不忠不义、十恶不赦之人。"然后无头箭就离开了，因为刘伯温忠君报国，无头箭才会手下留情。要不然刘伯温将会成为无头箭的箭下魂了。看完雕塑后，刘伯温心存芥蒂，但是他还得完成剿匪任务，这次他立了军令状了，要不然就得提着人头面圣了。南京的匪徒也是内讧严重，所以刘伯温轻而易举就歼灭了匪徒。然后带着剩余的士兵回京，一路上他思考了好久，他这次一定想办法脱离朱元璋。要不然以后命丧在朝廷。雕塑事件让他明白了朱元璋的心胸有点狭隘，正可谓一山不容二虎。

经历了雕塑事件后，刘伯温就决定不再保护朱元璋了。因为他跟着朱元璋一起打江山，到最后才是三分的天下。刘伯温回到京都，觉得自己可以功成身退了。以他对朱元璋的了解，朱元璋绝对不会容忍有一个人和他分享胜利的喜悦。为了自己的性命，他必须退隐山林。在朝堂开始论功行赏的时候，刘伯温请求归隐山林。朱元璋假装不愿意地说道："刘爱卿，你陪朕打了江山，现在我们应该一起享受世间的安稳和平，你怎么退隐山林呢？"刘伯温回道："谢陛下厚爱了，我想要的功名和伟业都实现了。现在的我想要过回平民的生活，望陛下成全。"朱元璋不再挽留，刘伯温可以说是告老还乡。刘伯温归隐山林后，再没有出山，过着桃花源般的隐居生活。到了后期，朝廷遇到难题，想要请他出山，他都以保养身体为由拒绝出山。就这样朱元璋到死，都没有再见过刘伯温，在刘伯温看来，不相见各自安好便是晴天。

刘伯温的一生也算是传奇的一生，既有丰功伟业，也有安逸自在。

采录地点: 泾源县六盘山镇和尚铺村
采录时间: 2020 年 12 月 30 日
讲 述 人: 李　强
采录人员: 王文清　陈翠英　王　芳　咸永红　冯丽琴
文字整理: 泾源县文化馆
整理时间: 2021 年 12 月 20 日

康熙访贤

康熙在皇宫里待得有些烦闷了,想到民间去走一走、看一看。好好地体察民情,顺便考察一下朝廷下派的官员。他把国事安顿给了太子和几个王爷就出了皇城。

到了他曾经住的一个地方,发了个榜文。榜文说:买我者无子,我卖者无父,每日三问安,何处是家园? 榜文发出后,康熙找了家客栈住下来,等待贤才的出现。这个地方有一个小伙子,名叫王华,他从小父母双亡,跟着庄里的人以打鱼为生。王华把打上来的鱼,不管大小多少都送进县衙里,这样既可以卖个好价钱,又能把打到的鱼全部卖掉。

一天,县令杨吉开过完寿宴,有几个客人开始卖派(方言,炫耀)开了,个个卖派自己有多大的本事。几个人喝了点酒,把牛越吹越大,说话的声音也越来越大了。时间长了,县令的夫人使着女子到客厅,说道:"你去看一下你爹爹,高喉咙大嗓子不知道说啥着呢。赴宴的客人们都走得差不多了,叫你爹爹早点休息吧。"女子叫杨秀英,出了卧室到了客厅,听到县令正在卖派着。卖派着他有多大的能耐,卖派得正欢着哩,女子杨秀英问县令:"爹爹,人一生是由人不由命,不是由命不由人。"县令听女子这么说,骂道:"臭丫头,你咋能在别人面前说我的不对呢? 本来是由命不由人,你说是由人不由命。"杨秀英说:"爹爹,我就说的是由人不由命。不由命,由你着呢。"县令当时就生气了,说:"由命不由人,我把你给叫花子给了,让你好好体会你的由人不由命去。"县令的话说出去了,给一般的穷苦人吧有点舍不得,给别人吧又没有合适的人选,但话已经说出去了,不给真还不行。

正在发愁呢,王华送鱼进来了。县令的眼睛一下亮了,王华这个娃娃还是不错的,这些年给县衙里送鱼,人也算是老实本分,更重要的是,王华还没有娶妻。把女儿送出门时,县令给女儿杨秀英说:"你说你的命由人不由命,我把你给叫花子送给,你好好体验一下到底是由人还是由命。"杨秀英说:"你把我给叫花子也行,反正我是说了,不由命由人着呢。你既然把我给了叫花子,那我就跟着叫花子去。"

两个人的日子过得平淡而充实,婚后两人生了两个娃娃。有一天,王华给县衙送完鱼路过城门,看到城门边上张贴的榜文,很多都在围观。一个人笑着说:"你看这个老人家好笑不好笑,没有儿子卖他着呢,口气倒是不小,谁会要他这个死老汉啊,还一天要三问安。"王华也挤过去,听着别人对榜文的议论。王华小时候的一个伙伴看他也来凑热闹,对王华说:"你来得正好,你从小就没有父亲,你把这个老汉买回去好好孝敬,让这个老汉给你当爹么。"旁边认识王华的几个人,也七嘴八舌头地说开了,让王华把这个老汉买回去当爹。王华被众人怂恿着说:"买下就买下么,我没有爹是实实在在的事儿,买下就买下。"王华说着把榜文扯了,化装成平民的康熙看了一眼王华,说道:"娃娃啊,你把我买着去了管吃管住,还要一天三问安呢。"

王华说:"一天三问安我能做到,只要你老人家不嫌弃咱们家里贫寒、饭菜不合胃口就行,我们一家几口吃啥,我给您老人家吃啥,三餐管你不饿,破屋茅房能遮风蔽雨。"

康熙说:"贫寒我倒是不嫌,只要你有一片孝心,我是不会嫌弃的。"

王华把康熙带到家门口,给康熙说:"你老人家先在门口稍等一小会儿,我先回去把家里卫生收拾一下,给您腾出一间房子供您休息,收拾好了我再接您老人家进门吧。"

门口有两个树墩墩,康熙随即坐下来,左右看了一下,随口说:"这真是个龙种,又大又稳,真是美得很。"王华听到了说:"老人家你可不敢乱说,这话要是让县衙里的人听了去,那可不得了。门口的烂树墩墩,你说是个龙种。"康熙说:"不打紧,没有啥事儿。"

回到家里,王华给杨秀英说:"你看我从小都没有爹,今天我在城门口买了个爹。""你买了个爹?"杨秀英很惊讶,王华指了一下坐在门口树墩墩子上的康熙,杨秀英见王华已经把人买回来了,也只能养着,开始收拾起卫生来。

把康熙接进屋子里,王华说:"爹爹,你看咱们家就这种境况,虽然说是贫寒一点,但也能过得去,你不要嫌弃了。到炕上好好缓一缓,我让你儿媳妇给你做吃的去。"康熙指着屋里站着的两个娃娃问:"这是你的孩子?"王华说:"是的,爹爹,这两个孩子是我的孩子。从现在开始他们就是您老人家的孙子了,这个头高一点的是老大,名字叫柱儿;个头低一点的是老二,名字叫梁儿。"康熙说:"我既然是他们的爷爷了,我给他们把名字给改了吧。大的叫金梁,小的叫玉柱,你看行不行?"王华说:"咱们是贫寒家庭的孩子,起个金梁啊玉柱啊怕是不成,财气太重压着孩子呢。"康熙说:"孩子的名字就要大器呢,那关系倒是不大,我看能成呢。"说话间,杨秀英端上了饭菜,王华说:"平时咱们家里就吃这些,您老人家也别嫌弃家里的饭菜不好。我们以打鱼为生,平民百姓的粗茶淡饭能吃饱肚子。"康熙吃了一口饭,王华问:"味道不知合不合您的胃口,盐寡盐重您说一声,内人下次做饭时多注意就是。"康熙说:"普通贫寒家里,能有口吃食已经不错了,我不挑,合胃口呢。"康熙还说:"生活上咱们不打紧,有的是好钱,有的是好饭,有的是好茶。"王华一听,觉得这个老汉说话口气很大,刚刚还卖自己呢。这刚过一会儿就有的是好钱,有的是好饭,有的是好茶。王华笑着说:"爹爹,咱们家一贫如洗,哪里有的是好钱、好饭、好茶?"康熙说:"我给你写个条子,缺啥你到县衙里领去。"王华心想:你写个条子,县衙里谁会认你的条子啊。康熙给王华写了个条子,让王华拿着条子到县衙里找县太爷。县衙大门紧闭,一个人影也没有。敲了半天门,没有人来给他开门。县衙大堂前摆着一支大鼓,王华拿起鼓槌开始敲打起来。不多时,县衙门开了,出来两个衙役,问他为啥要击鼓,他说:"我在城门口买了个爹,这个爹写了个条子,让我到县衙领钱来呢。"说完,把条子递给衙役,衙役把纸条送到县太爷那里。县太爷正好是王华的老丈人杨吉开,他看了纸条吓得抖起来:这个娃娃竟然拿的是皇上的圣旨么,可不得了了。

按照纸条上写的钱财的数量,杨吉开派了衙役护送王华回到家里。康熙见了王华说:"我说得没错吧,他们是不是给你钱财了?"

"给了,给了很多。"

康熙看了一眼衙役端着的银子,说道:"够了,够了,够我们一家人回家的盘缠了。"

"回家,您老人家不是没有家吗?"

"老夫四海为家,这四海之内都是我的家。"康熙说着,"你们一家四口跟着我回老家吧。"

"您还有老家呢?在哪里?"

"我一个条子让你能领到银两,我咋能没有老家哩?"康熙说,"走,我带你们去皇宫。"

到了皇宫王华才知道,康熙年轻时路过他的家乡,在那里结识了他的母亲,后来他母亲生下他,把他放在一条渔船上,自己跳江自杀了,是那里的渔民捡到他并把他养大。康熙才是他真正的生父,此次康熙出行就是来寻他丢失的儿子的。

搜集地点:泾源县六盘山镇和尚铺村

搜集时间:2018 年 3 月 28 日

讲 述 人:漆效文

采录人员:王文清　陈翠英　王　芳　张　昕　咸永红　冯丽琴

文字整理:泾源县文化馆

整理时间:2021 年 4 月 11 日

朝阳正宫

　　她是朝阳正宫的娘娘，虽然皇上有后宫佳丽三千，但对她十分恩宠。皇上和她一直期望有个孩子，因为有了孩子就可以继承皇位，她的皇后之位也就更加稳固了。这天她刚用过御膳，总觉得不舒服，难受得想吐。她让宫女请来御医把脉，结果御医说道："恭喜娘娘，贺喜娘娘。"她有点疑惑，怎么回事？又听到御医说道："娘娘有喜了。"这个消息让她高兴坏了。这时皇上刚下朝，她赶紧让宫女去请皇上。

　　皇上来到了朝阳殿，看到了御医后，神情一下子紧张了起来。说道："皇后身体怎么了，御医怎么在这里？"御医正要说话，她说道："皇上猜一猜我怎么了？为什么要请御医"。皇上说道："朕怎么能猜到呢？皇后你身体无大碍吧？"皇后开心地说道："臣妾有喜了，皇上你有子嗣了。"皇上喜出望外，不敢相信是真的，等御医又说了一遍，皇上才相信了。

　　自从朝阳正宫娘娘怀孕有喜以后，皇上大赦天下，独宠皇后一人。这可把后宫的其他贵妃给气坏了。有位丽贵妃，因为父亲在朝中掌握军权，把什么人都不放在眼里。现在皇后怀孕，成了她的眼中刺。她知道，只要皇后诞下皇子，日后肯定是太子。可是好巧不巧，她也怀孕了。她心里既高兴，又担忧。害怕自己生得迟，自己的儿子当不了太子。

　　很快，两个娘娘十月怀胎就要生了，这天晚上风雨交加，朝阳正宫娘娘突然肚子疼就要生产。所有御医和产婆都去接生，丽贵妃一下子着急了。她还没有动静，她情急之下喝了催生药，一下子也疼痛难忍起来。叫来丫鬟和产婆接生，一会儿工夫就生了，可是生下是一个死婴，这下丽贵妃绝望了。她又听见朝阳正宫那边还在生产，她叫来自己的亲信。只要朝阳正宫生下孩子，就和她的死婴交换。

　　她做得很快，将知道她诞下死婴的人通通都杀掉了。没过一会儿，朝阳正宫娘娘刚生下孩子，听见孩子几句哭声，就晕了过去。这正好给了丽贵妃亲信的时间，交换了孩子，做得天衣无缝。

　　之后，皇上来看正宫娘娘，结果发现自己的儿子是个死婴。十分难过，告诉朝阳正宫娘娘以后，她不相信这个噩耗。自那以后，正宫娘娘整日不吃不喝，以泪洗面。很快因为思念儿子,接受不了儿子是死婴的事情,哭瞎了双眼。

　　因为她双眼瞎了,她走出了朝阳殿,自己一个人晃晃悠悠地,不许别人跟着,走呀走,走到了什么地方她也不知道。她踏出了宫门,因为眼睛看不见,所有人都避开她。到了晚上她又饿又冻,躺在了一棵大树下面。有一个樵夫路过,看见了她,觉得她十分可怜,就将她带回了家。这个樵夫十分孝顺,对他的母亲很孝顺。并且樵夫告诉她说:"看你这么可怜,也没有地方去,你就和我娘在一起,当我的娘吧!我以后打柴养活你们"。她十分开心,虽然她没有儿子了,但是有一个人愿意把她当娘。

　　十几年过去了,她知道改朝换代了,丽贵妃的儿子当了皇帝。但她不想再踏进宫门一步,因为那里有太多的伤心往事。这天,她和樵夫的娘一直等樵夫回来,可是樵夫迟迟没有回家,她们两个人急坏了。去询问邻居才知道,樵夫因为得罪了达官贵人被抓了起来,准备处以死刑。

　　樵夫的娘着急坏了,她也十分着急。毕竟樵夫把她当了十几年的娘,对她那么孝顺。她决定了,她要回宫,再怎么说她也是前朝皇后,她要帮助樵夫,不能让他死。她让邻居把她搀到了宫门口。她对侍卫说:"我要见你们的丽太后"。侍卫根本不理她,她拿出以前皇上给她的金牌,侍卫赶紧去通报。

　　来到了丽太后宫里,全是熟悉的感觉,她知道这里就是她的朝阳宫。丽太后笑着说道:"娘娘没想到这么多年没见,你还没死啊!你没死,可是让皇帝因为思念你死了,你觉不觉得你太无情了"。她一下子流下了泪水。皇帝为了她死了,她对不起那个爱她的人啊!丽太后说道:"你来皇宫是送死的吗?"朝阳正宫说道:"我希望你能够看在往日的情分上,告诉下面的人,不要杀一个樵夫,他是我的儿子。"丽太后说道:"哈哈哈,你什么时候又多了一个儿子,你的儿子不是已经是我的儿子了吗?他现在已经是皇帝了。"她感到不可思议,问道:"你说什么?现在的皇帝是我的儿子。那你的儿子呢?我当时生的儿子是个死婴。"丽太后说道:"现在告诉你也无妨,我当年产下死婴,就派人换了你的孩子。"她说道:"你好狠毒,我因为思念儿子哭瞎了双眼,结果全是你的阴谋诡计。"这时候,皇帝突然从门外进来了。丽太后说道:"皇上你什么都没有听到,对吧,你怎么突然过来了?"她听到皇上两个字,赶紧去摸自己的儿子。皇帝抓住了她,叫道:"母后。"她不敢相信自己的耳朵。皇帝对丽太后说道:"这么多年来,你就把我当成傀儡一样,我做什么都得不到您的喜欢,原来我不是您的儿子,您才这样做。"丽太后慌了,她知道她完了,皇帝知道了真相,她的下场会是怎么样的。

　　皇帝认回了母亲,她又住回了自己的朝阳宫,当上了太后。她让皇帝查明了真相,放了樵夫。她接来了樵夫的娘,和樵夫的娘一起住到了朝阳宫里。樵夫因为习武有力,皇帝也将他放在了身边,让樵夫做个贴身侍卫。皇帝要处决丽太后,被她拦下了。她告诉皇帝:"她虽然从小到大对你不好,但是她把你养在身边十几年,还让你当上了皇帝,你再怎么样也不能杀她。"皇帝答应了,将昔日无比风光的丽太后打入了冷宫。

搜集地点:泾源县六盘山镇马西坡村

搜集时间:2018 年 3 月 23 日

讲 述 人:孙菊英

采录人员:王文清 王 芳 咸永红 冯丽琴 陈翠英

文字整理:泾源县文化馆

整理时间:2021 年 4 月 23 日

孙菊英 1942 年 8 月出生于六盘山镇马西坡村。

聪明的媳妇

相传很久以前,有一对老夫妻生了一个儿子,儿子长大后娶了媳妇。这媳妇长得很漂亮,人不但聪明,而且还很贤惠。下地干活能吃苦,下厨做饭又香又好吃,小夫妻恩恩爱爱,日子过得也算舒坦。由于儿媳妇太聪明,婆婆就经常有意识地刁难她,给儿媳妇安排的活让她想不到、做不到、办不到,可是每次这聪明的媳妇都能想到、能做到、能办到。

有一天,媳妇让丈夫去问婆婆,看今天安排啥活要干。儿子就来到母亲的房间,问道:"妈,今天让我和我媳妇干啥活?"母亲说:"你和你媳妇今天干的活是:天上像出太阳,地上像落雪花。"儿子听了母亲的话,百思不得其解,闷闷不乐地来到媳妇跟前说:"我妈给咱俩安排的活是天上像出太阳,地上像落雪花。我不知道我妈让咱干的这是啥活?"聪明媳妇听了后,思索了一会,笑着对丈夫说,我知道这是啥活:"咱家院子里有好多大圆木滚子,今天咱俩要把这些圆木滚子用大锯来解板。"丈夫听了媳妇的话,还是想不明白。按照媳妇的吩咐,把一个大圆木竖立在太阳下的一棵大树上,用绳子固定好。二人就拉起了大锯,你拉我推,我拉你推,就这样拉来拉去,一个上午就把一个大圆木解成一块块木板,从木板的缝隙中看太阳,一闪一闪的太阳光,就好像刚要升起的太阳。大锯来回拉动,落下的锯末似落下的雪花一样。婆婆从窗户里悄悄向外面看着儿子和媳妇在院子干活,心里暗暗佩服儿媳妇,啥话也没说。

过了几天,儿子又去问母亲:"妈,今天我们干啥活?"母亲说:"镇上今天逢集,你俩今天去赶集。"儿子说:"妈,我俩赶集身上没钱,啥也买不回来。"母亲说:"那就去把羊圈里的羊吆上一只,到集市上卖了。"儿子问:"妈,把羊卖了,回来给家里买些啥?"母亲说:"买上两个西瓜,让羊驮回来。"儿子听了母亲的话,哑口无言,知道母亲又在刁难自己媳妇。儿子回到房间对媳妇说了母亲的吩咐,聪明媳妇听了丈夫的话后,笑着说:"好,咱一切就按照妈的吩咐去办。"夫妻二人就把家里的羊吆了一只,赶到集市上去卖。丈夫一路就寻思着,把羊卖了,买上西瓜,再让羊把西瓜驮回来,这怎样才能做到呢?丈夫想了一路也没想出个好办法。聪明的媳妇就有办法,她把羊吆到皮毛市场,借了别人一把剪刀,把羊毛剪了卖了,用卖羊毛的钱,买了两个西瓜驮在羊背子上回来了。婆婆看着儿子和媳妇让羊驮着西瓜回来,心里暗暗赞赏儿媳妇。

村里人都说儿媳妇非常聪明,自己多次为难儿媳妇,可是每次都难不住她,这儿媳妇果然非常聪明。

过了一段时间,聪明媳妇想回娘家,就来对婆婆说:"妈,我好长时间也没有回娘家去,昨晚做梦,梦见我母亲了,我想回娘家伺候我妈几天,您老人家允许吗?"婆婆听了儿媳妇的话,又想再刁难一次儿媳妇,就对媳妇说:"你想回娘家我允许,你从娘家回来给我带上两种吃的,带不来这两种吃的,我家这门你就不要进来。"儿媳妇听了,知道婆婆又要为难自己,就笑着问婆婆:"妈,你想吃我娘家的哪两种吃的?"婆婆说:"一种是白皮,白瓤,黄芯芯。一种是不软不硬不肥不瘦的肉,我老婆子牙口不好,要让我能咬动能嚼烂。"媳妇听了婆婆的话,就满口答应,然后回娘家去了。

聪明媳妇在娘家住了几天,准备回婆婆家,就在娘家给婆婆煮了一盘白皮鸡蛋。鸡蛋煮熟,蛋清是白的,蛋黄是黄的,就是婆婆要求的白皮,白瓤,黄芯芯。还给婆婆煮了一个牛肚子,把调料放重,味道很香,牛肚子煮得很烂,这也是婆婆要求的不软不硬不肥不瘦的肉。聪明媳妇带好这两种吃的就回婆婆家了。婆婆见儿媳妇回来了,站在门口问媳妇:"你给我把两种吃的带来了吗?"儿媳妇说:"带来了,妈,你看这是不是你想吃的东西?"婆婆一看,这就是自己要的吃的,看来儿媳妇就是聪明,每次出的难题都难不住儿媳妇。

聪明媳妇的好名声越传越远,越传越神奇,天下人都知道,没有能难住聪明媳妇的问题,后来传到皇上耳边。皇上也想出个难题,考考聪明媳妇,就派太监带人去访聪明的媳妇。太监带人马来到聪明媳妇家,对她说:"皇上听说你很聪明,让你给皇宫敬献一头牛,这牛头要像山头一样大,牛身子要像山岭一样长。"聪明媳妇听了太监的话说:"你回宫禀报皇上,牛有大小不一,山有高低不一,为了有个比较公平的标准。让皇上命人把山头用秤秤一下是多少斤,把山岭量一下有多长,你来把斤数给我说了,我就按照皇上的斤数给皇宫敬献多少斤的牛。"太监带着人马返回皇宫,向皇上禀报了聪明媳妇说的话。皇上听后暗暗惊喜,这聪明的媳妇就是聪明,这山头和这山岭怎么能用秤秤呢?看来自己并没有把这聪明的媳妇难住。皇上忽然又想了一个难题,命太监带人马继续去找聪明媳妇。太监再次来到聪明媳妇家,向她说:"皇上向你要一匹能遮盖天空的龙布,你能献出这匹龙布,我们就带龙布回宫,如果没有,我们就要带你回皇宫。"聪明的媳妇听了太监的话,笑着说:"遮盖天空的龙布我有,可不知皇上要的龙布是多少丈多少尺多少寸?我怕给你们龙布大了你拿回去用不成,给你们龙布小了遮盖不住天空。你回去禀报皇上,把遮盖天空的龙布用尺子把尺寸量好,告诉我这天是多长多宽,我就把这匹遮盖天空的龙布送到皇宫。"太监听了聪明媳妇的话后,又返回皇宫,向皇上如实禀报。皇上听后,非常佩服这聪明媳妇。皇上暗暗思量,我乃一国之君,说出的话是金玉良言,手可掌生杀大权,天下没有我办不到的事!可我没有能力把天空用尺子丈量,看来这次又没有把这聪明媳妇难住,这聪明媳妇长的是啥样子?为何如此聪明呢?我要见见此人,如果长得漂亮,我要把她留在后宫,让她为我出谋划策,保我社稷江山。皇上思前想后,又想到一个难题,就命太监又带人马去找聪明媳妇。太监第三次来到聪明媳妇家,传达皇上的旨意:"皇上让你给他敬献一盘公鸡蛋,你若敬献不上公鸡蛋,就把你带回皇宫,永不能回家!"聪明媳妇听后,面带微笑回答太监:"皇上明知这世上公鸡不能下蛋,我哪来的公鸡蛋敬献皇上?既然皇上三番五次为难我,民妇也就随公公一起回宫面见皇上。"丈夫听到媳妇要随太监一起回皇宫面见皇上,心里很着急,拉着媳妇手说:"媳妇,我陪你一起去面见皇上。"聪明媳妇对丈夫说:"你千万不能陪我去,你若去了,我这辈子就回不来了。你不陪我去,我见了皇上就回来了。"

丈夫听了媳妇的话,恋恋不舍地送她走了几道梁,爬了几个沟,蹚了几条河,目送着媳妇向皇宫走去。

聪明媳妇随太监来到皇宫,见到皇上,皇上问她:"聪明媳妇,你跋山涉水,不远万里来到皇宫,你丈夫为啥不陪护你一起来?"聪明媳妇跪在皇上面前说:"请皇上赎罪,我丈夫在家坐月子,不能陪护民妇一起来皇宫拜见皇上。"皇上听了大怒:"大胆民妇,你欺君罔上!你丈夫是男人怎么会坐月子?"聪明媳妇说:"请皇上恕罪,请问皇上,这天下哪有公鸡下蛋呢?"聪明媳妇把皇上问得哑口无言。

皇上从心里佩服聪明媳妇,赏赐了她 300 两黄金。聪明媳妇带着黄金回家,和丈夫一家人过上了幸福美满的生活。

搜集地点:泾源县六盘山镇五里村
搜集时间:2019 年 12 月 16 日
讲 述 人:张进远
采录人员:王文清　咸永红　张　昕　张　滢　陈翠英　冯丽琴
文字整理:王文清
整理时间:2020 年 2 月 8 日

大姑娘坐轿头一回

乾隆二十年间,乾隆皇帝出了皇宫,到了河南一带视察黄河流域的民情。为了减少麻烦,乾隆皇帝一出皇宫就穿着一身平民的衣服。乾隆皇帝喜欢吟诗作对,每到一个地方,看着风土人情他总会停下脚步,作上一首诗或出个对子让随从他的大臣答对。阳春三月,黄河岸边的桃花开了,很是鲜艳,乾隆看着桃花诗兴大发,作了首诗:

> 一朵两朵三四朵,
>
> 五朵六朵七八朵。
>
> 九朵十朵十一朵,
>
> 飞入草丛都不见。

听到乾隆作了这首诗,旁边有个秀才笑了,指着河里的一群鸭子,也作了一首诗:

> 一只两只三四只,
>
> 五只六只七八只。
>
> 九只十只十一只,
>
> 游入河中都不见。

乾隆皇帝正想与那个秀才好好理论一下,还没有挪开步子。从不远处传来敲锣打鼓的声音,原来是娶亲的队伍。队伍很长,也很热闹,高头大马佩戴红花,灰骡子驮着嫁妆,前面吹喇叭的和敲锣的一唱一和。按古时候的习俗,新娘子有高头大马不能骑,只能骑毛驴。娶亲的队伍接了新娘子,新娘子骑着毛驴走在最前面,一个马童牵着毛驴。路过县衙门口,县令跑出来拦住迎亲的队伍。县令说:"皇帝在咱们县衙里呢,你们不要这么大声地吵闹了,你们赶紧绕道走吧。"新娘子姓刘名若兰,是当地有名的才女,上前说:"结婚是人生中的一件大事,难得一遇,今天路过这里你让我绕道,我偏不绕。"听到县衙门口的争吵,乾隆皇帝瞪了一眼秀才。一副我不想与你较量的架势,就来到了县衙门口。要是别人听到皇帝在此,早都吓得跑八丈远了。这个新娘子确实厉害,县令出面不行,报了皇帝的名还是不行,真是胆子大得了得。乾隆皇帝上前说:"你们不想绕也行呢,不过你们要答应两件事,只要这两件事没问题了,我把我的轿子让给你,让你坐轿子,并且我还把你护送到你婆家去。"

刘若兰看着眼前的这个平民打扮的中年人,心里想着:你能有多大能耐,我来会会你。她说:"好吧,哪两件事?你尽管说来。"

"小丫头口气倒是不小啊,你可听好了,我这第一件事就是一副对联,我出上联,你要对上下联,算你赢。我的上联是:塘中荷花,蜂蝶硬要采。你对下联吧。"

刘若兰听了乾隆皇帝的上联,心里一喜,立刻笑着对道:"画上仙女,狂生却难求。"乾隆皇帝一听,拍手赞赏说:"对得好!对得好!那这关算你过了。我这儿还有一件事,你如果答对,便算你赢。"

刘若兰说:"你请讲。"

乾隆皇帝说:"你看到黄河岸边的那头镇河的铁水牛了吗?"刘若兰点了点头,乾隆皇帝继续说道:"请你以黄河岸边卧着的那头铁水牛为题,作一首诗如何?"

乾隆皇帝并不知道刘若兰是才女,更不知道刘若兰出生在书香门第。从小和哥哥弟弟们一起读书,饱读诗书,吟诗作画,她的兄长都不是她的对手,如果她是男儿身,说不定是状元之才。她看着黄河岸边的铁水牛,跳下毛驴,不慌不忙地吟出一首诗:

康熙令铸一铁牛,
置堤镇水几十秋。
狂风拂拂无毛动,
细雨霏霏有汗流。
青草河水难进口,
无绳勒索却昂头。
牧童有力牵不去,
千年万载永驻留。

乾隆皇帝听了这首诗以后,大喜过望,他对刘若兰说:"姑娘不仅容貌娴雅,气质超群;而且才思敏捷,诗情不俗。在这个小小中牟县能有此才女,真是不可多得!"

刘若兰说:"既然我赢了,是不是到你兑现承诺的时候了?"

乾隆皇帝哈哈大笑,把随从抬的红得似火的轿子让给刘若兰,并亲自为刘若兰掀起轿帘,请她上轿。还亲笔给刘若兰书写了"大姑娘坐轿头一回"几个大字,赏给刘若兰。从此,姑娘出嫁就不再骑毛驴,改成坐花轿了。

搜集地点:泾源县六盘山镇和尚铺村

搜集时间:2018 年 3 月 28 日

讲 述 人:赵海江

采录人员:王文清　王　芳　咸永红　冯丽琴　陈翠英

文字整理:泾源县文化馆

整理时间:2021 年 4 月 12 日

赵海江　1947 年 3 月出生于六盘山镇和尚铺村。

废弃旧制救老人

春秋时期，齐国制定了一条非人性化的制度，只要是年龄过了六十岁的老人，一律处死。许多人对这条制度，真的是无法理解，但又敢怒不敢言。这世间总有例外，雾柳镇的孝子王安旭用自己的行动，让齐国的领导者废除了这条制度，并且让全国人都要赡养老人，说老人是家里的宝。

齐国建立之初，齐国领导者认为老人是拖累家庭和国家的人，不能创造出任何价值，所以就制定了一条制度：年龄超过六十就要处死。他认为这样就可以节省很多物资和钱财，并且能减轻家庭负担。这制度也执行了好多年，直到王安旭手里，他就不再顺从这条制度。他认为制度是人定的，也有对错之分。好的制度他保证完全服从，但是误人子弟的制度，他就需要三思而行，而不是跟着别人随波逐流。

到了齐国繁盛中期，王安旭的父亲，年龄也到了六十岁。王安旭不想让父亲成为这种非人性化制度的牺牲品。他就提前好几年开始，偷偷修建地下室，把地下室修建得和家里一模一样，这样父亲住地下也不会着急。快到六十岁那一年，他就策划了一场阴谋。

第二天，他就去镇里假装寻找父亲，并且让大家伙帮忙找一下。谎称父亲离家出走了，他才发现，就这样大家都没找到。这事顺利地传到了县太爷的耳朵里。县太爷对衙役说道："这老头子估计是因为年龄到了要杀头，所以逃跑了吧？"就这样过了好几天，衙门也就放弃了。因为这条制度，每年逃走的老人不在少数，他们也就不再追究。王安旭将父亲安置在地下室，每天按时按点给父亲送饭菜，王安旭的父亲很欣慰有这样一个孝顺的儿子。王安旭寒窗苦读十几年，凭借自己的努力，也取得了应有的成绩，他在朝廷当职。那时候可以说是连年征战，直到齐国建立并强大后，很多周边的诸侯国，都对齐国毕恭毕敬，担心稍有不慎，就成了齐国铁骑下的冤魂。所以每年诸侯国都要按时向齐国进贡贡品，以此来维持彼此间的友好和和谐。

过了好几年，燕国国主野心勃勃，又到了燕国向齐国进贡贡品的时候了。燕国国主很不情愿，所以他想要乘这次进贡，试探一下齐国的底细。于是，燕国的臣子都纷纷进言出谋划策，最后燕国国主采纳了丞相的提议。将本地大如牛的巨鼠带进齐国，让齐国的群臣去辨认是什么物种，看齐国是否真的人才辈出。燕国使臣带着贡品，以及燕国的本地巨鼠进入齐国。到了齐国,齐王派人迎接燕国使者,燕国使者到了朝堂拜见齐王并说:"大王你好,这次由我来进贡,我国大王听说贵国人才辈出。特地让我带来一份礼物,让贵国的人才来辨认一下。"朝堂上群臣看到这只巨鼠时都目瞪口呆、面面相觑,无一人认得此物,燕国使者一顿冷嘲热讽。齐王有点坐不住了,丞相赶紧解围道:"使者,您一路舟车劳顿,想必是很累了,要不就到本相府上稍作休息。"齐王也乘机说道:"还是丞相想得周到,赶紧带使者回府休息。寡人一定会让本国的能人志士,来解答使者的这个问题,不会让使者失望而归。"下朝后,王安旭回到家里,他照常给父亲去送饭菜。其父看出儿子满脸愁容,闷闷不乐。便问道:"旭儿,你这是怎么了,有啥心事?给为父说说,说不定我能给你出出主意?"王安旭把在朝堂发生的一切如实告诉了父亲。他父亲说道:"儿啊,老人常说塞外的鼠大如牛,这其实就是一种鼠类。你明天去朝堂,就这样说准没问题。"听完后王安旭茅塞顿开。

第二天上朝,王安旭回答了使者的问题,使者震惊了,也输得心服口服。大王笑逐颜开,并且要封赏王安旭。王安旭借机对齐王说道:"大王,下官不要金银,下官有一事相求,望大王成全。"大王爽快地答应了,王安旭壮着胆子说道:"请大王废除人活到六十岁,杀害老人这条制度。"大王听完震怒了,但是王安旭说道:"罪臣甘愿受罚,今天使者出的这道难题,也是我的父亲告诉我的。是他解了这场危机,以至于使者没看我们的笑话。"大王听完后平息了怒火,思考了半天,觉得王安旭说得有道理,下旨废除了这条制度,所有的子女可以善待老人,而王安旭的父亲,又过上了见天日的生活。

都说老人是家里的宝,我们更应该善待老人,多听老人言,我们就可以少走弯路。

采录地点: 泾源县黄花乡羊槽村

采录时间: 2017 年 10 月 22 日

讲 述 人: 吴万全

采录人员: 王文清 陈翠英 王 芳 咸永红 冯丽琴

文字整理: 泾源县文化馆

整理时间: 2021 年 10 月 11 日

高文举和张梅英

明朝时,有一位贫穷书生叫高文举,在学校他认识了张梅英,两人有一段令人羡慕的爱情故事。

由于家境贫穷,高文举在学堂念书很刻苦,他和同村的张梅英一起在学堂读书,可谓青梅竹马。在学堂念了几年书之后,张梅英到了出嫁的年龄,她的父母给她安排了一桩婚事。张梅英不愿意服从父母的安排,因为此时的她已经对高文举暗生情愫,怎么可能嫁给自己不爱的人呢,所以她就从家里逃了出来。逃出来后,她没地方可去,所以她只能去找高文举求救,于是高文举把她藏在了自己的房子里,每当有人进高文举房子的时候,高文举就让张梅英藏在他的衣柜里。而张梅英一直躲藏在高文举家中,渐渐地,两人日久生情,私订了终身。

高文举每天都会偷偷地将饭菜拿到自己房中让张梅英吃,但高文举的继母孟氏不是一盏省油的灯,她发现高文举的行为有些诡异,所以有一次,趁高文举拿饭菜时好奇地问道:"文举,你最近怎么吃这么多?"高文举有点心虚地回答道:"娘,我最近写东西一直找不到灵感,想要吃点东西补充一下。"孟氏完全不相信,但是没再说什么,而是在心里盘算着悄悄跟着去看个究竟,高文举前脚刚走进房子里,孟氏尾随而至,悄悄趴在门缝看房子里的动静,没想到看到一个女子正在吃饭,细细一看,原来是同村的张梅英,于是孟氏决定待高文举出去,亲自进去看看。有一天,高文举早早地出了家门,赶赴一年一度的好友吟诗会。孟氏就来到了高文举的房中,一进房子各处搜寻,结果在高文举的衣柜中找到了张梅英。孟氏看张梅英的眼睛漂亮极了,便凶残地剜了张梅英的眼睛,把张梅英的眼睛卖给了一个专门收东西的人,然后将张梅英扔在了一处荒芜之地。高文举回到家中打开衣柜没见到张梅英,就到处寻找,也没见到她的踪迹,以为张梅英自己回家去了,也就放弃了寻找。高文举的二叔经过此地,遇上了双目失明的张梅英,见她可怜就把她带回了家。

过了几天,高文举去二叔家转,没想到遇上了张梅英,对张梅英说:"梅英,你咋在这里,我找你一直没找到。"张梅英哭着说:"我被你继母发现,她把我的眼睛剜了,然后扔到了一处偏僻的地方,幸好是二叔路过才救了我。"高文举听完羞愧地说道:"都怪我,你现在双目失明了,我以后养你,我带你回去"。张梅英这时对高文举说:"你到街道上给我换一样东西,拿着丝线去换,你听到喊用丝线换驴眼睛、狗眼睛等这句话的人,你就用丝线换那双像人的眼睛,看起来很漂亮。"高文举按张梅英的话去办,过了几个小时,高文举拿着那双眼睛回来了。张梅英放在嘴边吹了一口气,然后把眼睛放了回去,张梅英又恢复了视力,这时高文举说:"你跟我回去吧,你现在能看见了。"张梅英说道:"我还怎么回去?我被你继母陷害挖掉眼睛,想要我回去也行,那你从你家门口用红色被子和绿色被子一直铺到二叔家门口,如果你没这诚意那这件事就作罢。"这时高文举很为难地说道:"你这为难我了,能不能换个条件?"张梅英又说道:"要不然你就把你家门口那棵柳树栽到我家门口,然后让乌鸦喜鹊在树上筑巢安家,你看怎么样?"高文举无奈地摇头说道:"梅英啊,你这要求我还是做不到,你这不是故意刁难人吗?"张梅英又妥协道:"既然这样,那这样吧,你回家找个背篓背一背篓树叶,从你家门口撒到我家门口。在撒的过程中你只需要一直向前,不要向后看。当高文举到张梅英家门口时,看到这一条路上的树叶变成了红色和绿色的被子。高文举很惊讶,对张梅英说道:"梅英,你的要求我做到了,你现在跟我回去吧"。张梅英又刁难道:"文举,你别急,你先回家里找一袋杨树苗,然后把厨房灶台里的火子挖上一些,然后把杨树苗每隔十米栽一棵,然后撒上火子,不要向后看,一直栽到我家门口。"没办法,高文举只得照办,他把杨树栽到了张梅英要求的地方,然后他们看到杨树一下子长大了,并且上面落满了乌鸦和喜鹊。张梅英要求的事情高文举都做到了,张梅英就随高文举回到了高家,走在路上的时候,张梅英嘀咕道:"文举,我们回去了,你母亲要是加害我那该怎么办?"高文举赶紧说道:"梅英,我不会让你受委屈了。"

张梅英跟随高文举来到了高家,高文举的继母看不惯张梅英,总是想尽办法加害张梅英,张梅英无处躲藏。有一天,张梅英决定不再忍气吞声,便在高文举面前抱怨起来,说道:"我当时就说不能和你回来,回来后你继母想尽办法加害于我,我想尽办法化险为夷,每天都过着心惊胆战的日子。你给我也保证了你继母不会再加害我,但是我回来后一天也没安宁,这种日子啥时候到头呢?"高文举听到梅英这样吐苦水,心里也不是滋味,便对梅英说道:"那我们出去单独过,这样也许会好起来的。"于是,高文举去找父亲说自己出去单独生活的事情,父亲看儿子主意已定便不再挽留,便问道:"儿,你也长大了,该成家立业了,家里的财产你可以带走一部分,你说说你需要什么?"高文举就选择了一头牛和一辆架子车,然后和张梅英离开了。

高文举和张梅英开始了两个人的生活,为两个人的生活奔波。他俩牵着牛驾着车走在路上,走到了一片荒芜的地方停下来歇脚,这时的高文举有点迷茫和担心,便向梅英念叨道:"梅英,我们现在要去哪里定居,一切都要从零开始,生存都是问题吧。"这时老牛听懂了,它说道:"我年纪大了,帮不了你们什么了,你们把我吃了,牛头朝西、牛尾朝东,然后你们两个盖上牛皮睡一觉,你们就会得到你们想要的一切。"两人按老牛的话做了,一觉睡起来,就发现自己面前有一院豪华的房子,里面一应俱全,吃穿用行都不缺,两个人开始了简单幸福的生活。然而,好景不长,高文举母亲得知高文举现在生活过得不错,家产万贯。于是,又眼馋人家的好光景,便向老头子说道:"文举现在有出息了,日子过得不错,我们俩还在这么受苦,我们何不去找他们,他们有责任照顾我们。"老两口厚着脸皮来到了文举家,继母谄媚地笑着说:"文举,你这发达了,连爹娘都不认了,日子过好了想不起我们老两口。我知道我当初对梅英有点不好,我已经知错了,你们俩还这么记仇,再说母子之间哪有隔夜仇。"张梅英不情愿地说道:"你当时把我害得那么惨,现在你跑来要和我们一起生活,我哪里知道你存的啥心。"老婆子赶紧说道:"梅英啊,我当时也是无意的,我是被人利用了,我现在这把年纪了,哪还敢啊?"高文举就对梅英说道:"就让他们留下来吧,赡养父母也是我的责任。"梅英也不好再说什么,就这样他们又在一起生活。过了一年后,梅英生了一个儿子,一家人对他宠爱有加。有一天,梅英出去干活,就让继母帮忙照看一下,结果没想到继母把孙子扔进灶坑里烧死了。梅英干完活回到家中,却没看到儿子的身影,她产生了不祥的预感,就着急地问道:"娘,孩子呢?"继母淡定地说:"刚才孩子说出去玩了,我就收拾东西了,这会儿也不见回来。"张梅英和高文举找来找去,最后在灶坑里发现了孩子的尸体。张梅英哭得死去活来的,跑去找继母算账,骂道:"娘,你把我害得还不够吗?连一个孩子都不放过,你还有人性吗?"继母知道事情没法隐藏了,便理直气壮地说道:"是我,就是我害死他的,你能将我咋办?"梅英为了给孩子报仇,于是也心狠地说道:"把这杯水喝了,送你上路,你这害人精活着就是祸害。"老婆子被逼着喝下了有毒的水,一切才恢复了平静。

高文举和张梅英埋葬了孩子,没过几年,他们又生了一个可爱的儿子,算是对他们心灵的弥补吧,他们又过上了幸福平凡的生活。

搜集地点:泾源县黄花乡店堡村

搜集时间:2017 年 12 月 19 日

讲 述 人:马　目

采录人员:王文清　王　芳　咸永红　张　滢　陈翠英　冯丽琴

文字整理:泾源县文化馆

整理时间:2020 年 12 月 20 日

泾源民间故事·人物轶事篇

何仙姑成仙

古时候,有八个仙人,人称"八仙",八仙都是由普通人修成正果成了仙人,本事一个比一个强,留在世上的一句话叫:"八仙过海,各显神通。""八仙"是指汉钟离、张果老、铁拐李、曹国舅、吕洞宾、韩湘子、蓝采和、何仙姑八位仙人,他们都是凡人出身,苦修积善才修炼成仙。八仙中唯一的女性就是何仙姑,她在八仙中好似一朵红牡丹,格外引人注目。

何仙姑原名叫何琼,出生在一个普通的庄户人家。人们都说,在何琼出生那天,一团鲜艳祥瑞的紫气笼罩在何家房屋上头,还有一群仙鹤在紫气中上下飞舞,不一会儿,一只梅花鹿驮着一个头扎小辫、身系红肚兜的女童飞奔闯入何家,就在这时,何母生下了一个白白胖胖的女婴,父母起名叫何琼。

何琼长得美丽灵秀,她自小就喜欢一人在云母溪边嬉戏玩耍。十四岁那年,她在云母溪畔遇见了一位白发苍苍的长胡子老翁。老翁向她询问了一些当地山水的状况,何琼都伶俐地一一作答,老翁十分高兴,从自己的背囊里取出一只鲜灵灵的蟠桃送给何琼。何琼接过,谢了老翁,然后三下五除二地把蟠桃吃下了肚。老翁看着她吃完,满脸笑容地点点头,转身就不见了。回家后,何琼一连几天都没感到饥饿,因而也就不想吃东西,精神却比以往更旺盛。一个月之后,何琼又在云母溪边遇到了那位老翁,这次老翁把她带到云母山上,教她如何采集云母以及怎样服食云母。何琼按照他的话,每天到云母山上采食云母,渐渐感觉到自己身轻如燕,往来山顶,行走如飞。此外,她还能辨识和采摘山中的各种仙草灵药,为附近的百姓治疗各种疾病,且能预测人事,因此周围的人都称她是"何仙姑"。

何琼得道成仙的消息一传十、十传百,越传越远,最后竟传到京城皇宫武则天耳中。

当时武则天是唐高宗的皇后,却把持着朝廷实权。武则天自小受母亲的影响信仰佛教,及至做了皇后,她又极力在宫内和全国上下推崇佛教,想以此压倒李唐王朝所尊奉的道教的势头,并利用某些佛经作为她篡位称帝的理论根据。佛教"法相宗"宣扬"二空",就是说要把自我与万物都看成是空泛虚无的,这样才能到达宇宙万物与我合而为一的高妙境界。通俗地说,就是用心感悟,做到物我两忘,那么就能白昼飞升、腾云驾雾、长生不老了。武则天对这一点十分信服,当她听说零陵地方出了一个何仙姑,能够不食人间烟火,自由往来于山岳之巅,很感兴趣,特地派人前往探视,并赐予何仙姑一袭朝霞服。何仙姑兴致勃勃地穿戴起来,周围的百姓闻讯从四面八方赶来观瞻,只见何仙姑身上霞光万道,光彩夺目,好像神仙下凡;乡亲们见状大惊,不由自主地齐齐跪倒在地,朝何仙姑顶礼膜拜。何仙姑心中颇感自得,然而她母亲却大感恐慌,心想:"这样的女儿,谁家还敢娶她呀!"

果然不出何母所料,何仙姑十八岁时,她母亲急急地请媒人为她择婿。虽然何仙姑出落得鲜花一样漂亮,但因本事太大,没有一家人敢娶何仙姑。何母忧心忡忡,何仙姑却若无其事,整天出没于山野乡村,忙着给人采药治病,过得十分充实。

有一天,何仙姑进入云母山密林深处采药,遇到两位神奇的人,他们中有一个瘸腿的老汉,手拄铁拐,身背硕大的酒葫芦,衣着褴褛,形似乞丐;另一个着一身整洁的蓝布衫,手持药锄,肩背药筐,神态甚是俊逸。这两人在何仙姑前面不远的地方,一搭一唱,口中念念有词,不一会儿,竟腾空而去,倏忽不见踪影。这两人乃是八仙中的铁拐李和蓝采和。何仙姑留意着他们的样貌,念叨着偷学的口诀,居然也能够像他们一样,凌风驾云,飞越山谷。从此以后,她常常一人悄悄来到深山中修炼,身法愈来愈熟练,也飞得越来越远。她利用这种工夫时常飞到遥远的大山中,朝去暮回,带回一些奇异的山果给家人品尝,家人吃了觉得香甜可口、精神倍增,但终究不知是何种果实。

何仙姑每天早出晚归,何母心生疑虑,盘问她到何处去干什么了,何仙姑就对母亲说,她每日往名山仙境与仙佛谈论佛道去了。渐渐地,何仙姑通晓佛道的消息又传开了。武则天听说后,派使者备妥车马,前去邀请何仙姑前往东都洛阳论佛道。众官员与何仙姑一同跋山涉水来到洛阳城外,在等船渡洛水时,突然不见了何仙姑的踪影,使臣大为恐慌,连忙命人四处寻找,却没找到一点蛛丝马迹。众人吓得坐在洛河边发呆,薄暮时分,何仙姑翩然凌空而降,不急不忙地告诉使者:"我已前往禁宫见过了天后,你们能够回朝复命了。"

使臣将信将疑地回到洛阳宫中,一打听,果然何仙姑当天来拜见过武后,并和她在宫中作了半日长谈,使臣们为之惊讶不已。

武则天为了酬谢何仙姑的一番美意,特下令零陵地方官吏在零陵城南的凤凰台,建造了一座雄伟的会仙馆,作为何仙姑讲道弘法之处。何仙姑在讲道之余,常坐在馆前的石阶上,剥食一种圆形的仙果,并随手将果核四下抛去。之后,会仙馆的四周长出一株株荔枝树,这些树上结出的荔枝竟都是翠绿的青皮荔枝,人们称为"凤凰台上,荔枝挂绿"。

何仙姑还题了一首《凤凰台》的诗：

> 凤凰云母似天花，炼作芙蓉白云芽；
> 笑煞狂徒无主张，更从何处觅丹砂。

这首诗表面是写凤凰台，实际上诗里暗藏着服食求道的真谛：服食云母的方法。人们从何仙姑服食修炼的特点，说她是道教信徒；也有人根据她讲道说法的思想资料，把她归于佛教弟子。实际上，何仙姑是亦道亦佛，又非道非佛的人物。本身已臻天人合一的境界，凡间的佛道岂能框定她！

一天，何仙姑突然灵感顿至，写下了一首《题麻姑峰》的诗：

> 麻姑笑我恋尘嚣，一隔仙凡道路遥；
> 飞去沧州弄明月，倒骑黄鹤听吹箫。

这首充满仙韵的诗似乎暗含着某种预兆。果然，唐中宗景龙元年的某一天，26岁的何仙姑坐在凤凰台上，仰望着苍远的天空出神，忽然看见铁拐李站在远处的云端，舞动着他的铁拐，似乎是在招呼她。不知不觉中，何仙姑的身体像彩凤一般冉冉升起，凌空而上，追随着铁拐李而去。她脚上的一只珠鞋这时掉落在地上，第二天，珠鞋坠落的地方忽然出现一口水井，井水清澈甘甜，阵阵异香扑鼻，四周井栏，形状恰似一只弓鞋的模样。当地的人们在井旁建了一座何仙姑庙，日日香火鼎盛，因为那水井里的水，不但清凉解渴，而且能治愈各种疾病，因而为远近的人们津津乐道。

何仙姑白日飞升，得道成仙，从而成为八仙中唯一的红粉，构成万绿丛中一点红的局面。成仙后的何仙姑念念不忘人间的疾苦，经常在南方一带行云布雨，消除疫灾，解救苦难。凡是善良人需要她帮忙，只需默默向天空祈祷，她就能像"及时雨"一样赶到，给予人们以神奇的力量。

唐玄宗天宝九年，距离何仙姑成仙已经三十多年了。一天，大雨过后，碧空如洗，零陵地方的人们都看到一朵五彩祥云悠然飘过，何仙姑身着朝霞服站立云端，正当人们跪地膜拜之际，一束黄绫由空中飘落到凤凰台上，上面写着这样的诗句：

> 云母溪畔胜天台，千树万树桃花开；
> 玉箫吹过黄龙洞，勿引长渡跨鹤来。
> 寄语张家与李家，休将尘世闹闲情；
> 蓬莱弱水今清浅，满地花荫护月明。

已趁神仙入紫薇,水乡回首尚迟迟;

千年留取井边履,说与草堂仙子知。

诗中有对故乡风物的眷恋,也有对乡人的殷殷叮咛,更有对神仙生涯幽寂情怀的剖白,劝导凡人要珍惜自己的生活。

搜集地点:泾源县六盘山镇东山坡村

搜集时间:2021 年 4 月 20 日

讲　述　人:姚治富

采录人员:王文清　咸永红　张　滢　陈翠英　冯丽琴

文字整理:王文清

整理时间:2022 年 6 月 26 日

2017 年 7 月 27 日,文化馆非物质文化遗产中心工作人员在黄花乡搜集采录泾源县民间故事。

后娘嫁女

从前，萧关镇子上，有个姓周的富人，是萧关镇上一个大员外。他的妻子生了一儿一女后得了重病，在临终前把儿子和女儿叫到床前，对儿子说："你是哥哥，以后要多照顾妹妹，别让她受委屈了。"接着，她又说："我在九泉之下，会守护你们俩的。"说完后，她就去世了。

他们的父亲，在镇子上经营当铺的营生。生意好的时候，常常不能回家给他们兄妹俩做饭。他先后请了两个做饭的女人，由于那时人们的生活较为清苦，两个做饭的女人，常常把家里的粮食，往各自家里偷着拿。周员外发现后，先后解雇了两人。由于前两个做饭的人都被辞退，人们认为周员外对雇来做饭的人不信任，后来就没有人到他们家里做饭了。

过了一年，周员外娶了一个漂亮的新娘子。那时候周员外的儿子周大四五岁，女儿周玉清两三岁。新娘子进门一年后的秋季，给周员外生下了一个女儿，名叫周玉碧。周员外这个新娘子特别小气，虽然外表长得漂亮，但内心十分丑恶。家里大小事情，总是抠抠唆唆的，为了省两个工钱，她把家里的佣人全部解雇了。院落里的卫生和杂活，不是让周大做，就是让周大带着玉清做。家里做饭洗衣的事，也是他们兄妹两人的。

有一天，正下着大雨。后娘让周大到雨地里干杂活，结果周大受了风寒，躺在家里。已经是五岁的周玉清，见哥哥发烧半夜里说胡话，她摸了摸哥哥的额头烫手哩，便求她后娘给周大看病。后娘抱着自己女儿玉碧说："看什么看，不知道看病要花钱吗？这么点雨能把他病成啥样子？死不了！"周玉清跪在地上，哀求着："求求你，给我哥哥找个郎中看一下吧，他真的烧得不行了。"后娘把玉清推到门外，骂着："大半夜地来叫魂来了，等天亮了再说。"

第二天，见周大没有起床。后娘骂着到了周大兄妹住的柴房里，看到周大满身大汗，嘴唇干裂，眼圈发青，吓得赶紧叫了镇上的郎中给周大看病。周大的命是保住了，但却因没有及时医治，变成了个傻子。

有一年灯会，镇子上到处张灯结彩，很是热闹，还来了些唱戏杂耍的。洪亮的锣鼓声,吸引了后娘和周大。周大听着声音从家里跑了出去,玉清也很想到外面看看热闹。但一想到后娘让她做杏花糕,还有一大堆衣服要洗,心里再怎么想,还是不敢出去看热闹。后娘带着自己女儿玉碧,到镇上听唱戏看杂耍去了。临出门时特别交代玉清:"赶紧做杏花糕,我们逛回来了要吃呢,还有那堆衣服,也赶紧洗了。"

别人都去灯会上看热闹去了,只有周玉清一个人,在灶房里忙得不可开交。不多时,香喷喷的杏花糕做好了,玉清拿了一块放在嘴里,脸上露出可爱的笑容。心想就是这个味,这个味儿就是后娘要的口味。后娘最近变得越来越刁钻了,尤其是吃食上,动不动就拿"不合胃口"大骂玉清一顿。有时吓得玉清不知道要怎么做饭了,按照刚才的食材配料,又是一锅杏花糕端上灶台,蒸气、烟火气一会儿把灶房弥漫了。

院子里的门开了,从外面钻进一个十岁左右的男孩子。男孩子轻手轻脚地寻到了灶房里,趁玉清不注意,拿起一块杏花糕放在嘴里吃了起来。或许是杏花糕太好吃了,美得男孩子叫了起来。玉清听到男娃娃的叫声吓了一跳,提着擀面杖,一手抓了男孩子的衣领,男孩子也被吓坏了。忙着道歉:"我不是故意的,我是闻着味儿进来的,要怪只能怪你的杏花糕太好吃了。"玉清问:"你不是来家里偷东西的贼?"男孩子说:"不是,我不是来偷东西的,你们家的东西我才看不上偷呢。"听男孩子说话的口气很大,想必是镇上其他员外家里的孩子。但玉清还是不相信,男孩子又说:"要说偷吧,我就刚才偷吃了你一块杏花糕,那我给你十两银子,算是付你杏花糕的钱吧。"虽然这孩子穿得朴素,但口气一点都不小,看来真不是来偷东西的小偷。玉清松了手,那男孩子却也不跑,笑着坐在玉清身边。说道:"你不要我的银子,还是嫌我给得多了?如果嫌我给得多了,那我一两银子买你一盒杏花糕,怎么样?"

男孩子放下银子,又拿了两块杏花糕吃了起来,边吃边说:"你这手艺比我娘做得好吃多了。"男孩子把一盒杏花糕吃得一点渣都没剩,吃完起身要走。玉清拉住他,把他的一两银子还给他。说道:"银子你拿去,杏花糕算我请你吃的。"男孩子很惊讶,说:"我吃了你的杏花糕,给你银子很正常啊。"玉清把银子塞给男孩子说:"赶紧走吧,等下我娘回来了,她看到家里有其他男孩子进来就不好了。"男孩子诡异地一笑,从怀里摸出一个绣球递给玉清,说道:"你这个丫头我喜欢,以后我娶你做新娘子,这个信物你拿好了。"玉清不屑地问:"你谁啊?"

"不必问,不久的将来你就知道了。"男孩子边说边往门外跑,不多时就不见了踪影。

玉清听说哥哥周大找不到了,急急忙忙地从灶房里跑出去寻周大。后娘骂着:"一个大小伙子了,能跑到哪里去?寻不见了更好么,家里又能少一个人的伙食了。"玉清听着很生气,但还是出了院门外去寻周大。后娘有些饿了,到灶房里来端玉清给她做的杏花糕。无意间在灶房里看到了一个做工精细的绣球,那绣球的做工,不像是镇上的伙计做出来了,更像是来自繁华的江南。她突然想到,在灯会上只看到了丞相和夫人,就是没有看到丞相的儿子。不管怎么样,现在已经沦为丫头的玉清,没有资格拿这来路不明的物件。一不做二不休,她把绣球收了起来,藏在了自己卧室里的箱底。

灯会之所以办得比往年热闹,听说是丞相带着儿子,要到民间来体察民情。一到家里,后娘见人就说灯会上的各种热闹,生怕别人不知道她去过灯会一样。在那个灯会上,周大跑出去没有回来,可把玉清给急坏了,到处去寻找,一直到天亮才找到周大。原来周大在灯会上,看戏班子变脸唱戏都很精彩,就跟着戏班走了一路。夜里戏班在观音庙边搭帐篷休息,周大靠在旁边的一棵大树上睡着了。当他醒来时才发现,戏班的人不知道啥时候已经离开了。

转眼间,十二年过去了,丞相的儿子骑着大马来到镇子上。镇上的驿臣早就放出话来了:"公子到萧关是来寻找他当年许下的新娘子的。"这话很快就传到了后娘的耳朵里,她想到了当年在灶房里,捡到的那个做工精细的绣球,越想越害怕。害怕一旦玉清嫁给了丞相的公子,那她的好日子算是过到头了。转眼一想,奸计随即而来。她想如果玉清不在人世间了,玉碧去做丞相公子的妻子。这样一来,她的繁华富贵才开始。于是,她开始吩咐她最信任的长工,偷偷地在集市上买了很多柴,柴房里是玉清两兄妹安睡的地方。已经被柴火堆满了,两兄妹只能挤在柴堆上睡觉。柴房的外面也被柴包围着,后娘说:"官府说要封山了,这一封山,柴就没有地方买,买这么多的柴以防以后没有柴烧。"玉清也就相信了,没有过问此事。

长工见周围无人,拉着周大说:"你后娘要把你们俩烧死呢,到了半夜一更,你赶紧背着你妹妹,从柴房的窗子上逃出去吧。"周大虽然是傻,但保护起玉清来一点都不傻。他们的柴房里堆满了柴火,小小的窗户正好在他们两人床铺的地方。周大准备了一些路上吃的干粮,到了半夜一更,小窗户一开,背起玉清从院子里跑出来了。没跑多久,就看到家里的柴房着火了,村子里的人们乱成一团去救火。

周员外家的火情影响很大,萧关驿臣在丞相公子的带领下冲到周宅救火。火扑灭以后,陈公子慢步走出了周宅,抬头看到高大的楼牌和他小时候到萧关周宅的样子相差无几。他闭着眼睛想了一会儿,越发觉到这个地方似曾相识。他重新走进院子里,柴房的旁边是灶房,而那个灶房,正是他吃杏花糕的地方。他忙问玉清后娘:"你家几个女儿?"

"我们家一个女儿。"

"年方几何?"

后娘忙说出了玉清的芳龄:"二九。"

陈公子高兴了起来，急忙要见玉清。玉清早已逃出了萧关，周宅里待着的正是玉清的妹妹玉碧。玉碧在后娘的打扮下，变成了另外一个模样，金珠银簪，华衣丽服，在月光的映射下变得光彩靓丽。后娘特别交代她的女儿说："不管公子怎么问，你先不要急着回话，为娘替你回答，只是在应对寒暄时你自作主张即可，莫要让陈公子把你成个哑巴了。"

一切吩咐就绪。玉碧进到正屋见到陈公子，陈公子很高兴，上前问："我当年给你的信物你可还在？"这一问，把后娘给惊了一下，抢着说道："在呢，在呢，当天孩子就把你给她的信物，让我替她收起来了，我这就去拿。"后娘取来绣球，陈公子一见就是他当年给玉清的绣球，很是满意。但还是问了一句："我当年吃了你做的啥？"

"杏花糕。"后娘抢着说，"玉碧做的杏花糕香酥可口，非常好吃，在我们镇上小有名气。"两句问话以后，陈公子确定眼前的这个姑娘，就是他当年送绣球并承诺要娶的姑娘，与后娘相谈甚欢，当下就订下了迎娶玉碧的良辰吉日。

在玉碧成婚的前三天，傻哥哥周大把玉清又背着回到了周宅。周大想着，玉碧嫁出去了，家里就剩下后娘了，后娘以后的生活还要靠他们兄妹两个照顾。玉清在家里就是怕玉清抢了玉碧的婚事，现在玉碧大婚已定，玉清也就安全了。后娘见到玉清兄妹两个很是惊讶，在她的安排下，玉清两兄妹应该已经不在人世了。但后娘还是很高兴地请玉清两兄妹进了院子。之前她使出奸计烧死玉清的事情，像是根本没有发生过一样。她笑着说："那天夜里不知道是啥原因，家里的柴房烧了起来。大家忙着救火，没有注意到你们兄妹两个。之后大家四处寻你们，哪儿都寻遍了，就是没有找到你们兄妹两人。大家都以为你俩在那场火灾里遇了难。今天你们俩回来了，为娘的十分高兴，也算对你们死去的娘有个交代了。"她让新来的丫头，给玉清端来杏花糕："玉清，你尝尝，自从你失踪了之后，你爹给我们请了个做饭的丫头。听说你喜欢吃杏花糕，也做得一手的好糕点，你尝尝这个丫头的手艺吧，给指点指点。"后娘笑着给玉清端过来一杯酒，接着说："明天就是你妹妹大喜的日子，喝杯喜酒，给你妹妹庆祝庆祝。"玉清本想去品尝新来丫头做的杏花糕，又听后娘端来一杯酒，心里开始疑惑起来。这后娘知道她从来不饮酒，当下又是端糕点又是请饮酒，后娘肯定没安什么好心。她已经吃了一块杏花糕，推辞道："娘，我不会饮酒。"后娘再三劝着让玉清喝酒，玉清推辞着。一杯酒在两人之间推来推去，二人面红耳赤。这时周大一把抢了酒杯，一饮而尽。后娘急忙说："这是给玉清的酒，你的酒还没有倒呢。"周大笑着说："我妹妹不会饮酒，她的酒我来喝。"周大还想说话，却一声也说不出来，捂着肚子，指着后娘说："你的酒有毒。"说完，周大口吐黑血，倒地而亡。

玉清指着后娘说："你是我的娘，你为啥要我的命？大哥他是有点傻，可他并没有坏心眼儿,你,你还我大哥的命来。"说着两个人厮打在了一起。后娘顺手取下自己头上的金钗,趁着玉清不注意,用金钗划伤了自己的大腿。后娘倒在地上骂骂咧咧,说是玉清刺伤了她。

玉碧告了官,再加上后娘添油加醋的说辞,玉清很快就被打入了大牢。后娘在杏花糕里放了毒药,吃了杏花糕的玉清已经失声,想说话却一句也说不出来。玉清娘在世的时候,对长工短工们非常好,他们都记着玉清娘的大恩。有个姓刘的长工的儿子,后来成了县大牢里的捕快,他寻思着玉清的案子另有隐情,想搭救玉清。

刘捕快到了大牢,想询问玉清受害的经过,可是玉清已经不能说话。只是用手比画着倾诉冤情。刘捕快从柴房起火,到糕点下毒,再到酒里下毒,推理出玉清被冤枉绝不是偶然,肯定是后娘计划已久的阴谋。刘捕快也听到了一些有关陈公子的小道消息:陈公子是兑现他小时候许下的婚约。对陈公子自许婚约的过程也略有耳闻。刘捕快问:"你小时候是不是有个男孩子给了你一个绣球?"

玉清点了点头。

"绣球还在吗?"刘捕快问。

玉清摇了摇头。

"那个男孩子给你许诺,将来要娶你?"

玉清想了很久,点了点头。

第二天,正是陈公子上门娶亲的日子。高头大马,八抬大轿,锣鼓声声响震天。陈公子的马到了周宅门口,刘捕快拦住陈公子说:"公子,你今日娶的姑娘,不是你当年许诺要娶的姑娘,你要娶的姑娘在县衙大牢里。"陈公子说:"你休要胡说八道,我娶的姑娘正是周家的周玉碧小姐。"刘捕快说:"公子,玉碧小姐是玉清小姐同父异母的妹妹,当年他们一家人全都去了灯会上,只有大小姐周玉清留在家里,你吃到的糕点正是大小姐玉清做的,你的绣球是给玉清小姐的,你许诺要娶的,也是玉清小姐。"

陈公子让人把玉清请到周宅,让周家拿出绣球,玉清没有绣球,玉碧拿出了绣球。陈公子犯难了,问刘捕快:"你说大小姐是我要娶的,可二小姐拿出了绣球。这怎么能认得清?"刘捕快说:"这事好办,你听我给你问问。"刘捕快拿了绣球,走到玉碧面前,问道:"这绣球是你的?是这位陈公子送你的?在哪里送的?"

玉碧听到问话说:"是我的,是这位公子送的,是在我家的灶房里送给我的。"

刘捕快同样的问题问了一遍玉清,玉清比画说:"是位小男孩,在我小时候送给我的,不小心给弄丢了。"

刘捕快又问:"他当时为什么要给你绣球?"

玉碧说:"他说他长大了会来娶我,绣球是个信物。"

玉清比画说:"他许娶我,以绣球为信物。"

这下可把刘捕快给难住了,从两人的答话上根本分不清,谁才是陈公子当年许诺要娶的姑娘。突然间刘捕快提议,让她们两人在众人的见证下做杏花糕,由陈公子试吃了之后,确定哪个才是他真正要娶的人。

陈公子反对起来:"我看这个不需要比了吧,我进周宅的那天,已经吃过了玉碧小姐做的杏花糕了。"刘捕快问:"你吃到的只是玉碧小姐端进来的杏花糕,这糕点可能是玉碧小姐做的,也可能不是玉碧小姐做的。只有让他们两个人在众目睽睽之下,公开公正的比试,才能确认谁是真正的那个人。"

刘捕快说得很有道理,陈公子没有理由拒绝。阵势拉开,众人随着陈公子、刘捕快跟到了灶台,玉清玉碧开始和面做起糕点,玉清在灶房里得心应手,一看就是熟悉灶房里的人。反观玉碧,如何倒面,如何加水,杏花的选择,调料的取用等,都是照着玉清的样子去做的。不一会儿,玉清做的糕点端到了众人面前,陈公子取了一块放在嘴里,香酥可口,回味悠长,正是他小时候吃的那个味道,只不过比起那时多了几分成熟。玉碧做好了,锅一揭,众人一看,锅里哪里是什么糕点,而是一锅烧煳了的散饭。

陈公子娶了玉清,把刘捕快升成子他的带刀护卫。陈公子想要处罚后娘和玉碧,玉清比画说:"算了吧,后娘虽然为人恶毒,但毕竟是我的后娘。她更是为了让自己的女儿过得好一些,只不过是鬼迷了心窍,就让她好好伺候我爹下半生吧。"陈公子见玉清心地善良,着实更爱他的这个新娘子了。

采录地点:泾源县六盘山镇和尚铺村

采录时间:2021 年 3 月 29 日

讲 述 人:石海兰

采录人员:王文清　咸永红　冯丽琴　陈翠英

文字整理:泾源县文化馆

整理时间:2022 年 5 月 17 日

话要巧妙说

俗话说:话有三说,巧者为妙。

故事还得从朱洪武开始。朱洪武小时候不得势,家里很穷,以给别人放羊为生。和他一起放羊的还有几个伙伴,他们用石头垒上锅灶,灶上架个砂锅子,有时煮点洋芋,有时煮些大豌豆,几个伙伴在一起玩得无比开心。后来朱洪武得了势,小时候在一起的玩伴们也长大了,其中一人提议:"咱们小时候的大哥得势了,在南京城当了皇帝,咱们去南京寻找大哥,看能给分个一官半职,或者给一些奇珍异宝,也让咱们沾沾大哥的光。"

这些放过羊的伙伴们一路到了南京,找到了皇宫门口,结果被侍卫拦住了。他们说:"洪武大帝是我们小时候的玩伴,你咋还不让我们进了呢?"他们自称是朱洪武皇帝小时候的玩伴,皇宫的侍卫们不敢怠慢,进了皇宫给朱洪武禀报。得知他们的名字,朱洪武想起了他们,让侍卫带着他们进了皇宫。

进了皇宫,当年的二弟先独自进宫见到朱洪武,朱洪武也是特别高兴,开始拉起了家常:"这么多年了,不知各位兄弟过得可好?"

"好,好。"

"你们都在做什么营生?"朱洪武问。

"我们弟兄几个这几年比之前还要落败,吃没啥吃,穿没啥穿,这要饭去吧,一大把年纪了懒得也走不动了。现在大哥得了势了,看大哥能不能接济一下我们?你还记得当年咱们在一起放羊时,咱们一起共患难同辛苦,这你当了这么大的官了,还请你多多接济一下曾经患难与共的弟兄们。"

朱洪武是个好面子的人,当这个伙伴说到自己曾经是个放羊娃的身世后,看到侍卫鄙视的眼光,当下就不高兴了。"我啥时候放过羊啊?"朱洪武瞪着眼睛说,"把这个不知道哪来的诳语之人给我赶出去!这个人简直是个疯子,我啥时候还放过羊?"二弟被赶出大殿的时候对着一同来的三弟四弟说:"人家当了大官了,不认以前的弟兄们了,他既然不认我们了,我们寻他干啥呢?你们也回去吧,别在这里瞎耽误时间了。"

三弟说:"我不信大哥不认我们,我进去看看。"

进了皇宫，三弟给朱洪武道了个万安，然后也拉起了家常："曾记得咱弟兄三人，随驾扫荡庐州府，聚筑砂周城，不承想打破罐州城。汤元帅在逃，拿住豆将军，红孩子当兵，多亏蔡将军。现微臣被困麻钱城，急需皇帝派下援军，以解微臣围兵之困。"朱洪武听到这番话后，心里非常高兴，重重封赏了三弟。

在门外的四弟听说朱洪武还记得小时候的情分，给三弟不但加官晋爵，还给了封赏，没等三弟走出皇宫大门就急急忙忙地跑进皇宫，见到朱洪武激动万分，他没有吸取二弟的教训，对着金殿上的朱洪武说："大哥啊，你不记得吗？那时候咱们四个都给人放羊。有一次，我们在芦苇荡里，把偷来的豆子放在瓦罐里煮，还没等煮熟，大家就抢着吃，把罐子都打破了，撒下一地的豆子，汤也泼在泥地里，你只顾从地下抓豆子吃，结果把红草根卡在喉咙里，还是我的主意，叫你用一把青菜吞下，才把那红草根带进肚子里。"朱洪武听完这番话又气又恼，下令让侍卫把四弟推出去斩了。

搜集地点：泾源县六盘山镇和尚铺村
搜集时间：2020 年 3 月 31 日
讲 述 人：李　华
采录人员：王文清　陈翠英　王　芳　咸永红　冯丽琴
文字整理：泾源县文化馆
整理时间：2021 年 3 月 27 日

2020 年 3 月 31 日，李华（左一）在泾源县六盘山镇和尚铺村漆效文家中讲述泾源民间故事。

泾源民间故事·人物轶事篇

黄九龄寻父

从前,有个书生来到县里香火最旺的寺庙。还离大殿有个二百来步,双手合十、万分虔诚地双膝下跪,一步一步地挪到了大殿,祈祷文曲星保佑。这位书生名叫黄重阳,三年一度的会试将在下月举行,于是急忙备了几支香,恭恭敬敬地将香点燃,插在香炉中。遇到一友人,便问黄重阳道:"你这可是准备上京赶考吗?"

黄重阳回答道:"正是。"友人又问道:"此去京城路途遥远,异常艰辛,你何日出行,不知可找到伴了吗?"黄重阳回道:"小生不耐喧闹,一人而已,行李早已准备妥当,今日拜祭后便上路。"

友人又笑道:"原来如此,那老友便预祝先生一试而捷,金榜题名,待日后衣锦还乡之时,可别忘了家乡父老。"

黄重阳恭敬地说道:"托您吉言,倘若侥幸得中,定然不敢相忘。"说毕,便出了庙门。待他回到家中,见妻子刘氏挺着大肚子,在门口等候。黄重阳从屋后马厩中牵出一匹瘦马,将行囊背在身上,对妻子叮嘱道:"路途遥远,我进京赶考需要些时日,你在家中一定要照顾好自己。我这次要是考不中,就在朝廷有权势的大臣家里,做个门客的差事。等到啥时候考中了啥时候再回来,要不然我次次去,次次考不中,没有脸回来。你在家里好好待着,等我衣锦还乡,与你团聚。"

刘氏眼见丈夫要出远门,心中只是不舍。听得此言更是泪如泉涌,不能自已,半晌都说不出话来。黄重阳见状,又笑着抚慰她说:"你不要哭了,待夫君考中归来,那时咱们可衣食无忧,光宗耀祖了。"说完,伸手抚摸着刘氏的肚子,刘氏说:"咱们的孩子快要出生了,你临行前给取个名字。有啥好交代的?我一并给你办好。"黄重阳说:"我考了九年的举人,都没有考中。你肚子里的娃娃也不知道是男是女,也不管那么多了。不管男女都叫黄九龄,你再给梳上九个辫子,以便日后相认。"说完翻身上马缓缓离去。

刘氏倚于门口,见丈夫的背影渐行渐远,直至不见。心中更是悲伤,回到家中,免不了又是大哭一场。

时光如白驹过隙,三月转瞬即逝。眼见春去夏来,黄重阳却还是没有回来。刘氏每日在家辛苦忙碌,每日都盼着夫君早日归家。

不知不觉间过了几个月,又过了几年。眼看怀在肚子里的孩子生了下来,又供养到学堂读书。转眼到了二八年纪,时间过了这么久,夫君怎么会没了音讯?

随着时间流逝,黄九龄慢慢长大,不仅生得眉清目秀,且聪明伶俐,刘氏让他入了私塾,读书均是过目不忘,和他的父亲很像。这总算是给刘氏带来一些慰藉,母子俩相依为命,平淡度日。

黄九龄非常孝顺,侍奉母亲刘氏很周到,周围的邻居们对他赞不绝口,将他当做自己子女的榜样。可黄九龄却一直为自己父亲之事而耿耿于怀,数次想要代替母亲出门寻父,刘氏因他年幼,始终不放心他去寻父。黄九龄为了不惹母亲生气,便一直把这个想法埋在心里。

待黄九龄成年的那天,他跪在母亲面前哭泣道:"父亲离家至今未归,十数年生死未卜,您为此夜夜哭泣。之前儿想代母寻父,母亲却以儿年幼不许,现今儿已成人,父亲仍未归家。我请求母亲允许,让我去寻找父亲。"

这些年来,黄重阳没有丝毫消息,刘氏猜测他早已不在人世了,但心里仍有幻想,此时听黄九龄所言,她泪如雨下。她知黄九龄之心已决,哭着道:"你的心意为母已知,儿明事理,懂孝道,母心甚慰。只是我家就你一个独子,此次路途艰险。若儿再有个三长两短,母亲如何能苟活于世?"

黄九龄抱着刘氏的腿大哭道:"活要见人,死要见尸,即便人和尸都见不到,那也得打听点消息,否则定然不甘。"于是,刘氏给黄九龄千叮咛万嘱咐:"你一定要记得,你爹叫黄重阳,是萧关道上进京考举的书生。你的名字叫黄九龄,你的九个辫子,是你和你爹相认的记号。"刘氏还拿出了半块玉佩,交到黄九龄手里,说道:"你爹的身上有另外半块,你见了他,如果玉佩完整,就能对上。"

刘氏又返身,从房中取出三十两纹银交给他说道:"这些银两你要保管好,能供你到京城。凡事要多个心眼儿,你的聪慧为娘心里清楚。只是儿行千里母担忧,希望你一路小心。"

黄九龄哭着点头,跪下向母亲磕了几个头,收拾了行李,告别母亲便出了门。临行之际,他又拜访了左邻右舍,嘱托他们代替自己照顾母亲。众人得知他单身千里寻父,都对他赞叹不已。有年长者对他说:"天高地阔,人海茫茫,你准备到哪里去寻找你的父亲呢?"

黄九龄道:"此去路途千里,我不怕艰难险阻。一定要打听到父亲的消息,了却母亲的心愿。"待黄九龄言毕,他起身拜别了家乡父老,踏上寻父的旅途。

黄九龄一路风餐露宿,甚是艰辛。每到一处乡镇市集,便四处打听,可仍未能打探到父亲的半点消息。他并不气馁,继续苦苦找寻。黄九龄在城中住了两日,便将这城里的商铺客栈问了个遍,依然是一无所得。

一日,黄九龄在闲游之时,突见当地县令出游。那县令的样貌,与自己十分相似。八抬大轿、衙役和守卫都在其左右,十分威风。黄九龄一路跟随,觉得此人十分面熟,便问旁边百姓,这县令是何人?百姓皆说道,这县令名叫孟登举。黄九龄心想,莫非是认错人了?他对着县令大喊一声"黄重阳",原本是观赏风景饶有闲情逸致的县令,见到这个年轻人,立即慌忙躲进轿子中。

黄九龄天资聪颖,机智伶俐,心中知其必然有异。立即明白自己的父亲如今已身处荣华之中,不愿回去认亲,故改了名字。他愤怒地回到客栈,思索告发自己父亲的真正面目,昭告天下。这时有人敲了他的门,他打开门看到来人正是父亲黄重阳。便问道:"你这抛妻弃子的薄情之人,是如何找到这里的?"

黄重阳左右观察一下,发觉四下无人,便慌忙躲进屋里说道:"我白天认出了你,便派人跟踪你,好不容易打听你住这里,才过来看望你。希望你不会怪我,为父也有难言之隐啊!"

"你有什么难言之隐?"黄九龄问道。

"一言难尽!"黄重阳面对自己的儿子,面红耳赤地低下头,不知该如何说起。犹豫了半天说道:"若是你需要银子,我可以给你,但你千万不能告发我。我如今已改头换面,名叫孟登举。这箱银两送给你们母子,希望我们就此永不来往,再不相扰。"

黄九龄笑了笑,拿着行李夺门而出,对父亲黄重阳道:"一切都不用讲了,从此以后,你也不是我的父亲。"说完潇洒地走了。黄九龄看透了他的父亲,他不要这箱银子,就因为他能断定,父亲黄重阳的未来下场。

回到家里,黄九龄告诉母亲刘氏他并未找到父亲。但打听到父亲的消息,在曾经赶考的路上,因救人丧生。刘氏大哭一场,自此便了却了毕生心愿,再也不思念丈夫黄重阳。

十年之后,黄九龄考取功名。开榜的那天,黄九龄碰到了丞相的女儿。那个姑娘一见到黄九龄,心里就十分喜爱,要招黄九龄为上门女婿。聪明的头脑,加上丞相的推举,黄九龄很快在京城里当了一个四品御史。不但娶了丞相的女儿,还将母亲刘氏接到京城繁华之地生活。而黄重阳则因贪赃枉法,被当街问斩。问斩之日,大街上人山人海。所有人都过来看热闹,黄九龄和母亲也恰巧路过此地,看到了这一幕。

"快看!儿子快看,你看那个人长得跟你父亲有几分相似啊!"刘氏惊讶地大喊。"是吗?"黄九龄笑着说:"我并不记得我父亲长什么样,这人不论像谁,都没法和我父亲相提并论,我父亲是个顶天立地的大英雄。"黄九龄说完,便爽朗地笑了起来,然后拉着刘氏往家里走,边走边说:"这里风沙大,都吹进我眼睛里,赶紧回家吧!"

刘氏快步向家里走,黄九龄边走边擦眼睛……

采录地点:泾源县黄花乡店堡村

采录时间:2021 年 3 月 29 日

讲 述 人:海尚云

采录人员:王文清　陈翠英　王　芳　咸永红　冯丽琴

文字整理:泾源县文化馆

整理时间:2021 年 9 月 22 日

奸臣害忠臣

在中国古代，有这样一种特殊的现象，只要是当官的，就避免不了会有这样一群人的存在。他们为一己私利，祸乱朝纲，陷害忠良，诸多恶迹，不胜枚举，他们就是古代官场上一种特殊的存在——奸臣。在明朝的《明史》中，对奸臣有这样的概述："窃弄威柄，勾结祸乱，动摇宗祐，屠害忠良，心迹俱恶，终身阴贼。"今天我们就来讲述九个奸臣合起来陷害一位忠臣的故事。

在朝堂上，九位奸臣力荐这位忠臣去为百姓治理水灾。忠臣不知道他们打的什么主意，而且听闻百姓在受苦，朝堂上也没有人站出来，忠臣只能站出来答应。走之前忠臣告诉小皇帝，万事千万不能听此九人的话，不然会中了他们的圈套。皇帝尚且年幼，虽不知为何，但也答应了下来，他知道忠臣对于国家的忠心。

这天，忠臣跟着他的侍卫走在去治理黄河大水的路上，突然从林中跑出来一群蒙面人，要刺杀忠臣。侍卫们以命抗衡，忠臣才得以活命。忠臣知道，奸臣想要推翻朝政，势必要除掉他这个心腹大患，这次正是最好的时机。

忠臣在半路遇见一个白胡子老人，一看就是世外高人。这个白胡子老人说道："我见你是一代忠臣，一片赤胆忠心，为国效力，我决定在你此去的路上助你一臂之力，帮你化解杀身之祸。我给你三个锦囊，待你走到前面的那个山头，拆开一个锦囊，然后到达治理黄河水的县城拆开一个锦囊，最后在你回来的时候再拆剩下的一个锦囊。"忠臣听了连忙给老人道谢，可一抬头的工夫，白胡子老人已不见踪影。

忠臣一直和侍卫们走着，快到山头的时候，忠臣拆开第一个锦囊。上面写着："此处有埋伏，须绕路而行"。忠臣和侍卫们赶紧绕开山路，一路前行，果真没有遇到危险。忠臣心里感叹道，真是世外高人啊！奸臣知道忠臣绕路了，非常生气，决定不在路上刺杀，到了治理黄河的县城动手。

忠臣和自己的侍卫随从，平安到达了治理黄河水灾的县城，看见百姓们苦不堪言，忠臣下定决心一定要想办法治理好水灾，让百姓们解决温饱。忠臣打开锦囊，上面写道："需扮成百姓，了解百姓疾苦，万不可暴露身份"。忠臣让自己的侍卫和随从回了府衙，他扮成百姓的样子，到处转，到处了解百姓的疾苦。然后给皇上写了奏折，让皇上给百姓拨了一大笔救灾用的粮款。并且他还想办法和百姓们一起将黄河水给治理了,百姓脸上也有了笑容。奸臣派去暗杀忠臣的人,在府衙到处找也没有找到人影,暗杀失败。奸臣气得不行,决定在忠臣回来之前杀掉皇上,自己称帝。其他奸臣也跟着一起准备推翻幼帝。

忠臣快到城门外了,想到高人让他在进城之前看最后一个锦囊。忠臣赶紧打开最后一个锦囊,上面写道:"奸臣谋反,须请镇守边关的大将军回来,刻不容缓"。忠臣一看,赶紧叫来自己最信任的侍卫,去请大将军来救驾,自己赶紧进城,去拖住那些奸臣,结果他刚进城就被奸臣的人给抓了。忠臣说道:"带我去见你们的大人"。忠臣被带到了奸臣面前,奸臣说道:"没想到你能几次逃命,真是厉害呀!"忠臣说道:"我是因为有高人指点,我知道你们现在已经抓了皇帝准备称帝,但是你现在切不可称帝,必须在三天后的黄道吉日称帝,才能保证日后高枕无忧啊!"奸臣听了,觉得也有道理,反正也不急于一时。三天后,镇守边关的大将军带了十万兵马来到了皇城门外,要奸臣赶紧出去受死。奸臣知道自己上了忠臣的当,现在当不了皇帝,还必死无疑,就想死之前拉着忠臣一起死。可是到了监牢,忠臣早就被那个白胡子老人给救走了。九位奸臣,全部从皇城上跳了下去,为他们做出的坏事付出了代价。

自那以后,忠臣用心辅佐年幼的皇帝,使得年幼的皇帝为百姓做了许多好事,忠臣和皇帝都留下了千古美名。

搜集地点:泾源县黄花乡庙湾村

搜集时间:2018 年 3 月 27 日

讲 述 人:咸耀林

采录人员:王文清　陈翠英　王　芳　张　昕　咸永红　冯丽琴

文字整理:泾源县文化馆

整理时间:2021 年 1 月 21 日

历尽磨难

生在帝王之家,兄弟之间无不是尔虞我诈,为了皇位的继承权,兄弟间都是互相争斗。

在某个朝代,因为后宫嫔妃之间的争宠,有一位婉贵妃仗着皇帝的宠幸,背地里陷害皇后。经常在皇帝面前,说尽皇后的坏话。天天吹耳边风,皇帝听信了婉贵妃的话,将皇后打入了冷宫。而年仅两岁的太子也被连累,皇后的心腹吴公公,利用狸猫换太子之计,将皇后和太子送出宫。为了生活,皇后和太子隐姓埋名,藏身于一个很偏远很贫困的地方——武安镇。吴公公让人偷偷给皇后易容了,但皇后和太子失踪后,婉妃为了永绝后患,私底下派人追杀皇后和太子,最终还是无果。

武安镇在当时也是有名的贫困镇,由于靠近边陲,当地官员也不为民做事。正所谓山高皇帝远,有冤也没处申,当地的百姓只能装聋作哑,睁一只眼闭一只眼,得过且过。当地人们主要以务农和养殖为生,生活都过得去。皇后假装逃难的妇女,抱着两岁的孩子来到此处,幸好遇到了一户姓张的好人家收留。

张强是一位猎户,他看妇人可怜,所以收留了他们。时刻照顾这对母子,皇后被张强行为所感动,就和张强结为夫妻。皇后也把她带来的儿子改名为张晓,一家人在一起过着快乐的生活。

有一天,张强出去打猎,不慎跌落山崖。村里人找到张强时,张强已经奄奄一息,被村里人带回家中。张强对妻子说道:"夫人,以后啥事都要靠你自己了。"说完话,张强就断气了。在村民的帮助下,埋葬了张强。

过了几年,张晓到了上学的年纪。自从张强去世后,李氏就到村上人家里干活,挣的钱够维持他们娘俩的生活。看着村里同龄孩子都去学堂念书,李氏也让张晓跟着去念书。张晓很聪明,学堂先生教一遍就记住了,先生也很看重张晓。张晓家和学堂之间隔着一条河,平时不下雨河水浅,他们就蹚过去了。要是每次下大雨,过河就成困难了。很神奇的是,每次到下雨天,河边总会坐着一个戴着斗笠、穿着蓑衣的白胡子老爷爷。他走到张晓面前背他过河,张晓很好奇便问道:"老爷爷,你为啥要背我过河?我不能给你任何好处,也不能给你养老。"老爷爷只是笑笑,也没吱声。张晓回家后将这事告诉了母亲，母亲对张晓说："儿子，下次你就问问老爷爷，为什么要背你过河？"过段时间又下起大雨了，老爷爷还是一如往常，张晓还是问了同样的问题："老爷爷，为什么每次下雨天，你就会出现，还要背我过河？"老者终于答道："孩子啊，你是真命天子啊，是未来的九五之尊。是上天要我来保护你的，我要保护你的周全。"张晓很是惊讶，带着满脸疑问回家了。到家后就问母亲："娘，那老爷爷说我是真命天子，要护我周全。"李氏听后很惊讶，迅速恢复了以往的语气说道："孩子，你的确是皇室后人，因后宫争斗容不下咱娘俩，我们差点死在宫中。如果不是我身边的吴公公相救，我们已经命归西天了。所以娘带着你到这儿隐姓埋名，现在娘不希望你卷入宫斗之中，只希望你健康快乐长大。等你成年有能力，再返回宫中要回属于你的一切，那时候娘不会再阻止你的。"张晓明白了娘的良苦用心，所以他努力学习，为自己的未来做准备。

张晓成年后，他开始出去闯荡。才发现他舅舅已经为她娘俩平反申冤了。听到这个消息后，他快马加鞭回到家中，带着母亲去找舅舅。舅舅见到自己的亲姐姐和外甥喜极而泣，又将娘俩带回宫中面见圣上。当皇帝看到她们娘俩时，他很是愧疚，因听信婉妃之言，让自己的儿子在外流落十余载。为了弥补他们娘俩，张晓被恢复太子之位。过了几个月，皇帝因病而死，张晓继承了皇位，张晓励精图治，孝敬皇后，被世人夸赞。

采录地点：泾源县六盘山镇和尚铺村

采录时间：2020 年 12 月 30 日

讲 述 人：石海兰

采录人员：王文清　陈翠英　王　芳　咸永红　冯丽琴

文字整理：泾源县文化馆

整理时间：2021 年 11 月 27 日

梁灏八十中状元

　　提起老梁灏八十二岁中状元的事,大家都知道。宋朝的梁灏勤奋好学,从小就立下长大考取状元的志向。此后,他便博览群书,不断积累和丰富自己的知识,一直到四十岁,他很有信心地参加朝廷的科举考试,不料却名落孙山。但是梁灏没有气馁,他还是很自信,相信自己一定能考中状元。从此他更加勤奋地学习,每次的科举考试他都不放弃,但遗憾的是都没考中。

　　你知道梁状元没得第前,救小白龙的事吗? 民间有这样一个说法。

　　传说,东海龙王的三太子被派到泾河当龙王,专管这一方的行云布雨。这小龙王年轻,好游山玩水,听说这个地方离长安城不远,就经常去长安城里玩耍。

　　小白龙变成一青年书生,沿泾河堤走。看见前面有个老头在河滩上种瓜。小龙怪纳闷,这是啥种法? 把瓜种埋到干土里。小龙问老汉:"你这样种出苗吗?"老头说:"你不知道,今夜下甘霖细雨,刚好下透,瓜就会出苗。"小龙觉得老头是胡吹,就说:"要不下细雨呢?"老头说:"不下割俺的头,要下了呢?"小龙答:"下了割俺的头。"说完,小龙就去游玩。

　　傍晚,小龙回到龙宫,玉帝的行雨玉旨下来了,上面写道:今夜这方降甘霖细雨。小龙倒吸一口气,哎呀,种瓜老头真算绝啦,我这不输给他啦。它拿过笔来,改成下瓢泼大雨。

　　这一改不要紧,下得河水出槽,平地水有腿肚子深。清早,天晴了。小龙来找种瓜的老头,老头正等在那里。小龙一看,瓜地被冲得乱七八糟,瓜种也都漂走啦。小龙说:"拿你的头来。"老头说:"还不知谁拿头来? 你私改玉旨,罪犯天条,玉帝问罪,明天午时斩你。"小龙毛了,知道老头不是凡人,忙跪下磕头,叫老神仙救命。老头说:"我没能耐救你。我看你年轻,怪可怜的,我给你指条生路吧! 这东平有一书生,叫梁灏,他是富贵星象,他能救你。"老头把如何叫梁灏救人的法子说给小白龙,就化作一阵清风不见影了。

　　咱再说书生梁灏,这夜正在灯下读书,三更时,趴在书桌上睡着了。呼啦啦刮了一阵阴风,梁灏打了一个寒战,睁眼一看,一书生跪在自己面前,叫声"相公救命!"梁灏问:"公子你是谁? 我怎么救你?"书生满眼扑簌簌落泪说:"我是泾河小龙王,因罪犯天条,明天午时杀我的龙头。到那个时辰,你就紧握笔杆写字,风雨再大,也别松手,你是上界文曲星下凡,天神不敢怎么着你。"梁灏点点头。小龙说:"相公救命之恩,俺一定要报答。"说完,化阵风走了。

梁灏醒来,原来是个梦。他记住小龙的话,坐在桌前,握笔写字。天到午时,果然刮起大风,天阴黑了,一道闪电,一声雷,响得瘆人。这时,小龙化成一缕青烟钻进梁灏写字的笔杆里。雷神杀不了小龙,无法交旨,气得哇哇怪叫,一声声响雷在梁灏头顶上炸,屋子也乱摇晃。可梁灏紧握笔杆,纹丝不动。一会儿,时辰过了,雷神回去了,小龙钻出笔杆,谢了梁灏,洒泪分手。

后来,小龙为了报答梁灏的救命大恩,叫妹妹变成一放鸭女,嫁给梁灏。

历经几个朝代,满头银丝的梁灏仍坚持不懈,一如既往地参加考试。终于,在他82岁的时候高中状元,真是皇天不负有心人啊!梁灏是五代时期的人,却是宋太宗时期的状元郎。他从青少年时期就立志要做一名状元郎。不断地进京应试,历经后汉和后周两个短命朝代。虽然屡试不中,但他毫不在意,总是自我解嘲地说:"考一次,我就离状元近了一步。"直到他82岁那年,他才考中进士,被钦点为状元。他一共考了四十七年,参加会试四十场,中状元时已经是满头白发的老翁了。在大殿上,对皇帝提出的问题对答如流,所有参加考试的人都不如他。

太宗问他的年岁,他自称:"皓首穷经,少伏生八岁;青云得路,多太公二年。"言明自己是82岁了。短短两句话,饱含了多少考场上的艰苦和辛酸!

后来,梁灏和放鸭女生了一个儿子。儿子天资聪明,才学过人,爷俩双双中了状元。

梁灏这么大年纪,尚能获得成功,不能不使大家感到惊异,钦佩他的好学不倦。而我们应该趁着年轻的时候,立定志向,努力用功就一定前途无量。

采录地点:泾源县六盘山镇和尚铺村

采录时间:2017 年 11 月 15 日

讲　述　人:漆效文

采录人员:王文清　陈翠英　王　芳　咸永红　冯丽琴

文字整理:泾源县文化馆

整理时间:2021 年 8 月 28 日

猎人李靖

这个人姓李名靖,他不是金庸笔下那个武功高强的李靖,也不是哪吒三太子的父亲李靖,他只不过是一个山野平凡的、依靠打猎为生的猎人——李靖。

李靖酷爱打猎,经常会捕杀许多山林的动物。每当他到山林里,所有的动物都会吓得四处逃窜,就连凶猛的老虎都不能例外。他也觉得,每次在山林里打猎就是他最有成就感的事情。

这一天,他一如往常,来到山里打猎,他拿着猎枪,一边走一边仔细观察。突然他看到一只全身雪白的狐狸从面前跑过,他立马追了上去,狐狸看李靖快追上它了,就转过头来,用祈求的眼神看着他。可是李靖根本不在意,他扣动扳机,一枪下去,就打中了狐狸的腿。狐狸虽然受伤了,但还是在他开第二枪的时候逃走了。他知道狐狸受伤了,肯定逃不远,他就紧跟着追了过去。但一转眼的工夫,狐狸怎么就不见了呢? 他正心里纠结着,突然看到一个白发苍苍的妇人坐在一块石头上,在慢悠悠地包扎她的腿。李靖走上前去问道:"老妇人,你有没有看到一只白狐狸从这里跑过去?"老妇人回答道:"没有,我没有注意到。"李靖感到奇怪,这深山老林的,为什么会有一个老妇人坐在这里呢? 他想了一下,觉得也和自己没多大关系,就继续向前寻找狐狸了。刚走了一会儿,李靖想到,这个老妇人怎么腿会受伤呢? 那会儿打中的白狐狸,不是也打到了腿上吗? 他赶紧折回来找老妇人,回来再一看,什么都没有了。李靖觉得有些奇怪,也没有心思打猎了,就提着猎枪早早回家了。

到了家里,李靖吃了一点晚饭,就早早睡下了。睡梦中,在森林里的那个老妇人出现了。老妇人说道:"你肯定很奇怪,为什么一个老妇人会出现在深山老林里? 因为我就是你打伤的那只白狐狸。我刚开始看你要射杀我,我就用祈求的眼神告诉你,让你饶我一命。可是你根本就不在意,还是打伤了我。我虽然是一只狐狸,但是我修行了几百年,没害过一个人类。我苦苦修仙,在正要成仙的时候,你却差点害了我的命。你知道不知道我恨你入骨,我想为被你害死的那些动物报仇。可是我不能那么做,如果我害死你,我就永远不能成仙了。我来你梦中,就是告诉你,我们这些动物并没有做错什么,希望你手下留情,不要再杀我们了。求求你了。"

李靖一下子从梦中惊醒,他被吓了一身冷汗。但仔细一想,他用他的猎枪杀了多少无辜的动物,他觉得十分内疚,彻夜难眠。

第二天,他将自己心爱的猎枪折断了,决定日后再也不上山,再也不打猎了。他种起了庄稼,勤勤恳恳地耕种。村里很多人想不通,那个最爱打猎的猎人,怎么会折断猎枪,种起庄稼。直到他临死之前,他才将自己做过的梦和发生过的事情,告诉了庄子上的人。也告诫庄子上的人,不要再去打猎,残害动物的性命。

搜集地点:泾源县六盘山镇集美村

搜集时间:2018 年 3 月 23 日

讲 述 人:陈志明

采录人员:王文清 咸永红 冯丽琴 陈翠英 王 芳 张 滢

文字整理:泾源县文化馆

整理时间:2021 年 4 月 28 日

陈志明 1951 年 2 月出生于六盘山镇集美村。

刘 员 外

　　刘员外弟兄两个,父母去世得早。父母去世的时候,刘员外的弟弟才八岁,刘员外把弟弟从小供养大。刘员外的夫人不生养,从他夫人的娘家领了个侄子,当儿子供养着哩。刘老二思谋着,他哥哥把他从八岁时拉扯成人,他要好好地对待哥哥。可刘员外的夫人不这么想,她总想着要把刘老二给害死,刘员外的家产就全是她娘家侄子的了。为了这事儿,姑侄两个谋划了很久。

　　终于有机会下手了,刘员外要外出去收欠款。刘夫人交代刘员外,今年出去收外债把侄子领上,让他也见见世面。刘员外带着侄儿两人走了几天,到了张万贯的家里,刘员外说:"张老板啊,我借给你的十五贯钱这都到年底了,你给我还了吧。"

　　"刘员外啊,你看我们家里的这情况,把钱全投到营生上了,今年的行情很不好,钱全押在货上了。你给我缓一缓,到明年了我一定还。"

　　"唉,不是我不想给你缓,只是我今年的情况也不好,手里紧得很,你没多有少给我还一些,多了多还些,少了少还些。"刘员外说道,"我就要一些,家里实在是周转不开了,你还一些是一些么。"

　　侄子两眼一转,思谋着这个张万贯想赖账不还,给刘员外低声说:"这个张万贯,我看就是有钱不给咱们还,我把他打一顿,说不定就能要来了。"

　　刘员外说:"这怕不好吧?"

　　侄子说道:"有啥不好,就他们这样子的人,不见棺材不落泪,咱不动手人家就会一直赖下去,我看一点还的意思也没有,不打是不行,不打咱们一文钱都要不上。"

　　刘员外对张万贯说:"张老板,多少你就给我还一些么,让我回去给家里也有个交代,我这么大老远地来一趟也不容易。"

　　张万贯说:"我的刘哥啊,你也看到了,不是我不还,货都积压着哩,我货卖不出去,想给你还也没有么。"

　　侄子听着气不打一处来,这明摆着是要赖账。提着一根木棍狠恶恶地问:"真的不还吗?"张万贯一边捋着胡子,一边眯着眼睛,说道:"不是不还,真的没有,你就是打死我,也没有钱给你还。"侄子抡起木棍要打张万贯,刘员外拉住侄子小声说:"吓唬吓唬就行了,咱们是来要钱的,可不敢打出个啥事情。"侄子说:"姑父你放心,轻重我知道哩。"张万贯早就看出他们来是吓唬自己的,知道不敢下重手,更加放肆起来,根本不把他们两个放在眼里。张万贯的傲慢激怒了侄子,侄子抢起木棍要给张万贯的背部一击,谁知张万贯主动将头伸过来骂着:"你有本事你朝我这儿打,你打一个试试。"不偏不斜,正好打在了张万贯的后脑勺上,张万贯躺倒在地。不一会儿就没有了气息。刘员外叔侄两个吓得赶紧逃回了家。

张家人告了官,县里的捕快到刘员外家里,问是谁打死的张万贯。侄子一口咬定,是他姑父刘员外打死的。刘员外心想,杀人本就要偿命,侄子打死人是跟着他去讨债闯下的祸。侄子死不承认,还一口咬定是他打死的人,反正要有一个人去偿命,当下就承认是他打死了张万贯。捕快见人证物证齐全,过了堂审录了供状,就把刘员外收到了大牢里。

刘老二听说大哥刘员外被关进了大牢,伤心地想:"大哥把我从八岁开始拉扯,现在大哥受了牢灾,我得想办法救大哥。"他把想法给夫人刘二娘说了,刘二娘很支持他,不管是出于亲情还是报恩,这刘老二是应该去了。刘老二到了衙门说人是他打死的,他哥哥为了救他,才承认了罪行。杀人偿命,反正有个人出来抵命就行,县令把刘员外放了,把刘老二关进监狱。刘老二进去之前,知道自己进去就出来不了,把后事都给安排好了:"二娘,你要好好照顾好咱们的儿子小根,若是大哥要把小根要过去养,你给他也行,但要时常去看看他。对于二娘你,我去了肯定是回不来了,你改嫁也行,不改嫁也好。休书我已请人写好了,放在家里的柜子里,你想改嫁拿着休书去就行了。"

本来已经结案了,刘老二又来县衙折腾着要翻案。在县衙里,刘员外说人是他杀的,刘老二说人是他杀的。两个人掰扯不清,把本来糊涂的县令弄得更糊涂了,师爷给县令出了一个主意:"一棍子把人打死,那打人的人肯定是个大力士,咱们让他们比试一下,谁的力气大谁肯定就是凶手。"县令让衙差在刘员外和刘老二的面前扔了一块木板:"你们两个抢,这块板子最后落到了谁的手里,谁就是凶手。"刘员外一听,一把抢了木板抱在怀里。刘老二也不示弱,三下五除二就把木板抢了过去。刘员外年纪大了,终是体力不支,被刘老二抢过去的木板,他再也没有抢到过。县令定了案:刘员外无罪释放,刘老二是杀人凶手,秋后问斩。

刘大娘听说刘老二去给刘员外顶罪,差了人给刘二娘说:"刘老二被关进监牢,是刘员外一手策划的,他把刘老二送进去,就是看上了刘二娘的美貌,想趁此机会霸占刘二娘。"刘二娘肯定不信,那人说:"不信你好好观察观察,刘老大刘员外肯定对你不一样。"

刘员外从大牢里出来后,心想:"我家里没有给祖上留下后,我跟老二这一代人里,就老二家小根这一个后人,现在老二为我顶罪了。他家的后人也是我家的后人,小根还是要带过来养,我这儿的条件比他那里好太多了。"

112

刘大娘听完刘员外的话,十分不高兴,但还是笑着说:"人家老二把命都拿去给你抵命了,咱们管人家的娃,天经地义么。"转身就到侄子的房里,和侄子两个思谋着,如何要刘小根的命的事情了。

到了刘老二家里,刘员外对刘二娘及刘小根嘘寒问暖。刘二娘想起那人对她说的话,觉得刘员外就是觊觎她的美貌,而把刘老二陷害进了大牢的,越观察越觉得那人说得对,就连刘员外的笑容,她都觉得十分的猥琐可恶。刘员外提出把小根带到他身边,如果刘二娘跟着过去那就更好了。刘二娘想:"你这分明是给占有我找借口吧,我人过去了,还不是称了你的心,如了你的意。"于是给刘员外回话道:"小根跟你去就行了,你二弟出门前给我写了休书,让我回娘家去,我以后的生活就不劳大伯你了。"

刘员外带着刘小根来到自己家里,刘大娘处处给刘小根找为难。有一天,刘员外到外地办事去了。这天天气寒冷,天上飘着雪花,北风呼呼地吹,冻得人瑟瑟发抖,手都伸展不开。侄子给他的姑姑刘大娘出了个主意:"你给我给个皮鞭,再给我给个扫把,我让刘小根去扫院子去,他要是扫不干净,或者是扫得慢了点,我就拿皮鞭抽他,我不信院子里的雪扫不干净。"刘大娘给了侄子一根皮鞭和一个扫把,侄子到屋子里把小根拉起来,让他到院子里去扫雪。一尺多厚的雪,小根用扫把一扫把一扫把地扫着。小根扫热了,把外衣脱了。扫得慢了,侄子上去就是一皮鞭,扫不干净又是一皮鞭。不一会儿,小根就被打得浑身上下都是伤。两个时辰过去了,小根又困又累,任凭侄子的鞭子怎么打,小根躺到雪地里不动弹了。正在这时,刘员外从院子里进来,看到小根被打得躺在雪地里,忙抱着小根看了郎中,抓了几服药回来。刘员外骂着刘大娘:"我和老二两门子里,就这么一条根,你们还不好好对待。是想让我们这一辈绝后吗?你看这么大的风雪,冻得人手都伸不出,让娃娃到外面去扫雪。你们一个个穿得暖和,还要坐在屋子热炕上取暖,让个娃娃在雪里扫雪,你们个个心咋这么狠!"

刘大娘给刘员外端了一杯热茶,说道:"不是我们让他出去扫雪,是这娃娃好像没见过雪一样。见下了雪了要到院子里堆雪娃娃去哩,咱侄子拿着鞭子撵都撵不回来,哭着闹着要堆雪娃娃哩。这也没有多长工夫么,咋能给冻坏了?"到了吃饭的时候,刘大娘见小根的病情已有所好转,让小根去端饭。端饭之前,刘大娘把碗在开水锅里烫了一会儿,用筷子夹出来给小根舀了饭,碗很烫,小根端的碗一下把手松下了。碗碎了饭倒了,小根的两手也被烫得掉了皮。刘大娘骂着:"小根啊小根,你说我做的饭不好吃也就罢了。你看看把碗也给摔碎了,这都不算啥,这好好的饭,也让你给糟蹋了么。"只见小根的手上变得血红,掉了的皮掉串串子哩。刘员外也不责骂刘大娘,他知道这是他的夫人,拿刘小根出气哩。小根指着刘大娘想说出实情,可没有想到刘大娘恶人先告状:"你看看你,这么好的饭都让你扔了一地,多浪费粮食。你这会还指着我,长幼有序,你还没有教养地指着我咋呢,想打我哩是不是?"小根气不打一处来,涨红着脸,刘员外给了小根一记耳光,小根说:"你们一家都一样,就是不想让我在你们家里待。这也不是我的家,我回我家去了!"说着跑出了大门。刘员外被小根的话点醒了,追着小根跑出了大门。

刘大娘差人拿了棉衣,要给刘员外送衣服。侄子拉住刘大娘,轻声说道:"姑姑,就让他们两个出去,天这么冷,他们两个跑出去,不会被冻死,也会被冻个半死,他们两个一死,这家产不就是咱们家的了么。"

小根一路奔跑,雪下得很厚,小根跑得很吃力。刘员外年纪大了,跟在后面跑得更吃力,一边跑一边叫着,让小根等等他。可这时的小根哪里会听他的,只一个劲地跑着。雪下得眼前白茫茫一片,路也看不清。小根不知不觉跑到了刘老二坟前,边哭边说:"大啊,你走得太早了,我还小,到了大伯家里,大娘处处为难我。"说着,挽起了袖子把手臂伸到墓碑前。只见两只手被烫得有皮没毛的,又把衣服脱了,身上被皮鞭打得血痕累累。站在旁边的刘员外也是心疼,一把抱了小根,哭着说:"是大伯错怪你了,你跟着我回去,大伯给你撑腰,他们谁也不会再为难你了。"

跟着刘员外回到家里,刘员外当着众人的面说:"从今以后,这个家里的田地、房产有一半归小根所有。你们这些人都是小根家的伙计,别再欺负小根了。谁要是再欺负小根,这活就谁都甭干了,早早背了铺盖,回老家缓着去。"刘大娘急了,拉着侄子说:"你听到没有,你大姑父把一半的家产给了刘小根了,咱们想争家产,看来真是不行了。"侄子说:"那怕啥哩么,姑姑你不要着急,我给你出个计谋。"两个人说话的声音太小了,只有他们两人才能听得清楚,随后刘大娘露出了很满意的笑,看来侄子的这个计谋,想得十分周全。

到了半夜,刘大娘悄悄地上到刘小根睡的阁楼上,透过窗户看到刘小根坐在床上喝着茶,淡黄色的灯光一闪一闪。不多时,小根将茶杯放在茶桌上,吹灭了灯上床睡觉去了。刘大娘又悄悄地下了阁楼,见到侄子,给了个满意的笑容。一边指了指阁楼,一边点着头,示意他们的计谋可以实施了。

侄子早已经准备了一个磨扇,刘大娘特别交代:"你一定要看清楚,你大姑父和小根是在同一个炕上睡着哩,我刚才也看了看,你大姑父在下炕里睡着哩,小根在上炕里睡着哩。"侄子答应着:"不会错的,我刚才也去看了一眼,小根睡在上炕,我大姑父睡在下炕,一定不会错的。"到了半夜一更,侄子把磨扇背到了阁楼上。在磨扇的一角绑了根长绳,在长绳的另一边上挽了个绳环。想了又想,估计刘员外和小根还没有睡踏实,自己就跑回屋子里休息去了。到了半夜一更多,小根左右打滚睡不着觉,刘员外问:"你咋还不睡?"小根说:"也不知是炕热得很,还是啥原因,我就是睡不着么。"刘员外让小根睡到下炕里,他到上炕里睡了。说也奇怪,换了地方后两个人不一会儿都睡得实实的了。半夜三更,侄子溜上了阁楼,把套好的绳环挂在了上炕人的脖子上,把磨扇吊在了半空中。

第二天早晨，刘大娘在门外喊着刘员外起床吃早餐，可叫了半天没有人答应。又叫了一会儿，听不到刘员外应声，却听到了小根的哭声。刘大娘心里一惊，忙叫道："坏了，坏了，弄错了。"跑到阁楼上一看，脖子里套着绳的果然是她的丈夫刘员外。侄子眼珠一转，又是一计，把小根告到了县衙里。侄子拿着银子四处打点，县衙一审认定刘员外是被小根给谋害的。

这事儿传到了小根的亲娘刘二娘的耳朵里，她虽然已经改嫁他人，但小根毕竟是她十月怀胎，身上掉下来的一块肉，她也不会让小根蒙受这样的冤屈。一纸诉状告到了开封府包文正那里。包文正查了案宗，觉得事有蹊跷，重新升了堂。侄子和刘大娘一口咬定，刘员外之死是刘小根所作所为。包文正说："既然如此，一个十二岁的孩子有这般力气，实属罕见，但杀人罪名已然成立，那就等着秋后问斩吧。"当下就退了堂，小根重新回到了大牢，刘大娘和侄子笑得更开心了，说道："人都说包文正是青天大老爷，断案也不过如此么。"

没过几天，开封府开展一年一度的灯会比试，每年的形式不一样，有时猜灯谜，有时摔跤。今年的形式更是特别，看谁能把磨扇一个人搬到二层的阁楼上。为了增加活动的趣味性，包文正亲自把大牢里的人也放出来让参加活动。小根也不例外地参加了比试，可惜他连磨扇也挪不动，更别说搬了。比试一直到半夜才结束，最后拿着头名的是刘大娘的侄子。在领奖台上，侄子高兴地给刘大娘挥着手，没想到，发给他的不是十两的黄金奖励，而是将他关进大牢的枷锁。包文正走上前说："一个十二岁的孩子，连个磨扇挪都挪不动，他是怎么把磨扇搬到阁楼上去的？倒是你手法娴熟，刘员外之死肯定与你脱不了干系。"

侄子进了大牢，见到审问犯人的刑具吓得屁滚尿流。还没有审问，他已经把自己所犯的罪行一一招供了。不仅仅招供了他与刘大娘合谋害死刘员外的事情，还供出了多年前，他随着刘员外要债，打死张万贯的经过，最后姑侄二人都受到应有的惩罚。

小根被刘二娘带回，到了刘员外家里。刘二娘后嫁的男人也跟着过来照顾小根。小根读了私塾，考了秀才，继承了他大伯刘员外的家产。

采录地点：泾源县六盘山镇和尚铺村

采录时间：2021 年 3 月 29 日

讲 述 人：石海兰

采录人员：王文清　咸永红　冯丽琴　陈翠英

文字整理：泾源县文化馆

整理时间：2022 年 5 月 16 日

泾源民间故事·人物轶事篇

柳怀生和白狐的故事

相传很久之前,咸阳城西魏家庄有一个老实憨厚的后生,名为柳怀生。自幼丧失双亲,从小跟着哥嫂生活,生活非常拮据,他们一家以几亩贫瘠的耕地过活,一年到头收获的粮食仅仅只能维持生计罢了。

柳怀生从小就跟着哥哥干农活,一直过着日出而作、日落而息的生活。数千日都是如此,但是在他十五岁那一年,他的生活发生了变化。有一个到处游行的说书人在他们村庄说书,全村的青年老少都跑来听他说书。听着说书人讲述外面的世界多精彩,他顿时对外面的世界产生了好奇,想去看看。但时间易逝,说书人又转战下一站,开始了他的旅行之程。柳怀生虽然还是跟着哥哥去地里干活,但是他脑子中总是充满了说书人描述的那个世界。他在想即使从别人口中了解外面那个精彩的世界也是对自己精神世界的一种慰藉吧。哥哥看着无精打采的弟弟问道:"怀生,你最近怎么了?看起来没有一点精气神,有什么事情吗?"怀生有点不好意思地回答道:"哥哥,我就是对那个说书人讲述的世界很好奇,那里真的有那么神奇吗?"哥哥憨憨地笑道:"原来是向往外面的世界啊,那你可以去离我们村庄有三十几里路程的柳河镇看看,只有你亲自去看了,就知道了,也算是了了你的心愿吧。这里有两吊碎银,你带上去瞧瞧吧,晚饭前记得回来,要不然你嫂嫂又该担心了。"怀生高兴不已,收下银子并作揖感谢道:"谢谢哥哥的理解和一番心意,我晚饭前一定赶回家,不让哥哥嫂嫂担心。"

第二天,怀生早早便踏上了旅途,一边赶路一边欣赏沿途的风景。突然他听到一声哀号,他循声走到一个坑井旁,原来这是一个猎人设计的陷阱,陷阱里面躺着一只满身血痕的白狐。那只白狐用无助的眼神向他求助,怀生看着白狐那一双哀痛又充满灵气的眼睛,顿时心生怜悯。他尽自己的力量把白狐从陷阱里面救上来,然后撕掉自己身上的一块布,帮白狐包扎了伤口,轻声对白狐说:"小狐狸,赶紧回家去吧,要不然等会猎人来了,你就难逃一劫了。"白狐感激地蹭着怀生的小腿表示感谢,然后就拖着受伤的身子离开了这里。柳怀生又继续他的旅途,刚才救小白狐耽搁了好长时间,所以他得加快脚步赶路,要不然赶天黑还回不了家了。到了柳河镇,映入眼帘的是繁华的街市,熙熙攘攘的人群,这一番景象让怀生惊叹。真如说书人说得那样精彩,怀生走走看看,突然看到街道西南角热闹至极,也跑去凑热闹。原来是一位说书人讲书讲得精彩极了,怀生也站在这儿认真听先生说书,不知不觉时间一分一秒地过去了。这时怀生看到周围好多人都已经离开,怀生就赶紧买了一些特产赶回家孝敬哥哥嫂嫂。从这以后,怀生总会抽一天时间去往镇子听先生说书。

再说那个白狐,为了报恩,经过不断的修炼,幻化成了人形,容貌赛过天仙,她开始制造她和柳怀生相遇的桥段,她知道怀生每到三周后都要去镇子上听书。所以她打算在怀生去镇子的路上与他相遇。有一次怀生回家途中,白狐就一直悄悄地跟在他身后,怀生总觉得身后有人,却不曾想到是一位貌美如花的姑娘。怀生停下脚步便问道:"请问姑娘为何跟着我?"白狐却一言不发,怀生就想可能是顺道而已,便不再追问继续往前赶路。走着走着看到前方有一串漂亮的手镯,怀生看了一下四周无人,便捡起这串手镯带回家。其实这是白狐故意落在路上的,以便有借口去怀生家中。没想到第二天白狐找上门来,怀生惊讶地问道:"这位姑娘,你来我家所为何事?"白狐说:"公子,小女子为寻手镯而来。"怀生说道:"我的确捡到了一串手镯,但是姑娘怎么证明是你的东西呢?"白狐便讲起了这串手镯的样子以及来历。说她早年丧失父母,是奶奶将她一手拉扯大,前段时间奶奶去世了,而手镯也是奶奶最后给她留下的东西。却不承想在躲避他们村庄恶霸的追杀途中丢失了,没想到被公子捡到了,要不然我死后也无颜面对我的奶奶了。怀生听了白狐的经历深表同情,便把手镯还给了白狐,还关心地问道:"姑娘那你现在身居何处,是一个人生活吗?"白狐并没有回答怀生的问题,而是表示感谢后就离开了。第二天晚上,白狐仍然来找怀生,他们渐渐聊的话题也多了。这被经过怀生房屋的嫂子听到了,嫂子赶忙回到自己房子中与相公说起了她在怀生房子里听到的事情。怀生哥哥有点不敢相信,第二天在地里干活时,哥哥还是忍不住问道:"怀生,你是不是已经找好内人了,怎么不给哥哥嫂嫂介绍一下?"怀生惊慌地回答道:"哥哥,事情不是你们想象的那样,这位姑娘也是可怜,她来找我只是谈谈心而已,并无男女之情。虽然我对她产生了好感,但不知道那姑娘对我有无同样的意思。"哥哥说道:"原来如此,那这事就好办了,今晚待那姑娘来了哥哥便替你问问她,如果她也有此想法,那就是好事一桩了。"到了晚上,白狐还是一如往日前来找怀生,没想到一进门便遇上他的哥哥嫂嫂,怀生见状忙介绍道:"姑娘,这是鄙人的哥哥嫂嫂。"白狐害羞地问道:"哥哥嫂嫂好。"哥哥一本正经地说道:"姑娘请坐,我大概知道你和怀生之间的事了,今晚本是有一事想咨询姑娘,姑娘芳龄几许、家住何处、家里有几口人?"白狐轻声细语地答道:"哥哥,小女子名白狐,家住陕西白璧村,自幼丧失双亲,由奶奶拉扯长大。现奶奶已去世,家中只剩小女子一人,小女子乃是逃难至此。"哥哥遗憾地说道:"姑娘不必伤心难过了,我看姑娘和我家怀生甚是投缘,所以哥哥想问问姑娘可否愿意和我家怀生结为连理,共度余生呢?"白狐便答道:"全凭哥哥做主。"哥哥大腿一拍,高兴地说道:"既然白狐已经同意了,那我和你嫂嫂尽快准备你们的婚礼,结婚也是大事,需要准备的东西和礼仪很多,需要宴请全庄的父老乡亲。"这时白狐便打断哥哥说道:"哥哥不必这么大费周折,这一切我都可以搞定。"于是,哥哥也不好再说什么,放手让白狐去准备结婚所用的一切。

到结婚前一天,哥哥去看白狐准备的东西,白狐只准备了两把面条和一个大馒头,哥哥有点生气地质疑道:"准备这么点东西怎么宴请全庄的父老乡亲,这不是胡闹吗?"白狐说道:"哥哥放心,这些足够宴请所有人。"第二天婚礼照常举行,请的厨师做着各色菜式,那面条和馒头总是取之不尽用之不竭啊,这婚礼顺利地举行完了。

好景不长,白狐报恩的时间快到了,在走的前几天,白狐便对怀生说:"我要回陕西几年,如果你想念我了就到陕西找我。"怀生不舍地说道:"你一定要回去吗?再说我去哪里找你?"白狐回答道:"你来找我我是知道的,到时我们自会相见,我会给你留下两吊钱作为你来找我的盘缠。"

过了一年时间,怀生全家人见白狐还不回来,哥哥认为一直这样等着不是长久之计,于是让怀生前往陕西寻找白狐,怀生带着盘缠踏上寻找白狐的征途。盘缠走一路花了一路,还是两吊钱,怀生走到陕西某一个三岔路口,就看到白狐在路口等着他。怀生非常高兴见到了他日思夜想的妻子,白狐也是喜极而泣,与怀生相拥,彼此诉说着自己的相思之苦。而他们之间的这份感情感动了上天,白狐转世为人,从此,他们过上了快乐又平淡的幸福生活。

搜集地点:六盘山镇周沟村

搜集时间:2018 年 03 月 22 日

讲　述　人:李　鑫

采录人员:王文清　王　芳　咸永红　冯丽琴　张　昕　陈翠英

文字整理:泾源县文化馆

整理时间:2020 年 12 月 20 日

卢俊义上梁山

　　那个时节,梁山已经有挺大规模了,各山头的头领都已齐聚梁山,士兵也越来越多,梁山兄弟的管理也越来越棘手。尤其是晁盖中箭身亡后,谁坐梁山的第一把交椅成了重中之重,群龙不能一日无首啊。吴用掐指一算,宋江这黑厮虽然落草为寇,但一心总是想着朝廷招安,这一点和晁天王不同,两人生前为此还生了不少的嫌隙。另外,吴用算出宋江这人是个穷命,俸禄少得很,压不住山寨,养活不了众多兄弟,要想山寨兴旺,必须寻一个有福分之人。在一众兄弟的商讨之后,决定另寻一个富贵之人。

　　有一天,宋江请到教化四方的大名府龙华寺主持大圆法师,闲聊中他们得知了卢俊义的名字。宋江当然知道他们想找一个人来梁山登梁山宝座,他也明白自己收拾不了射死晁天王的史家庄庄主史文恭。梁山上的吴用和宋江虽各怀心思,但他们的目的也只有一个,那就是请卢俊义上梁山。

　　卢俊义富甲一方,每天习武练棒、喝酒吃肉,不惹事,也不和朝廷作对,要想把这么一个人请上梁山可真要费些心劲。梁山上的智多星吴用能掐会算,是个精明的人,他下山到了北平大名府,在府外绕了两圈,化装成一个算卦的道士,在卢俊义的府宅外闲游。在卢员外的府门外摆了卦摊子,三天后,卢员外的家奴,也是府里的管家跑了出来。这个人名叫李固,见到李固,吴用说:"我是来帮助你家员外卢俊义的,你快去禀报。"李固回去给卢俊义说:"门口来了一个摆卦摊子的,带了个哑道童,在门上摆了三天了,还说你近日有难,他们是特来帮助你的。"卢俊义哈哈一笑,他虽然不信这些,但出门一看摆卦摊子的算命先生长相不同于常人,有几分仙风道骨,手拿一把鹅毛扇,像是个行家里手。还没有等卢俊义开口,算命先生就说话了:"想必你就是卢俊义员外吧,你百日之内必有血光之灾,只有前往东南千里以外才能避祸。"说完,还没有等卢俊义说话,算命先生念了句:"皆笑世人痴,我为世人狂,生来赤身体,死后两茫茫。"当晚,吴用化装成一个鬼魂,在卢俊义家大厅的墙上写了一首诗:"芦花滩上有扁舟,俊杰黄昏独自游。义到尽头原是命,反躬逃难必无忧。"藏着"卢俊义反"四个字。

　　要说卢俊义就是糊涂。他把一个算命先生的话当真,立刻安排下人们准备财物,想去泰安州烧香,顺道做点生意,理由就是因为吴用算出他有血光之灾。李固说道:"主人误矣。常言道:'卖卜卖卦,转回说话。'你不要听那算命的胡言乱语,就留在家中,有啥害怕的呢?"卢俊义手下还有一个更厉害的门人,人称浪子燕青。一听说卢俊义要往东南去,他就想到了梁山那伙贼寇,说道:"我倒听说东南方有一帮梁山的歹人,怕是他们装神弄鬼来吓唬咱们的。"燕青还笑着说:"我这几天不在家,没有见到那些人,要是让我碰上了,我三言两语就把他们盘倒了,说不定能闹出个大笑话呢。"卢俊义的老婆见丈夫要到东南方去避祸,出来劝说道:"相公,你不要听那个算命的胡说八道,撇下家业到东南去,我看你只管在家里哪里也别去,我给你另外再收拾一个别室,你清心寡欲,高居静坐,肯定会没有事的。"

卢俊义不听家人的劝说,执意要到东南去避祸,把浪子燕青留在家里守家,自己带着管家李固向东南方向启程。他走之前,燕青多次让他提防梁山的各路英雄,他想着,这些落草为寇的草莽之人有啥可防的呢,他们要是听到我卢俊义的名号,还不乖乖地让开道来。他让李固做了一个旗号:"慷慨北京卢俊义,金装玉匣来探地。太平车子不空回,收取此山奇货去!"

路经梁山,宋江和吴用等人早已在梁山等候多时,卢俊义武功再厉害也难敌四手,梁山英雄把卢俊义绑上山寨,让管家李固逃回北京卢员外家里。到了梁山,宋江和吴用给卢俊义松了绑,宋江又是赔礼又是敬酒,卢俊义看到笑着的吴用,自知已经上当,但为时已晚,只能待在梁山,但他并不入伙,也不想和梁山上的英雄有啥瓜葛。

过了几天,浪子燕青到了梁山寻卢俊义,把近些天家里的变故给卢俊义统统说了一遍。从燕青的嘴里,卢俊义得知管家李固回到北京城以后,给卢俊义的老婆说卢俊义造反了,和梁山上的歹人是一路人。如果卢俊义的老婆不跟他,他就把卢俊义勾结梁山歹人的事向朝廷告发,让朝廷派兵攻上梁山杀了卢俊义。在李固的威胁下,卢俊义的老婆跟了李固,李固不但霸占了卢俊义的老婆,还霸占了卢俊义的家产。卢俊义听后大怒,骂着要下山杀了李固这个贼人。宋江让人放卢俊义下山,还没有进北京城,卢俊义就让官府的人抓了起来。后来,还是燕青给梁山宋江报了信,梁山军前后两战大名府,卢俊义方才获救。卢俊义回到家里把李固杀了,活擒史文恭为晁盖报了仇。宋江早有心坐梁山宝座,出了个抓阄的主意,结果宋江抽中了梁山第一把宝座,卢俊义坐上了第二把宝座。

搜集地点:泾源县六盘山镇和尚铺村

搜集时间:2017 年 12 月 28 日

讲 述 人:漆效文

采录人员:王文清 咸永红 冯丽琴 陈翠英 王 芳

文字整理:泾源县文化馆

整理时间:2021 年 3 月 17 日

乱 葬 岗

　　元朝的发展史很短,但是发生在元朝的一个故事却家喻户晓。在元朝年间,皇帝为了扩大疆域,召集了很多年轻的士兵打仗。在战场上,士兵们一鼓作气,英勇无敌。几年后,残酷的战争换来了国家的海晏河清。但是死于战争的士兵多得数不清,还有一些都是残疾的士兵。皇帝觉得征召的士兵太多,尤其是残疾的士兵,站到那儿让人看着都寒碜,每年的军粮都不够发给他们,皇帝开始厌弃这些在现在看来不中用又伤残的士兵。有一个大臣看出了皇帝的心思,于是大臣给皇帝出了一个点子,就是把这些伤残士兵全部都转移到农村,让老百姓先养着他们,也会为皇帝留下千古美名,皇帝觉得大臣的这一妙招不错,便听从了大臣的建议。

　　第二天,各州府从上到下,下达命令。全国各地百姓必须善待这些为国家作出贡献的士兵,老百姓也很重视这件事,看到这些为了战争变伤残的士兵,决定好好善待他们。

　　刚开始,十几户百姓家里养着一个伤残士兵。百姓宁愿自己饿着不吃饭,也把好吃好喝的让给这些伤残士兵吃,将好衣服让给这些人穿。慢慢地,战争越来越频繁,伤残士兵越来越多,基本上两三户人家就有一个伤残士兵,而且这些伤残士兵,整天什么也不干,嚣张跋扈的姿态越来越明显。倒像百姓养士兵是天经地义的,百姓个个敢怒不敢言,日子就这样一天一天地过着。

　　这一天,有一户老百姓的家里,老农要给儿子娶个媳妇,所有人都忙着张罗。住在家里的伤残士兵发话了:"娶媳妇可以,但入洞房必须先是我,入完洞房以后才可以给你儿子当媳妇。"老农思来想去,没有办法,只能忍痛答应了士兵的要求。到了夜里,有个不成文的规定,就是每家每户的刀具必须上交给伤残士兵,害怕万一有战争,这些人可以保命。老农想着今晚家里要用刀,明天要娶媳妇摆宴席,晚上要用刀做菜切肉,想着去和士兵说一说,看今晚能不能不交刀具。老农到了士兵跟前好说歹说,士兵就是不听老农的要求。老农没办法给士兵跪下来苦苦哀求,但士兵不为所动,反而变本加厉,揪住老农的衣领一顿猛踩,老农瞬间倒下失去了知觉。站在门外的儿子,意识到父亲有危险,冲进屋里,一把夺过老农手里的刀,一下子就朝着士兵砍了下去。顿时,鲜血直流,士兵倒在了炕上,没了气息。母亲吓得不知所措,儿子说道:"母亲,您不用

泾源民间故事·人物轶事篇

怕,明天我就去官府自首,他已经把父亲打得昏迷不醒,我们再不反抗,他连我们一起杀了。咱们好吃好喝地供着他,他不感激不说,反而不把咱们当人看,我实在忍无可忍了。"母亲说道:"咱们先不要声张,先去找大夫给你父亲看病。明天先给你娶媳妇,把他藏起来,等官府查下来,母亲去抵罪,你还要给咱家传宗接代呢!"母亲和儿子找了个地窖,把士兵藏了起来。

所幸父亲只是轻微的脑震荡,并无大碍。婚礼照常举行,婚礼结束以后,老农心里害怕,就多喝了几杯,来到了和自己关系比较好的一户老农家里,说了自己的心里话:"以后我可能不在了,还得麻烦你照顾一下我们那一家老小。"这位老农有些不解地问道:"发生啥事情了,你不在,你要去哪里呢?""我把住在我家里的伤残兵给杀了,我可能活不了多久了。"这位老农说道:"不要怕,我们家里的那个伤残兵,不是也不见了吗?你不好奇他哪里去了?他前几天要欺负我儿媳妇,也被我和我儿子杀掉了。本来我们也特别害怕,晚上我们准备把人藏起来,不知道藏在哪里,就想到了后山上,我和我儿子晚上把人拉到后山上,后山上全是一些伤残兵的尸体,我俩才松了一口气,这都好多天了,官府也没有追查。"父亲很惊讶地问道:"是真的吗?"老农说:"是不是真的,今晚你把藏起来的尸体拉到后山上不就知道了吗?"

晚上,父亲没让儿子去入洞房,而是赶紧把尸体拉到了后山上。看到漫山遍野的尸体,老农明白了,估计是这些士兵作恶多端,百姓们都忍不了了,一个一个把这些人给杀掉了,扔到了后山上。

后山上的尸体越来越多,人们都叫后山是乱葬岗。官府也从来没有过问这些伤残士兵,是死是活,都去哪里了。有说书的讲道:其实官府早就想把这些人给杀掉,没有办法,就借了百姓的手除掉了这些没有用的人,所以官府也就一直没有追究过这些人的踪迹。这件事证实了元朝的黑暗历史,官府腐败,延续了 98 年的国家因此灭亡。

采录地点:泾源县六盘山镇和尚铺村

采录时间:2020 年 11 月 12 日

讲 述 人:漆效文

采录人员:王文清　陈翠英　王　芳　咸永红　冯丽琴

文字整理:泾源县文化馆

整理时间:2021 年 12 月 24 日

122

罗成算卦

数九隆冬天气寒
二十八宿降临凡
青龙转了个单雄信
白虎转成了小罗成

罗成是隋唐英雄,传说他是燕山王罗艺的儿子,秦琼秦叔宝是他的表弟,这个罗成可了不得,在隋唐英雄排名第七,是第七条好汉。"白袍银枪面容俊俏,人称冷面寒枪俏罗成。"徐茂公曾经给罗成算了一卦,说罗成能活到七十三岁。

话说这一天,罗成闲来无事在长安大街逛街的时候,在路边发现一个卦摊,旁边一个有几分仙风道骨的白胡子老道,老道的布幡着写着:"能算天能算地,鬼谷为师,管恪为友。"罗成嗤之以鼻,冷笑了一声,回头又看了一眼那个道士:

九梁的道巾头上戴,
八卦的仙衣身上穿。
水火的丝绦腰中系,
水袜和云鞋蹬在脚下边。

看样子,这老道来头不小,他能以鬼谷为师,能以管恪为友,想必这头也是吹牛呢,他算得再准,能有徐茂公算得准? 罗成心里打下主意要玩弄一下算命的老道。

他并不知道,这个白胡子老道是天上的太白金星。罗成本是天上的白虎星转世,在人间逗留得太久了,在王母娘娘的命令下,太白金星下到凡间来接白虎星上天。

只见太白金星:

一驾云头三千里,
三驾云头展九千,
云头展够好几展,

也跟咱凡人走几年。

你看他驾着云头往前走,

抬头看来到西京古长安。

说长安,道长安。

前面流水后长山,

前边流水出王位。

后边长山出神仙。

有心这样落下去,

失了仙体难归天。

他才摇身只一变,

变了一个算卦的仙。

他在此路北没怠慢,

就在路北里摆个卦摊。

有一个招牌上边挂,

你看他朗朗大字写得全,

能断生死上边占。

我能算这生死在眼前,

隔山能算几只虎,

隔海能算他龙几盘。

乌鸦能打俺头上过,

我能算羽毛全不全。

罗成心想,这老道吹得挺牛气,徐三哥说:"能活七十三,我上去问他一问,看他能算出我能活多久,算对了那啥也不说,要是算得不对,把他的破摊子砸了。"

罗成心里想着,脚步就上前到了老道面前:"臭牛鼻子,你倒给我算一下。"

老道斜眼看了他一眼,说道:"卦银十两,先付钱再算。"

罗成说:"你这牛鼻子,还没有算呢就要钱。"

老道说:"我能算天能算地,我能算这生死在眼前,隔山能算几只虎,隔海能算他龙几盘。乌鸦能打俺头上过,我能算羽毛全不全……"

"吹得挺厉害啊,你先给我算算,我看准不准,不准我不但不给钱,还要把你摊子给砸了。"

老道笑着说:"那你先说生辰八字。"

罗成说:"戊午年戊午月戊午天干戊午地支。"

老道接着说：

为人能占五个午

我算你呀，必定朝里居高官

我算你文官你不是

在朝中必定是武官

我算你七岁文来八岁武

九岁上兵法武艺都学全

十岁北平探过父

十一岁你领兵在燕山

十二岁你夜打过登州府

十三岁你在山东放响马

十四岁你胶州打过擂

十五岁你扬州夺过状元

十六岁你把孟州破

十七岁你大战过欧牙山

十八岁你归了顺

你保着唐王整五年

罗成一听，很是惊讶，这老道只问一个生辰年月时辰，就知道我所有的过去。不过他转眼一想，自己在隋唐也是大英雄，很多人都知道我的过去呢，说书的先生也经常把我的故事讲给别人听，这老道知道我的过去不足为奇。于是问道："你说的这些八九不离十，那能算算我的寿命是多久。"

问完这话，罗成心里美滋滋的，徐茂公给他算了七十三岁，七十三岁在那个时代算是特别高寿的，能活到七十三岁的没几个。

老道说："我算你阳寿能活二十三，你今年刚好二十三。"

罗成听老道这样说，气不打一处来，要砸老道的卦摊："三哥说我能活七十三，你这臭牛鼻子说我活不过今年，看我怎么砸你的破卦摊。"

老道不慌不忙地说："徐茂公算是七十三，那是没有错，可他只会算不会破，你本该活到七十三，可你干了些折寿的事，这才让你的阳寿减了五十年。"

罗成还想上去理论，老道说："你且先听我来说，我若说得不对，你再砸我的卦摊也不晚。"

罗成气呼呼地说："你尽管说来！"

只听老道开始念叨开了：

　　你有个表兄叫秦叔宝，
　　你们两个传枪递剑后花园，
　　你的表兄把这秦家的剑法全都传给你，
　　你的枪法没有传完，
　　你留下五虎断门枪三路，
　　你防备着姑表弟兄把脸翻。

老道问："有这事没有？"
罗成说："有。"
"这本是军爷的头件短，折去你的阳寿整十年。"
老道又说开了：

　　锁五龙杀了单雄信，
　　你不应该去做监斩官，
　　弟兄的情长全不念，
　　你忘了滴血临盆在济南。

老道又问："有这事没有？"
罗成说："有。"
"这本是军爷的二件短，折去你的阳寿整十年。"
老道又说开了：

　　孟州有位扈金蝉，
　　她二人对你恩情义重，
　　你毒酒害死二位女婵娟；
　　十八岁收下二十岁的子，
　　义子罗春留身边；
　　你欺骗秦王唐二主，
　　让他口叼着嚼环身背鞍，
　　你手扶着鞍桥走了两遍。

老道皱着眉头问："这三件，是不是你罗成所作所为？"

罗成越听心里越发慌："此三件，共五件，都是我罗成所为。"

老道说："苍天降怪不容宽，这是你的五件短，七十三减去了五十岁，问你到底还剩多少年？"

罗成低下头，回想过去自己的种种可恶行为，不由得珠子大的泪水流下来，一会儿泪水湿透了衣服，罗成说："我不该做事太短见，但事到如今后悔也没有用。"说完，罗成给老道扔了十两文银，伤心地离开了卦摊。

这一年，罗成率兵北伐，像往常一样，他一个人骑着战马独自叫关，却没有想到遇到了好使一把大刀的苏列，把罗成困到了断命山。中了埋伏的罗成被苏列士兵的乱箭射杀而死。

这一年，罗成二十三岁。

搜集地点：泾源县大湾乡武坪村

搜集时间：2018 年 1 月 23 日

讲 述 人：安泽民

采录人员：王文清　王　芳　陈翠英　张　昕　咸永红　冯丽琴

文字整理：泾源县文化馆

整理时间：2020 年 12 月 12 日

安泽民　1966 年 3 月出生于大湾乡牛营村。

吕文正赶考

　　吕文正年少时家里特别贫寒,他还在学堂里读书的时候,他的父母就相继过世。吕文正没有兄弟姐妹,自此家里就剩下他一个人生活了。他书读得好,但交不起学费,学堂里的夫子就给他把学费免了,但生活上他还是穷得吃了上顿没有下顿。后来,他发现了一个很好的地方,就是山上的一个和尚庙,在寺庙开斋饭的时候,他就过去和和尚们一起用餐,到了晚上也在寺庙里睡觉。刚开始,那个和尚对待吕文正还算可以,到了吃饭的时间,吕文正就和这些和尚们在一起吃饭。可是时间长了,和尚们对他也瞧不上,个个看他是一个到寺庙里混吃混住的人。

　　有一天,吕文正像往常一样到了寺庙的伙房去吃饭,伙房和尚给他说饭已经吃完了。到了晚上,一个和尚跑到吕文正的房子里,给吕文正说,外面来了一个人找他,让他出去一趟,他到寺门口一个人都没有,那个小和尚说:"你在前面走几步,说不定那人在前面等你呢。"吕文正出了寺门走下台阶没几步,那个小和尚一下子就把寺门给关上,从里面闩上了。他的行李就从寺庙里的院墙里,给扔到了寺庙院墙外。吕文正无处可去,在寺庙门口坐了一会儿,心想:人都说和尚们都是善心善意的,看来和尚的心未必都是这样。

　　还好吕文正练了一笔好字,没有地方去的时候,他想到了自己的长处,他在街道摆了张桌子,给别人写起书信来。但刚开始的生意并不是很好,有时连一个馒头也换不上,甚至有时连开张的一文钱也没有。为了糊口,只要是有人请他去,哪怕是只管一顿饭,他也会去的。他的生意范围从为人代写书信,到红白喜事记账、过节写对联,但这样的生意很难维持他的生存必需。他经常沦落到与街上的叫花子们一样,有时叫花子们要的馒头,也会给他送上一个让他充饥。久而久之,他和叫花子混到了一起,叫花子看这个少年书生有点文化和才气,和吕文正交起了朋友。

　　快要到了春秋开考的时间,城墙上的榜文已经张贴了,城里城外的读书人得到消息个个都想赴京赶考。吕文正坐在他的破桌子边上,等着别人前来找他代写书信,一个老叫花子拄着拐杖找到吕文正,说道:"现在是春季开科考的时候了,你这么有文化,去参加个科举考试。说不定还能中个一官半职,至少比在这里给别人代写书信强些吧。"吕文正说:"我的情况你们也是清楚的,啥都没有,只能靠给别人代写书信来维持生计,我这是要啥没啥么。"老叫花子说:"你缺啥咱们给你凑啥,只要咱们齐心协力,没有办不到的事情,盘缠的事情你不用管,我们一帮叫花子给你解决。"

老叫花子发动城里城外四邻五舍的叫花子们开始活动起来,一文一文地要,东家要西家要,把要上的财物换成一只一只的麻钱,又把一只一只的麻钱换成文银,没有几天就把五十两银子交到吕文正手里。除了这些,他们还给吕文正买了笔墨纸砚,甚至连进京赶考的书生们用的烤火的手提炉和木炭也给吕文正准备好了。那个老叫花子说:"这些银两你先花着,我们知道你不是胡乱花钱的人,这些银两大概够你进京赶考的盘缠了,如果不够的话,你每到一个城市,只要说是我老叫花子的名号,那里的叫花子们会全城行动,为你凑上所需的钱财的。"

吕文正果然中了头名状元,状元回乡祭祖无比的热闹。吕文正在他以前吃住的寺庙里举办了浩大的感恩盛宴,除了各州府的官员,他还把城里城外的叫花子朋友请到宴席上。各州府的官员和当地的富豪们来得也早,他们看见寺庙门口围着一大群叫花子。吕文正走出寺院的大门,笑着把叫花子们迎到院子,让到宴席上。宴席上的人坐定,知府大人问可以开宴了吗,吕文正说:"再等等,还有一个贵客没有来呢。"一直等到午后,门口又来了一帮叫花子,带头的是那个当时劝他赶考的老叫花子。吕文正高兴地说:"我等的贵客来了。"众人一看,哪里有啥贵客啊,门口只不过是一帮要饭吃的叫花子。吕文正把老叫花子一帮人迎进院子里,之前来的叫花子个个都站了起来,叫着老叫花子"大哥"。老叫花子入了席,并没有落座,对站着的叫花子们说:"我年纪也大了,我给你们找了个领路人,他就是这个状元郎吕文正,别看他年纪小,但本事可不小,从今天开始他就是你们的大哥。"老叫花子发了话,其他的叫花子作揖行礼,齐叫吕文正"大哥"。老叫花子高兴地说:"既然礼已成,那就开席吧。"从早上一直等到中午过后,州府的官员和当地的富豪们也饿了,个个的吃相比叫花子还难看。

席间,吕文正给前来祝贺的州府官员和当地富豪们说:"你们千万别小看了我的这些叫花子兄弟,小弟我落难的时候,是他们帮助了我,我也曾沦落街头,过着乞讨的生活,那时还拉不下脸,是我的这些叫花子弟兄们帮我要饭。我也是要饭出身,今天能取得的成就,跟我的这些叫花子弟兄们分不开。"宴席结束,吕文正的招待礼仪周全,吕文正对前来祝贺他的叫花子们说:"承蒙各位弟兄们的帮助,小弟考取了状元,即将回京赴职,如果有兄弟想跟着我去的,小弟我绝不会亏待你们的,不想跟我去的,以后如果有啥地方需要我吕文正帮助的,你们尽管来找我。只要不违反道义忠君的,我必全力相助。"有几个年轻的小叫花子愿意跟随吕文正左右,大多数叫花子自由习惯了,不想过约束的日子,也就没有跟着吕文正去,回到街道继续当他的叫花子。

　　吕文正虽然当了官，但他时时刻刻记着自己是要饭出身，对贫苦的百姓很是照顾，深受百姓的爱戴。

　　搜集地点：泾源县六盘山镇和尚铺村
　　搜集时间：2017 年 12 月 28 日
　　讲 述 人：漆效文　李春生
　　采录人员：王文清　陈翠英　王　芳　咸永红　冯丽琴
　　文字整理：泾源县文化馆
　　整理时间：2021 年 3 月 15 日

2017 年 12 月 28 日,漆效文(中)、李春生(右一)在泾源县六盘山镇和尚铺村孙双玲家中讲述泾源民间故事。

宁舍金冠一顶

有一天,孔子带子贡坐船去游历江南,他们刚刚上船不久。突然上来一个人,这个人走到孔子面前,盯着孔子看了一会儿。问他:"您知道一年有几个季节吗?"孔子回答他说:"一年有四个季节。"这个人却斩钉截铁地说:"你说得不对,一年只有三季。"孔子仔细地看了这个人一眼,便说道:"您说得对,一年确实只有三季,是我说错了。"

这时,子贡心想,一年明明有四个季节,可老师为什么说有三季呢? 他便问道:"一年明明有春、夏、秋、冬四个季节,怎么会只有三季呢?"孔子将着胡须微微一笑说:"确实是只有三个季节。"子贡更加不解了,他耐下性子给来人讲解着:"一年就是有四季,四季,这是天道轮回。春季,万物复苏,农夫播种;夏季,雨露滋润,万物成长;秋季,物干气爽,果粟结实,农夫收获;冬季,天寒地冻,物休眠,人休耕。故而一年有春、夏、秋、冬四季。"不想这个人却恼了起来,高声说道:"你说得不对!一年明明是三季,只有春、夏、秋,你却编出一个冬来骗人!"

子贡争辩道:"一年有四季,天道如此,你怎么总是不明白呢?"

这时,这个人又说:"不如我们去找县官,让他来评一评,一年到底有几个季节,如果是我说错了,就把我杀了吧。但要是你说错了,就把你老师头上的金冠给我,你觉得怎么样?"子贡一听,立马不服气地答应了他:"好,如果县长说是三季,就把老师的金冠取下来给你。"

他们找到了县长,这个人就问县长:"一年有几个季节?"县长便说:"一年只有三个季节。"这个人听完,便得意洋洋地对子贡说:"县长也说是三个季节,这下证明你说错了吧?"子贡心想明明是四季,为什么师父和县长都说只有三个季节呢? 但他也不敢问。这个人又说:"现在让你师父把头上的金冠取下来给我吧。"子贡正待争辩,却听孔子说道:"子贡,将我的金冠取下来给他。"师命难违! 满腹委屈的子贡,不服气地将老师头上的金冠取下来,递给了那个"三季人"。那人倒也懂礼,伸手接过金冠,向着孔子深深一揖,转身扬长而去。看着几近愤怒的子贡,孔子将一将胡须,轻声一笑。

等他们回去以后,子贡不解地问孔子:"老师,明明一年有春夏秋冬四个季节,您为何说只有三季呢?"这时,孔子向子贡说道:"宁舍金冠一顶,不和愚人较量啊! 你看那个人,他是一条鱼精,生活在水里。怎么能知道一年四季的变化呢?你跟他说一年有四季,他也不知道冬天这个季节,只有说三季才能让他满意呀!"子贡又问老师,那为什么县长也说只有三季呢?

原来在他们找到县长之前,孔子就提前找到了县长,将事情的原委告诉了县长。不能乱杀无辜,让他在这个人问的时候,也说是一年只有三个季节。

子贡听完老师说的话以后,顿悟。深深地向老师一揖,说:"谢老师指点迷津,子贡错了!"

采录地点:泾源县六盘山镇和尚铺村

采录时间:2020 年 11 月 12 日

讲 述 人:李 华

采录人员:王文清 咸永红 冯丽琴 陈翠英 王 芳

文字整理:泾源县文化馆

整理时间:2021 年 7 月 24 日

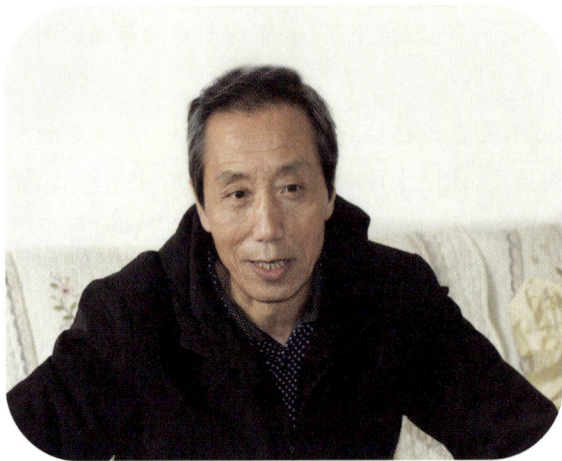

李 华 1957 年 8 月出生于六盘山镇和尚铺村。

千里送鹅毛

　　楚国在春秋时期是比较强大的诸侯国,楚王是执牛耳的人,他的施政很得民心,深得楚国老百姓的爱戴。那时候楚国强盛,老百姓也富,丰衣足食。

　　在楚国王城千里之外有一个农夫,他在农田里干活的时候,突然抬头看见一群天鹅在农田里叨吃粮食,农夫扔下锄头撵过去,费了很大劲才拉住了一只。天鹅在过去是天鸟,平常人很难见到。农夫抓住了天鹅之后,坐在地上气喘吁吁,他想把天鹅杀了吃肉,但天鹅是天鸟,他吃天鸟的事让其他人告了官,那他就要吃官司了。想了很久,他想把这么稀罕的鸟、这么吉祥的天鸟献给楚王,楚王王库里的金银很多,说不定楚王还会给他封个大官呢,他坐在地坎上越想越美。他站起身,回到家里,准备了又准备,带着天鹅走上了前往楚国王城的大路。

　　走着走着,一条大河拦住了农夫的去路。农夫放下天鹅,这时天鹅的双腿用绳子绑着呢,经过农夫长时间的走路,绑天鹅的绳子有点松了,但农夫全然没有察觉到。他把天鹅放在河边上,收拾好行李,挽起裤管准备去抱天鹅过河时,天鹅把绳子挣脱开了,扇动着翅膀准备飞走了。农夫着急了,连滚带爬地扑到天鹅跟前,一伸手,天鹅飞走了,手里只抓了一根天鹅的羽毛。这下可难住了农夫,到这了回去的话,一文钱的赏钱都没有拿到,一官半职也没有,回去了之后可让村子里的人笑话死了。但如果空着手去楚王那里,楚王肯定会降罪于他。急得农夫在河沿子上直跺脚:"这可让我咋办吗? 这可让我咋办嘛?"他把挽了裤管的脚放进河里,又用水洗了洗脸,一个办法涌上脑门:"这天鹅我都快送到王城了,天鹅飞了,只剩下了这根鹅毛,不行就把这根鹅毛献给楚王,礼轻情义重么。"怀揣着鹅毛到了楚国的王城。

　　到了王城,他先到了一个木匠那里做了一个精美的木头盒子,盒子上雕刻着二龙戏珠的花纹,纹路清楚,两条龙围着中间的一颗明珠熠熠生辉。做好后,他开始准备进王宫里去,楚王不是谁想见就能见到的,农夫找了好几个门都进不去,更别谈见到楚王了。这天,他在王宫的午门外跪下,说是有重要的宝物要献给楚王。跪了三天三夜,别说是见到楚王,就是午门看守的侍卫也没有一个人看他一眼。到了第四天的早晨,一个要见楚王的大臣路过午门,他上前去问农夫,农夫还没有说话,侍卫拦住大臣说:"大人你不要理他,这人在这里跪了三天三夜了,说是有啥重要的宝物要献给大王,这个人来路不明,不知道是不是他国的奸细。"大臣问农夫:"你真的有宝物送给大王?"农夫说道:"嗯,是有个重要的宝物送给大王。"大臣问:"什么宝物,能否让我瞧一下?"农夫委屈地说:"本来是有的,现在没有了。"大臣笑着:"啥都没有,那你还给大王献啥宝物啊?"农夫歪着嘴把自己逮住天鹅要献给楚王的事情给大臣说了,大臣听了之后笑着问:"那鹅毛呢?"农夫从怀里取出木盒子给大臣,大臣说:"你也是有心,千里路上送鹅毛,礼轻情义重啊。"

大臣被农夫给楚王送天鹅的举动感动了,他决定带农夫去见楚王,农夫激动地给大臣连磕了三个响头。见到楚王,农夫跪下给楚王行了大礼,从怀里取出木盒高高地举在头顶,说:"大王,草农得一宝物,特千里来献给大王。"楚王见到这么精美绝伦的木盒,里面装的肯定不是凡物,从王座上跑下来接过盒子,打开一看,是一只鹅毛,气得要把农夫拖出去砍了。楚王怒骂:"大胆刁民,竟然敢拿一只鹅毛来戏弄寡人,杖杀也不解我的气。"领着农夫到王宫的大臣上前说:"大王请息怒,且先听一下这个草民送鹅毛的来历。"

楚王虽然很生气,但也算是个明智的君王,他示意侍卫放下农夫,农夫跪下后磕头,把经过给大王详细了说了一遍。听完后,大臣给楚王说:"虽然天鹅飞走了,但作为一个平民百姓,在得了吉祥宝物不忘大王,可见大王在百姓心目中的位置是多么至高无上,百姓心里时时刻刻装着大王。千里路上送鹅毛,大王民心所向,勤政爱民,老百姓无不感恩戴德,不愧执牛耳于各路诸侯。"大臣又说:"一片鹅毛,虽轻礼重,大王何不给此人一些嘉奖,鼓励百姓,体恤民情,可通过此事彰显大王的爱民之心。"楚王说:"爱卿说得有理。"楚王给农夫封赏了白银百两,并赏了一匹白马,让农夫骑上回到家乡。整个村子里的人还在说农夫给楚王献鹅的事,没想到农夫刚回来两天,楚王就让大臣给农夫做了一个亲笔题字的金牌。金牌由京城一路送到太守那里,太守看见楚王亲笔题字的金牌心里十分喜爱,出入总不离手,他给手下交代:"那个献鹅的农夫已经得到了大王的赏赐了,这个金牌我看就不要再送给他了,你们要记着,不管是谁来问,你们都给我咬死了,就说已经送到农夫手里了。"但不送也不行,太守让银匠按照金牌的样式铸了个银牌,把银牌交到了农夫手里。

太守把银牌送到知州那里,知州一看是楚王亲笔题字的银牌,心里也是十分是喜爱,更是出入不离手。知州给他的一个亲信交代,让他的亲信去寻个铜匠做个铜牌,准备把铜牌送给农夫。铜牌送到县衙里,县令见了楚王亲笔题字的铜牌,也是十分喜爱,叫了铁匠依着铜牌的样式做了一个铁牌,把铜牌私自给留下了。县令安排了一队人,敲锣打鼓地把铁牌送到了农夫手里。村子里的人个个都很高兴,说是农夫得了王恩,王恩浩荡,农夫更是激动得不行,拿着县令交给他的铁牌到处宣扬。农夫给楚王千里路上献鹅毛的事很快就被人们传开了,虽然是个铁牌,但毕竟是楚王亲笔题字的铁牌,又是县令敲锣打鼓送到农夫手里的,这段佳话很快传出了楚国,其他诸侯国的人也听说了,凡是听到的人都感叹:千里送鹅毛,礼轻情义重。

搜集地点: 泾源县六盘山镇和尚铺村
搜集时间: 2017 年 10 月 26 日
讲 述 人: 李春生
采录人员: 王文清 咸永红 冯丽琴 陈翠英 王 芳
文字整理: 泾源县文化馆
整理时间: 2021 年 3 月 6 日

2017 年 10 月 26 日,李春生(中)在泾源县六盘山镇和尚铺村孙双玲家中讲述泾源民间故事。

三年等个闰腊月

王莽那时候还是汉朝的丞相,他一心想篡位,就是找不到借口。他把自己的女儿嫁给了汉平帝,好让自己的奸计慢慢得逞。每年王莽过寿的那一天,满朝的文武大臣,都会到王莽的丞相府道贺。王公贵族们都会给王莽送上厚礼,寿宴也极为讲究。王莽想着,他把女儿嫁给汉平帝,汉平帝作为女婿,按照风俗,应当到丞相府给他祝寿,可是两年过去了。汉平帝只在朝会上给他说一句祝寿的话,人并不没到王莽的丞相府,这让王莽的奸计没有得逞。

过完寿诞,王莽在他的女儿——汉平帝的爱妃跟前说教开了:"你这个女婿,我年年过寿,他年年不来,普通百姓家的女婿都会给他的丈人过个寿。他虽然贵为皇帝,但人伦理常不能乱,女婿不给丈人祝寿,这不让人笑话吗?还好没有人在老夫面前说,要不然我这张老脸,可真没有地方搁!"妃子回到皇宫,把王莽的意思转达给汉平帝,汉平帝也觉得王莽说得有理。普通老百姓能做的,皇帝和王公贵族也应当做到。妃子说:"丞相说了,女婿不给丈人祝寿,那就没有把他这个丈人放在眼里,皇上这分明是看不起他。"汉平帝说:"我不是看不起丞相,丞相这怕是多心了。皇宫里的规矩是高祖一代一代传下来的,我要是去给他祝寿,皇帝要出宫,要带上很多的随从,还要叫史官前往记录,诸事太多,这你是知道的。"妃子说:"我们可以让那些随从不要跟,史官也不让他知道,这样就省事多了。"汉平帝问:"你是要让我偷着溜出宫去?"妃子笑着点点头。汉平帝也笑着说:"还是爱妃聪明,明年丞相过寿,我和你偷偷地溜出去,以一个平民的身份给丞相祝个寿。"

很快又过了一年,汉平帝的妃子早早到了汉平帝的寝宫里,两个人乔装打扮一会儿,把守卫支出去以后,汉平帝和妃子偷偷地溜出了皇宫。汉平帝和妃子偷跑出来,没有带任何的兵卒。在妃子的带领下,汉平帝很快就到了丞相府的大门口。进了大门,看到很多大臣给王莽祝寿,丞相府张灯结彩,热闹非凡。汉平帝不想让人认出他,穿了一套赶车马夫的粗布衣服,进了门,大门就悄悄地关上了,汉平帝问妃子:"咱们一进门,大门咋就关上了呢?"妃子说:"丞相比较爱民,这会儿天已晚,如果开着门热闹的话,会吵到街坊四邻们休息。"她把汉平帝每带进一道门,门都会被关上,到了最里面的一间,王莽早早地站在那里等他了。王莽先给汉平帝跪下行君臣之礼,汉平帝扶起王莽,给王莽作揖祝贺生辰。行完礼,王莽把汉平帝让到上位,这个房间只有王莽、王莽的女儿和汉平帝三个人,王莽说:"知道皇上是偷偷跑出来的,微臣也没有声张,在这个密室里摆了一桌饭菜,皇上先尝尝,要是不合胃口,微臣马上让厨房给您换菜。"汉平帝吃了一口菜,说是好吃,也让爱妃和他一起品尝。在皇宫里太久了,从来没有吃到这么好的菜。汉平帝每样菜多吃了几口,还和爱妃两个多碰了几杯酒。不一会儿,汉平帝眼前一黑,啥都不知道了,他并不知道王莽给他酒里下了药,让他来就是要谋害他呢。王莽把汉平帝迷晕之后,就把汉平帝的命给解决了,找了个理由很快把汉室的江山给谋篡了。

王莽寿宴害汉平帝的时间正好是闰腊月,王莽了结汉平帝的时候说了一句:"三年等了个闰腊月。"闰月是三年两头闰,三年两不闰,原先的时候是有个闰腊月,但自从汉平帝的事以后,就再也没有闰腊月了。

搜集地点:泾源县六盘山镇和尚铺村

搜集时间:2018 年 3 月 28 日

讲　述　人:漆效文

采录人员:王文清　陈翠英　王　芳　咸永红　冯丽琴　张　昕

文字整理:泾源县文化馆

整理时间:2021 年 4 月 9 日

漆效文　1945 年 8 月出生于六盘山镇和尚铺村,自治区第五批非物质文化遗产代表性项目民间故事传承人。

三弦与古琴

弦子是一种乐器,名字也叫三弦子。弦子这乐器非常古老,在人间有乐器之前先有它。当初弦子刚出现时,有个名称叫"仙家乐器"。为什么要把弦子分成"仙家乐器"呢?因为它最古老。在有了人类后就有了文化,有了知识文化后,人类需要有音乐配文化,这个时候弦子就出世了。民间关于弦子还流传着一首诗。诗的内容是:

> 一条大路通古城,
> 弟兄三人骑马行;
> 五虎把的三关口,
> 二位将军定太平。

这里说的"一条大路通古城"是啥?你看这弦子杆,直直地通下来到了弦子头里面即通"古城"。"弟兄三人骑马行"中的"弟兄三人"指的是什么呢?"弟兄三人"指的就是琴上的这三根弦。你看这三根弦作为"弟兄三人"上面在码子上,下面也在码子上,这就是"弟兄三人骑马行"。"五虎把的三关口"啥意思呢?你看咱们这一只手,有五根指头,有的人把虎口那里叫豁口,豁口就是虎口,而在弦子上有三个定位点——最高点、中点和最低点,手上的这五根指头上下拨动,把定的是这三个关键定位点,这样才能把弦子的音弹出来。这就是诗中说的"五虎把的三关口"。"二位将军定太平"又说的是什么呢?你看大多数人不会单指弹弦子,要用两根手指头弹,也就是双指弹,这两根指头就是"二位将军"。这两根指头就把音弹出来了,就是把它的音定出来了,这就是"二位将军定太平"。

弦子的这三根弦,也有它们自己的名字。外面那根叫子弦,中间这根叫钟弦,最里面这根叫老弦。为啥这样分呢?这三根弦不是咱们凡人拴的弦,这三根弦是三位神仙拴的!外面的这一根弦,为啥不叫"一弦"而叫"子弦"呢?因为它是姜子牙拴上的。中间的这根弦为什么叫"钟弦"呢?因为它是汉钟离拴的。最里面这根弦是"老弦",它是老王这位神仙拴的。姜子牙、汉钟离和老王这三位神仙拴了这三根弦,这三根弦要和其他很多很多的乐器合奏呢。那么怎样才能和其他乐器合奏呢?这三位神仙就开始给弦定位了。比如这里是板胡的外弦,这里是二胡的里弦。那么要把弦子和其他乐器配合一起合奏的话,这样就把弦子的音定位下来了,所以弦子能和任何乐器搭配到一块儿去。为啥说要把弦子分为"仙家乐器"呢?因为仙家要这个弦子,咱们民间要这个弦子,夜静三更要弦子的话,阴间也在听。一个箫,一个弦子,一个古筝,这三个乐器被分为"仙家乐器"。

乐器分为仙家乐器、民间乐器和西洋乐器。你看那音乐会上弯弯拐拐的那些乐器就是西洋乐器,像咱们的板胡、二胡和唢呐等的被分为民间乐器。关于弦子就有这么一首诗,这也是最古老的一个传说。这是张进远老先生根据自己耍乐器的阅历和自身感悟,给大家讲述了三弦的相关知识。

关于古琴,传说有一个繁华的古镇,来了一名说书人姓马。马先生书说得格外好,常常让听者欲罢不能。当铺掌柜刘员外听上了瘾,就常把马先生请去家里,单独给他说书听。刘员外发现,马先生每次来家里,都会背着一张用布包裹好的古琴,据说这古琴是家传的宝物。和马先生相熟后,刘员外便提出想欣赏一下古琴,马先生豪爽地答应了。

刘员外细细鉴赏,不由惊讶:这是一款仲尼式的七弦古琴,材质为梧桐木,琴弦是乌丝,琴徽上镶嵌着璀璨的玉石,琴漆上的断纹是龟纹。断纹是判断古琴年代的重要依据。由于长期弹奏的振动影响和木质、漆底的不同,可形成各种断纹。刘员外见这把古琴龟纹密集,想必年代久远,不禁赞叹不已,心里陡生贪念。

话说刘员外开当铺,实则是借机搜罗古玩,一旦觅到宝,他便会不择手段地占为己有。他喊来牛三,这人帮刘员外盗来过不少好物。刘员外让他夜盗古琴,可四更时分,牛三却空着手回来说,有人打草惊蛇了。

原来,牛三潜到马先生房门外,却见马先生正与一个黑衣人在屋内厮打。黑衣人受伤后落荒而逃,牛三见状,也不敢再贸然行动了。

刘员外连叫可惜,便打发牛三先回去。哪知道第二天,天没亮,马先生就背着古琴来到了当铺。他说:因为遇到急事,急需一万两白银周转,才忍痛把家传宝贝典当,一个月后就来赎。

一万两的当金虽高,可刘员外明白,这把古琴价值不菲,就算是死当,他转手也能卖个几万两白银。他拿出古琴细细检查,没错,就是上次看过的那把古琴。刘员外当即开出当票,当期一个月,佣金三百两,逾期古琴就归当铺所有。

马先生拿了银票前脚刚走,刘员外后脚就叫来牛三,让他跟踪马先生,搞清楚他的动向。

三天后,牛三回来了,说马先生一路向北,出了省界。刘员外吩咐牛三,守在古风镇地界的路口,如果马先生回古风镇,就伺机偷走银票。让他无钱赎回古琴,这是刘员外惯用的伎俩。

刘员外把古琴放进地下室秘库,他设计的这个秘库,固若金汤。还有家丁轮流看守,任谁本事再怎么高超,也难把宝贝盗走。

转眼二十多天过去,离赎当的日期近了,牛三日夜守在路口,却根本没见马先生的身影。刘员外不禁紧张起来,他生怕自己看走眼,弄了个不值钱的古琴砸在手里。

赎当的最后一天过去了,马先生依然没有出现。古琴归于刘员外,他心里却极不踏实。如果古琴是真的,马先生肯定会想方设法来赎当;他不按期来赎当,就说明他当初是来骗当银的。

刘员外把七弦琴拿出来,又细细地看起来,不知怎么的,竟觉得这把七弦琴没了先前的光彩。他终究拿不准,就把七弦琴放起来,打算有机会的时候,送到县城名家那里,请人帮忙掌掌眼。

转眼,又过了将近一个月。这一天,县城里的李老爷子来到古风镇。李老爷子出身富家,从小就爱好摆弄古玩,有一手鉴别古董的好本事。他与刘员外交好,常帮刘员外掌眼好物。两人寒暄完毕,刘员外就迫不及待地拿出古琴。李老爷子看了看,把眉头拧成了疙瘩:"此乃仿古的七弦琴,好在制作精美,值个上千两银子吧。"

刘员外心里一沉,指着龟纹说道:"李老哥,你看看龟纹,年代少说也有上千年了。"

李老爷子捻须一笑,说道:"这假就造在龟纹上,世间有一等高手,专门仿制这种断纹。我就曾见过一位高人,花了三年时间,愣是把新琴慢慢打磨成'梅花断'纹路的古琴。"他指着琴身上一处细微的裂痕说,这就是打磨纹路时,留下的败笔。

这个不起眼的瑕疵,当初刘员外也留意到,马先生却说是不小心摔到地上落下的"疤痕"。刘员外信以为真,没想到他就是在这上面看走了眼,刘员外心里叫苦不迭。

这时,牛三进来,悄悄对刘员外说:"我白天在隔壁的西凤镇上,看见马先生了。"刘员外一听,马上挽着李老爷子,带着十几个随从,赶到了西凤镇。随从们扭住马先生就是一顿打,马先生高叫道:"刘掌柜,有话好好说,为何打人呢?"

刘员外冷笑道:"姓马的,高人啊,我竟被你拿着假琴忽悠了。"

马先生辩道:"这可是货真价实的古琴!"刘员外一摆手,道:"懒得与你纠缠,走,见官去!"

马先生喊道:"见官也不怕!我有当票,一切都是按照当铺的规矩来的,就算你看走了眼,也是你眼力不济,怨不得我。"

李老爷子把刘员外拉到一旁,劝说道:"刘老弟,姓马的话说得没错,这事就算见了官,你也说不明白,官府也未必能辨别真假。"刘员外把眼一瞪,说道:"李老哥,我咽不下这口气呀,依你高见,该当如何?"李老爷子说:"让他拿出当金和佣金,把假琴归还给他,两不亏欠,你看如何?"

刘员外想了一想,说道:"这样再好不过,就怕这人吃了不肯吐出来,还得李老哥从中斡旋。"李老爷子拍拍刘员外的肩说:"这事包在我身上。"

李老爷子把马先生叫到一边,连哄带吓,说得马先生同意了。他当即拿出一万零三百的银票,连同当票交给李老爷子。李老爷子把票据交给刘员外,拿过古琴,归还给马先生。马先生打开琴盒,拿出七弦琴,细细地检查一遍,然后翻转底部,看见上面的拇指印记,确认无误。当初典当之时,马先生用红漆在底部按了一个指印,就是为了防止当铺作弊。

刘员外挽回了损失,乐呵呵地把李老爷子拉到家里喝酒庆贺,马先生则背着琴离开了西凤镇。

第二天,在县城的一家酒馆里,马先生举杯说:"李老哥,这次多亏了你。"李老爷子说:"还好琴身上有摔破的裂痕,不然我还真不能自圆其说。"马先生黯然道:"这个裂痕,其实就是郭府惊变当日摔的。"

马先生嘴里的"郭府",就是告老退位的兵部尚书,郭子桓的府邸。郭子桓擅长抚琴,所抚之琴是祖传之物,已历经千年。马先生是郭子桓的幕宾,因为也爱好弹琴,宾主二人相处甚洽。

这天,马先生坐在郭府后花园里,正在聆听郭子桓弹奏《广陵散》,忽然闯进一群官兵,说要捉拿郭子桓。混乱中,古琴摔于地,马先生急忙捡起抱在怀里。郭子桓大声叮嘱马先生,一定要替他保管好古琴。

马先生抱着古琴,匆忙出了郭府。后来经过打听,原来是郭子桓的门生犯了大罪,兵部尚书刘大人趁机落井下石,在皇上面前诬告郭子桓。郭、刘二人因朋党之争一直不和,刘大人此举,一是报复,二是想借机夺取古琴,因为他也嗜好收藏古琴。

马先生打听到确切消息,连夜出了京城,流落江湖卖艺为生。

古琴被马先生抱走,刘大人就派心腹爪牙暗中寻访。古风镇上那一晚,牛三碰见的黑衣人,就是刘府爪牙。马先生见行踪暴露,心生一计,把古琴典当在当铺里,借刘员外之手保管,自己则回到京城,打听郭子桓的消息。

到了京城,马先生四处打点,最终得以在牢狱里见到郭子桓。郭子桓告诉马先生,刘大人已答应,只要交出古琴,他就帮忙开脱郭子桓的罪名。郭子桓让马先生尽快把古琴带回来。

马先生在京城里，耽搁了近两个月，早就过了赎当期，于是他找到了李老爷子。李老爷子的父亲，曾是郭子桓的门生故旧，自然愿意相帮。两人用计上演了这一出好戏，最终赎回了古琴，救出了郭子桓。

采录地点：泾源县六盘山镇五里村

采录时间：2020 年 11 月 17 日

讲 述 人：张进元

采录人员：王文清　陈翠英　王　芳　咸永红　冯丽琴

文字整理：泾源县文化馆

整理时间：2021 年 8 月 29 日

张进元　1947 年 8 月出生于六盘山镇五里村，固原市级非物质文化遗产代表性项目泾源小曲传承人。

时迁盗甲

　　水泊梁山的英雄好汉越聚越多，朝廷有大臣给宋皇天子上奏："水泊梁山的声势越来越大，如果不尽快剿灭，必定会危害大宋江山。"宋皇天子赐呼延灼为帅，带着军队征剿水泊梁山。

　　呼延灼大军攻打梁山，布下连环马的阵势，宋江的梁山兵马破不了连环马阵，不一会儿就大败而归，梁山的兵马每冲一次，呼延灼的阵势都难以攻破，梁山军队的士气越来越低。鸣金收兵回营，宋江召集一百单八员兄弟在聚义堂里商讨对付呼延灼连环马阵的对策，宋江说："呼延灼的连环马实在是厉害，我们梁山的众兄弟损兵折将近大半，众兄弟应尽快想个对策来破了这个连环马阵。"梁山众兄弟想了很久也没想出个好主意。聚义堂的众兄弟大眼瞪小眼，没一个吱声的，对呼延灼的连环马阵无计可施。半晌，坐在末位的一个兄弟站出来说："末将有一个计策，不知当讲不当讲？"终于有人说话了，宋江很是高兴，连说了两声："当讲，当讲，兄弟快快讲来。"那个小兄弟正是汤隆，他说道："我给大哥举荐一人，此人定能破了呼延灼的连环马阵。"

　　宋江急忙问："此人是谁？"

　　小将汤隆说："城内有一个姓徐名宁的才俊，此人是我的同门师兄，他曾经在北方大败匈奴的连环马阵，皇上给他赐了件金盔金甲，这件金盔金甲就是传说中的雁翎甲。"宋江又问："此人怎么才能上到我们梁山，为众兄弟们大破连环马阵呢？"汤隆说："此人深得当朝大将的喜爱，要想让此人上到梁山，必将要费些头脑。他祖传的雁翎甲是他的珍爱之物，如果有人能把他的雁翎甲偷到咱们山上来，那此人自然而然也会上到梁山为兄弟们破了这连环马阵。"汤隆给众兄们出了个对策，宋江让大家议一议，大家觉得这个方法可行。宋江说："既然众兄弟认为这个方法可行，那谁到山下完成盗甲的重任呢？"

　　时迁站出来说："小弟到梁山的时日也不长，给咱们梁山也没有带来啥贡献，不如让我下山把那个徐宁兄弟的祖传雁翎甲给盗来，让徐兄弟也跟俺一样上到梁山，给咱破那个糊涂蛋将军的连环马阵。"宋江说："既然时兄弟自荐要下山去，兄弟绰号鼓上蚤，又是神偷世家，此次出行必能大获全胜。不过，呼延灼的军队把梁山围了个水泄不通，时兄弟你另再挑上几个弟兄，好帮助你一同盗甲。"时迁在聚义堂扫了一遍，开始点起将来："神行太保戴兄弟、拼命三郎石兄弟、地孤星金钱豹子汤兄弟既然是徐兄弟的师弟,想必对徐兄弟的家境非常了解,也一并跟着我下山去吧,咱们把徐兄弟请上山。"戴宗、石秀、汤隆应声叩拜了宋江等一众兄弟,还没收拾就被时迁拉着下山去了。

汤隆带着时迁到了徐宁的住宅外,把住宅位置、房屋朝向、徐宁的书房、练武场、家里有多少口人,雁翎甲的藏匿之处给时迁细细说了一遍。到了晚上,徐宁在朝坊里没有回来,正给了时迁下手的好机会,到了一更时分,时迁跳进院子里,顺着屋檐到了徐宁和夫人的卧室。时迁平常是在房檐底下吊着,到了徐宁府上也不例外,吊在房檐下面不易被人发现,相比之下还是比较安全的。按照汤隆的说法,徐宁祖传的雁翎甲藏在夫人卧室的屋梁上。徐夫人开了门去倒洗脚水,吊在房檐下的时迁悄悄地进了屋子,徐夫人丝毫没有发觉。到了半夜,时迁找到了藏甲的地方,徐宁把甲绑在房梁上,时迁解绳子时不时发出呲啦呲啦的响声。徐夫人听到声音后,像是老爷藏盔甲的地方传出来的,觉得很奇怪,点了灯,走到房梁下面,抬头望了又望,包着盔甲的布完好无损,捆盔甲的绳子还绑在梁上呢。看来是自己多虑了,晚上老鼠也多,赶明儿个叫了仆人把梁上的老鼠给灭一灭。吹了灯,继续呼呼大睡起来。时迁解开绳子,取下雁翎甲,悄悄地出了门,把雁翎甲给了神行太保戴宗,戴宗接了雁翎甲一路向梁山飞奔而去。

第二天徐宁回到家里,徐夫人对他说："昨天夜里你放盔甲的地方有点响声,我点灯去看了,盔甲还在,怕是老鼠钻到房梁上了,今儿个你安顿仆人上去看看,别让老鼠把绑盔甲的带子咬断了。"徐宁听着不妙,跑到夫人卧室,发现皇上御赐的雁翎甲不翼而飞,这在当时是犯了王法的,朝廷知道可是灭门的大罪。为了洗脱罪名,徐宁只能把雁翎甲找回来。他挨个到客栈去找,但没打听到任何消息。又到了一个客栈,在客栈门口画着一个大的白色圆圈,走进客栈,店小二笑着迎上来问："老爷您是住店还是吃饭?"徐宁没有理店小二,走到账房先生那里,问:"最近有没有外地来的陌生人?"账房先生说:"这个店里除了我们几个,住店的都是外地来的,咱街上的人都在家里住着呢,谁会跑到店里来住?"徐宁听着也有理,自己的这句话真是多余了。正要出门,看到二楼的栏杆上挂着一块布,这块布看着有点眼熟,匆匆上到二楼,拿起一看,就是他包雁翎甲的那块布,拉了店小二就问:"这块布是谁挂这里的?"店小二说:"哦,是个其貌不扬的人挂的,他说他是梁山上的,挂到这里是给他的兄弟提个醒,他还说如果有人问起来,就说你想要的东西在他们手里,让到梁山上去取呢。"店小二问徐宁:"他们说的那个人就是你吧?"

取了包盔甲的布,出了客栈就碰到了汤隆,两人多年没见,抱着胳膊说起怀念以前两个人在一起的日子了。说着说着,徐宁给师弟汤隆说:"昨天晚上真是不幸,把皇上给我御赐的金甲给丢了,也不知道是什么人偷了去,找了半天在这家客栈里找到了这块包盔甲的布片。"汤隆说:"我这些年在江湖上也认识一些人,师兄如果信得过师弟,师弟带你去寻那个人。"徐宁说:"那最好不过了。"时迁和汤隆两个早都商量好了,时迁在前面行走,汤隆带着徐宁随后跟着。时迁每在一处住店,都会在店门口画一个白色圆圈作为记号。汤隆每到一个地方,也是寻着时迁画了圈的客栈去住。住了两个客栈,汤隆给徐宁打听到了,偷盗雁翎甲的正是一个身长六尺的瘦小汉子、身背一个装盔甲的皮夹子。四处打探,这个身长六尺的瘦小汉子是往水泊梁山的方向去了。住了三个晚上的客栈,汤隆对徐宁说:"师兄,这个人我们不用再打听了,看来是朝着梁山的方向去了,能有这样身手的十有八九是梁山上的好汉,不如咱们不用住店,骑上快马直奔梁山,向他们讨要雁翎甲。"

　　一路上,徐宁气愤至极,想要到梁山上讨个说法,"去了要好好地大闹梁山,皇上御赐的金甲也是他们说盗就盗的。"刚到梁山门口,还没有等徐宁张口,梁山上张灯结彩锣鼓喧天,宋江亲自下到寨门口迎接徐宁。俗话说"伸手不打笑脸人",这招让徐宁无招架之力。不管徐宁怎么骂,山寨上的人笑脸相迎,宋江和一众兄弟好菜好酒地招待徐宁。宋江说:"徐兄弟认为是咱们的弟兄偷了你的盔甲,倒也不碍事,你既然来了,就好吃好喝好住,只要你的盔甲在咱们梁山上,咱梁山的兄弟个个都是有担当的英雄豪杰,你好吃好喝好住,过两天梁山兄弟自然会把盔甲送上并给徐兄弟赔礼道歉。"宋江看徐宁心里还有顾虑,接着说:"不着急,你先好吃好喝,我等下召集众兄弟,问问是谁拿了你的盔甲,这都是些小事情,你就把心放到肚子里吧。只要盔甲在梁山,那必是能寻得到的,肯定丢不了。徐兄弟乃朝廷一代名将,想必将来定会有一番作为。"徐宁在梁山的几日,众兄弟好吃好喝地招待,时不时有梁山英雄劝徐宁入伙梁山。徐宁总会说一句:"我不投梁山,我也不想入伙,我只想找回我的雁翎甲。"到了第七日,徐宁闹腾着要走,宋江说:"徐兄弟再住上几日,我打发兄弟送徐兄弟下山,并且给徐兄弟找到丢失的盔甲。"到了第八日,山下又是锣鼓喧天的响声,徐宁出了门一见惊呆了,上山的不是别人,而是自己的夫人娃娃带着家眷数十人缓缓向山上走来。徐宁忙上去问徐夫人:"你们怎么来了?"徐夫人说:"你刚走没有两天,就有人给朝廷上报了,说是你上了梁山成了草寇入了伙,朝堂里有你的几个好兄弟,到家里偷偷地报了信给我们,说是你落草为寇,咱们家要满门抄斩,正好有汤隆兄弟带了一伙人深夜将咱们一家老小和积攒下来的财物一起搬出了宅院,没走多远,就有朝廷的官兵来家里抄家了,还好我们一家人早一步跟着汤隆师弟上了路,要不然我们也是难逃一死。"

　　徐宁家是回不去了,回到了家里,除了死罪难逃再无选择,思谋了很久,还是决定留在梁山。徐宁决定留下,宋江给徐宁敬了一杯酒,道出了请徐宁上山的初衷:"前些时日,朝廷派了呼延灼攻破我梁山,他摆了一个连环马阵,这个连环马阵确实厉害,我

泾源民间故事・人物轶事篇

们一众兄弟没能破得了,听说徐兄弟在塞外大破过匈奴的连环马阵,特请徐兄弟上山助众兄弟一臂之力。"徐宁说:"连环马自然是能破,但还需要一样兵器。"宋江说:"破阵要用怎么个武器,没有的话我们能打造出来呢。"徐宁说:"要一种钩镰枪,此枪枪头带一种像镰刀一样的利器,可以割掉战马的蹄子,马是连在一起的,只要一个倒下,连着它的几匹马的战力也会小很多。"汤隆是铁匠出身,站出来说:"师兄说的这种武器我们都可以打造出来。"

二十天以后,按照徐宁设计的钩镰枪打造了一千余支,在徐宁的带领下,梁山队伍大破呼延灼的连环马阵,朝廷军队大败而去。

搜集地点:泾源县六盘山镇和尚铺村

搜集时间:2017 年 12 月 28 日

讲 述 人:漆效文

采录人员:王文清　陈翠英　王　芳　咸永红　冯丽琴

文字整理:泾源县文化馆

整理时间:2021 年 3 月 19 日

2017 年 12 月 28 日,漆效文(右一)在泾源县六盘山镇和尚铺村家中讲述泾源民间故事。

碎媳妇当家

在泾源县沙塘村有个老汉叫李满苏儿，他为人忠厚老实。由于性情忠厚，不善言辞，所以经常在村子里被人欺负，在众人里说不起话。

吉人自有天相，李满苏儿忠厚老实，但是个有福之人，三个儿子娶了三个聪明伶俐的媳妇，几个媳妇之间和睦相处，勤俭持家，把光阴过得有滋有味。李满苏儿乐在心里，按捺不住喜悦的心情，整天出门脸上挂着笑容。

时间长了，村子里就有人不服气了。几个好事的人就在一起商量，得想个办法让李满苏儿老汉出出洋相。

这一天，大家伙儿在村口的大树下乘凉，看见李满苏儿乐呵呵地走过来。马三娃老汉说："满苏儿，我看你成天乐呵呵的，嘴咧得跟个鞋口子一样，有啥美事情呀。"

四贵老汉说："那还不是娶了几个好媳妇子，心里美呢。"

马三娃老汉说："哎哟哟，娶了几个好媳妇子，那是给儿子们娶的，又不是给他娶的，他美个屁呀。"

哈哈哈，大家笑成了一锅粥。

马三娃老汉说："听说你的碎媳妇子能成得很，要不然让我们考一考，你看咋样？"

李满苏儿笑呵呵地说："没问题。"

"那就明天上午，就在这大树底下让我们考一考，也让大家开开眼界。"

"好。"李满苏儿老汉嘴上答应着，心里还是没底，急急忙忙赶回家，将老汉们要考一考媳妇的事情告诉了碎媳妇。

碎媳妇听了，信心满满地对公公说："这事情你就把心放在肚子里，明天安安静静地待在家里，就看我怎么应付他们了。"

消息不胫而走。第二天，大家伙早早地来到了村口的大树下，等着看几位老汉怎么考问李满苏儿的碎媳妇儿。

吃过早饭，李满苏儿的碎媳妇儿来到了大树下。

马三娃老汉首先发难。他说："媳妇，我早就听说李满苏儿家里娶了一个能媳妇儿，本事大得了不得，我们今天考你三个问题，如果你能答得上，我就让满苏儿老汉交权让你当家，如果答不上，我看满苏儿老汉今后还在村子里怎么卖派。"

碎媳妇听了老汉的话，十分矜持地说："你看您老人家说的，我一个女人家，能知道啥呀，别说考了，就请您老人家今天指教指教我吧。"

马三娃老汉说："听说你的本事大得很，大得都快挨着天了，那我今天问你第一个问题，你知道天有多高啊？"

碎妇低头想了想，慢慢地说："这个问题很简单，地有多厚天就有多高。"

马三娃老汉说："那你说，天到底有多高？"

碎媳妇儿笑着说："就请马大叔把地量一量，地有多厚，天就肯定有多高。"

马三娃老汉听了这话，在心里思量，这地有多厚谁知道啊！再说了，谁有那么长的尺子能把地的厚薄丈量了呀，思量了半天，也想不出怎么应对，于是就说："算你答对了。"

马三娃老汉很无趣地走开了。

四贵老汉见状，对马三娃老汉说："你平时不是能得很嘛，今天怎么败下阵来了？"

马三娃老汉说："你能，你上。"

四贵老汉咽了一口吐沫说："看我的。"于是他就问："我今天问你一个问题，你若是能答得上，我就服你。"

碎媳妇儿笑着说："请大叔指教。"

四贵老汉说："我老婆最近得了一种怪病，花大价钱请了个大先生，大先生看了说，这是个怪病，只要吃两个公鸡蛋，才能治好，你能帮我找两个公鸡蛋吗？"

碎媳妇听了扑哧一笑说："这很容易，我公公就知道哪里有公鸡蛋。"

四贵老汉说："你公公那人，榆木疙瘩一个，他怎么可能知道公鸡蛋，今天知道要考问你，都吓得不敢来了。"

碎媳妇说："我公公在家里坐月子呢。"

人群里发出一阵哄笑。

四贵老汉说："这是我这一辈子听到的最大的笑话，人老几辈子了，谁听说过男人家坐月子呀。"

碎媳妇说："这就怪了，男人既然不能坐月子，公鸡哪有下蛋的呀？"

人群里又发出一阵哄笑，四桂老汉红着脸走开了。

按照约定，还有一个问题需要碎媳妇回答，可是连着两个老汉败下阵来，大家都不敢提问了。于是，大家都把目光投向了村里的十二能，他是村子里最能的人，叫五虎。

于是，五虎就在大家的目光中大摇大摆地来到了人群中间。他对碎媳妇说："我今天要你完成一个任务，完成得好我就服了你，你就算过关了。"

碎媳妇说："请大叔指教。"

五虎说："听说你们三个都喜欢回娘家，就请你们三个明天同时回娘家，每个人安排的天数要不一样，但是要同时回来，你能做到吗？"

大家一听，要同时走同时回，但安排的天数都要不一样，这不可能呀，这个问题有分量，看碎媳妇儿怎么完成。

碎媳妇就当着大家的面，安排她们三个先后回娘家，她安排大嫂子在娘家待三五天，然后让二嫂子在娘家待七八天，然后她告诉大家自己要去娘家待半个月。大家都觉得这个安排法，根本不可能同时去同时回。于是都在心里说，看碎媳妇子怎么收场。

碎媳妇就告诉大家，请大家到半个月后再看结果。

第二天，三个媳妇分别去回娘家了。

奇怪的是，三个先后都在半个月时回到婆家。大家都觉得很奇怪，明明分别安排了不同的日期，怎么会同时走，又同时回呢。大家就问碎媳妇儿是怎么安排的。碎媳妇就告诉大家，我让大嫂子去娘家待三五天，就是告诉她待三五一十五天，让二嫂子去娘家待七八天，就是让她七天加八天，也就是十五天，我自己去娘家待半个月，当然也是十五天了，所以就同时走同时回来呀。

大家一听恍然大悟，都竖起大拇指说，李满苏儿家的碎媳妇儿真厉害，村里的三个最能的人都没有难倒她。于是，李满苏儿就真的把当家的权力交给了碎媳妇。碎媳妇就成了村子里第一个当家掌权的媳妇了。从此，村里人都说，媳妇儿要当家，就要学李满苏儿家的碎媳妇。

搜集地点：泾源县黄花乡沙塘村

搜集时间：2017 年 12 月 6 日

讲 述 人：马玉兰

采录人员：王文清　王　芳　咸永红　张　滢　陈翠英　冯丽琴

文字整理：陈翠英

整理时间：2020 年 3 月 22 日

铜锤换玉带

说起赵匡胤这位君主,相信大家都略有所闻。他身上发生过很多有名的故事,如他与杨巩之间的故事,今天且听我细细道来。

南唐时,赵匡胤是一个有名的将才,可谓打遍天下无敌手。但却遇上了一位名叫杨巩的对手,人送外号火山王。这杨巩也是从未打过败仗的人,两人真是棋逢对手。赵匡胤为了推翻南唐的暴政,开始率军队攻打南唐。而南唐的君主也使出了自己最后的杀手锏。派有勇有谋的杨巩出战,就这样两人终于有了一分高下的机会。

在战场上,杨巩用自己的走线锤对战赵匡胤的盘龙棍,两个人打了一百多回合,都未分出胜负。赵匡胤看出来杨巩虽年纪轻轻,却是不可多得的将才,有意将其收入麾下。于是,赵匡胤心生一计,假装战败而逃,杨巩紧追其后,这时只见赵匡胤的盘龙棍飞夺而出,离杨巩的喉咙只有五寸远,赵匡胤立马收回了。这时杨巩才反应过来,两人都停了下来,杨巩下马跪倒在地。并且问赵匡胤为什么收回去留他一命,赵匡胤回答道:"我看你是个将才,虽年纪轻轻,但是以后必成大器,我舍不得取你性命。"杨巩谢过赵匡胤的不杀之恩,赵匡胤又反问道:"像你这么有能力的人,为什么不考虑投到我的麾下。"杨巩严肃地说道:"不杀之恩无以为报,但是自古以来好臣不保二主,好马不配双鞍,而且我现在是南唐的大将,我不能投敌叛唐。"赵匡胤很佩服杨巩对朝廷的忠心耿耿,但是又不甘心地追问道:"你这样的将才,在一个昏庸无能的君主下,国家能幸存多久,还不如投到我麾下,我给你高官厚禄,享不尽的荣华富贵,何乐而不为?"杨巩还是不为所动,倔强地回道:"我是不会背叛朝廷的,我不能做一个不忠不义的人。我不想死后背负不忠不义的骂名,也不愿我的后代因我而蒙羞。但是我死了之后,如果南唐的君主还是昏庸无道,我的后代可以弃暗投明,我的后代杨继业可以投靠你,为你效力,我也就不管了。只希望保百姓不再受战乱之苦,可以安居乐业。"赵匡胤见状就不再强迫杨巩,说道:"既然这样,我尊重你的一片忠心,只希望南唐君主能重用你。而不要听信奸佞之言加害于你,对于你的后代是否归顺于我之事,空口无凭,能有啥凭证?"杨巩说:"我将我的走线锤给你,你将你的玉带给我。"我们以此作为信物,只要凭此物就可以兑现承诺。

这一战结束后,杨巩功败而回。而赵匡胤打算回到华山修炼,在去往华山的路途中,陈抟老祖预算到赵匡胤会路过此山,于是便在此设棋局等候赵匡胤。赵匡胤路过,看到一位老者一个人下棋,很好奇,便问道:"这位老人,你怎么一个人下棋?"陈抟老祖回道:"我和路人下棋,可以说还没遇到对手。"赵匡胤暗自想道:这老人吹牛不打草稿,我就不信这个邪了,赵匡胤说道:"我也是从未遇到过对手,想和你切磋切磋。"于是两个人展开了棋艺的博弈。头一局,赵匡胤赢了,要和陈抟下第二局,陈抟说:"要是这盘你输了,怎么办?"赵匡胤说:"我将手中这盘龙棍归于你。"

没想到,第二盘开局没几步,赵匡胤就输了。陈抟拿了盘龙棍起身就走,赵匡胤疾步追上去,口中大喊:"再来一盘!"直至华山东峰下棋亭前,陈抟止步说:"再来三盘,这次如果你输了,该如何是好?"赵匡胤一股豪气,脱口而出:"我赌华山!"陈抟要他立文约为证。赵匡胤写下字约。二人连下三盘,赵匡胤连输三盘。陈抟将棋盘推到一边,高兴地说:"华山真属我道家了?谢主隆恩!"

陈抟突然行起君臣之礼,赵匡胤一头雾水,不知如何应对。陈抟说:"壮士定为九五之尊,日后便知。"更为神奇的是,陈抟将太祖陈桥兵变、杯酒释兵权之事都在棋局中向赵匡胤一一点化。

赵匡胤称帝后,如约将华山赐给陈抟,并下旨华山永不交赋税。民间有"自古华山不上税"一说,便来源于此。

第二天,赵匡胤心灰意冷地回到了都城,没过多久就听到杨巩去世的消息。赵匡胤便派人前去吊唁,太监转达了赵匡胤对杨巩的思念之情。还提到了他们之间的约定,杨继业便回道:"麻烦公公回禀您家主子,家父已经和在下说起了他们的约定。作为儿子,定会完成家父的遗愿,待在下处理完家父的丧事。一切安排妥当后,在下定会带领军队投靠您家主子。"杨继业把一切处理完毕后,带着大批人马,浩浩荡荡地走进了京城。看到如此情景,赵匡胤激动得拍手叫好,赵匡胤对杨继业很是重视,加封杨继业为一等大将军,但是朝中文武百官很是不服气。杨继业为了建功立业,在朝廷树立威信,让百官信服,刚好听说南阳一带匪徒猖獗,而这件事让赵匡胤头疼,于是杨继业主动请缨前往剿匪。赵匡胤下旨让杨继业带军出去剿匪,就这样,杨继业带领军队踏上了剿匪的征途。据说南阳的这帮土匪很有名,带头的正是佘太君佘赛花的哥哥佘龙和佘虎。佘龙和佘虎绝非等闲之辈,也非有勇无谋之辈。杨继业可谓是遇到了强敌,双方交战多时都不曾打败对方。但是造化弄人吧,杨继业幸运地得到了高人指点,抓住这二人的弱点,终于杀了佘龙佘虎,真是好事不出门,坏事传千里。消息传播得太快了,没多久年轻的佘赛花,就听到自己的哥哥们死于非命,佘赛花暴怒。发誓一定要取杨继业的项上人头,一气之下追杀杨继业。杨继业打不过佘赛花,于是逃跑到七星庙里躲了起来。这时佘赛花追了上来,看到门被反锁了,于是佘赛花就要撞开门,结果力气使大了门撞开了,而佘赛花一个跟跄摔倒在地,重重地压在杨继业身上,一个血气方刚的青年,一个貌美如花的大姑娘,两人迅速产生了情愫,便在七星庙拜了天地,结为夫妻。七星爷也为他们夫妻高兴,两个人婚后生了七个儿子。他们一大家生活得快乐幸福,他们之间的仇恨恩怨一笔勾销,真可谓冤冤相报何时了,该放下时就得学会放下,一笑泯恩仇。

采录地点:泾源县六盘山镇和尚铺村
采录时间:2020 年 12 月 30 日
讲 述 人:李　强
采录人员:王文清　陈翠英　王　芳　咸永红　冯丽琴
文字整理:泾源县文化馆
整理时间:2021 年 10 月 28 日

2020 年 12 月 30 日,李强(左一)在泾源县六盘山镇和尚铺村李华家中讲述泾源民间故事。

万事不求人

　　从前有一对老两口,男人是员外,家里非常富有,良田百顷、骡马成群、家财万贯。光阴过得啥都不缺,员外的脾气特别倔,遇上天大的事情都不求人,人们给起了一个外号,叫万事不求人。

　　员外家产太多,他唯一担心的是这些家产由谁来管理,谁来继承? 他生了三个儿子,雇了不少奶妈、伙计、先生,一心想把三个儿子培养成人。等三个儿子长大,一看老大没有能力,平平庸庸,不会料理家务,不是管理家产的人。就想给老大娶个媳妇,看媳妇有能力,把这家交给媳妇打理也行。谁知给老大娶了个媳妇,只会做饭洗衣,烧炕担水,纺线织布,喂鸡干家务,整天木木讷讷,一点都不机灵,还不如大儿子。员外很失望,就对大儿子和儿媳妇不抱任何希望。

　　员外看着老二长大了,就把希望寄托到老二身上。观察一段时间,发现老二还是不懂事,家里油瓶倒了都不扶,把家交给老二打理,几年就会败光了。员外就想给老二娶个媳妇,媳妇如果有管家的能力,把这个家财万贯的家交给老二媳妇打理。谁知给老二娶了个媳妇,还是很一般,没有一点点才能。员外太失望了,看来这大儿子、二儿子都是窝囊废,两个媳妇也一样没出息。

　　员外就看着三儿子长大,但老三平庸无能,就是个出力务农的料。员外就把一切希望寄托在老三媳妇身上,托媒人找了不少漂亮女子,员外亲自把关,没有一个女子能通过员外这一关。员外为此事整天闷闷不乐,愁眉不展。

　　有一天,员外给大媳妇和二媳妇说:你们两个媳妇时间长也没有回过娘家,今儿个你俩同时出门,同时进门,回趟娘家。老大媳妇回娘家七八天,老二媳妇回娘家住三五天。老大媳妇回娘家来,给我拿些一串铃;老二媳妇回娘家来,给我拿些纸包裹。

　　两个媳妇一听,都高兴坏了。员外的家法比较严,从来不让两个儿媳妇回娘家,两个人都好几年没回过娘家了。今天老公公发了善心,两个人就急着收拾东西,抓紧时间往娘家走。两个儿媳妇走到半路,来到一个三岔路口,妯娌俩相互告别,各回各家。大嫂说:老公公说让咱俩同时出门,同时进门;让我浪七八天,让你浪三五天。这浪的时间不一样,咋能同时进门哩? 二嫂听了为难地说:是呀,叫你浪七八天,让我浪三五天。你在东面哩,我娘家在南边哩,这咋能一块进门哩? 大嫂说:回来时让我给他拿些一串铃,叫你给他拿些纸包裹。这一串铃和纸包裹是啥东西吗?妯娌俩越想越着急,不知道该咋办,急得坐在三岔路口哭着哩。

离三岔路口不远,有一个小饭馆,出来一个漂亮女子,过来问:“二位大嫂,看你俩在此坐了半天,哭哭啼啼为啥?有啥难为事,给我说说,看我能帮忙吗?”妯娌俩就把老公公说的话,给这漂亮女子说了一遍。这个漂亮女子听了,笑着对这妯娌俩说:“你两个真的是无才智,让你回娘家浪七八天,七天加八天不是十五天吗?”大嫂一听高兴地说:“哎呀,我原来还以为只能浪七八天,没想到还能浪半个月娘家了,这太好了。”二嫂忙问:“那我能浪几天?”漂亮女子说:“你也一样,还是半个月时间。”二嫂噘着嘴说:“我公公让浪三五天,咋能是半个月?”漂亮女子说:“三个五天不是十五天吗?你俩都是半个月时间。同时出门同时进门。”妯娌俩听了都很高兴,又问道:“这一串铃和纸包裹是啥东西吗?”漂亮女子说:“你炸上一笼子油饼子,这油饼子就叫一串铃;你拿上一篮子煮鸡蛋,这煮鸡蛋就叫纸包裹。”妯娌俩听了,高兴地称赞漂亮女子:“你年轻漂亮,咋这么有本事?”两个人说完,感谢了漂亮女子就各自回娘家了。

半个月一转眼就到了。也都回来了,大嫂提着一篮子油饼,二嫂提着一篮子煮鸡蛋,两个人拿到上房。员外就坐在上房等着她俩回来,看一看谁的头脑开窍咧,我就把掌柜的给谁。员外一看一个提着一篮子油饼,一个提着一篮子煮鸡蛋。心里大喜,心想:这两个儿媳妇都开窍了?又一想,不对呀,她两个哪有这么精明哩?就问二人:这不是你俩的能耐,你俩咋能知道我的用意哩?这是何人给你们指点的?大儿媳就说:爹,实不相瞒,我俩在三岔路口遇到一个开小饭馆的漂亮女子,她给我俩出的主意,要不然把我俩打死也想不到你的用意。员外忙问:漂亮女子年龄大小?老二媳妇说:爹,这女子年轻漂亮,年龄就十七八岁。员外听了长出了一口气,高兴地说:哎呀,我这一次总算把掌柜的寻见了。员外说着就给褡裢里装些银两,背着褡裢就出门咧。

员外来到三岔路口的小饭馆。这小饭馆是父女两人开的,漂亮女子见员外来了,就热情地招呼着:“客官,你想吃些啥?”员外说:“你给我来九十九样一道饭,再来两道菜……”漂亮女子问:哪两道菜?员外说:“来一个皮粘皮、来一个皮包骨。”漂亮女子说:“客官,你慢慢喝茶,稍等一会儿,饭菜就来。”漂亮女子说完就进厨房做饭了,一会儿工夫就把饭菜端了上来。员外看着漂亮女子端来一碗米饭,一盘腌韭菜。就让漂亮女子把她父亲叫来说:“哎呀,我在方圆几百里,寻访不到像你这样有能力的人,今天终于寻见了。”又对漂亮女子父亲说:“老哥,你家女儿有婆家吗?”女儿父亲说:“家境贫寒,还没给女儿找婆家。”员外高兴地说:“老哥,我家啥都不缺,就缺一个掌柜的。”老哥,你若不嫌弃,把你女儿嫁给我三儿子,你要啥我给你啥。你这小饭馆也不要开了,就到我府上,你吃不完用不完。漂亮女子的父亲说:“婚姻大事,我要和女儿商量一下。”员外说:“我家财万贯,良田百顷,骡马成群,没有人掌管;家中伙计几十个,没有人来料理我的家务。我要把这担子给你女儿挑，她能当我家掌柜的，我就放心咧。"

两家人把婚事说好，选了一个黄道吉日，为老三和漂亮女子举办了隆重的婚礼。员外就把府上的丫鬟、家院、伙计几十人召集在一起说："从明天起，府里上上下下，里里外外；酒坊、醋坊、粉坊、布坊、染坊、药铺、粮铺、商铺、银库和百顷良田，成群骡马都由三少奶奶管理，一切事务都由三少奶奶说了算，你们人人都要服从听话。"众人都满口答应，员外就把钥匙和账本移交给老三媳妇了。

员外当了甩手掌柜的，整天感觉很悠闲，很自在，也很开心。员外一高兴，在自己大门上写下了"万事不求人"五个大字。

有一天，县老爷骑着马，带着衙役们路过，看见员外家大门上写的"万事不求人"五个大字。县老爷就很不高兴，心里说："这是何人，口气这么大？"凡人在世，一生中要遇多少难事，这家人还"万事不求人"。县老爷下马，命衙役传唤员外家人出来问话。三儿媳妇出来说：不知县老爷传唤民妇有何事？县老爷说："我一个堂堂的县老爷都不敢说'万事不求人'，你们有何德何能，敢夸下如此大话？"三儿媳妇说："回禀县老爷，我家老公公，现在无忧无虑，万事如意，一高兴写下了此话。"县老爷阴沉着脸，忽生一计，想为难为难员外家人，对三儿媳妇说："口出狂言！我要看看你们是不是'万事不求人'！三日后，你们给我送一盘公鸡蛋来，若送不上公鸡蛋，我要砸了你们的大门，关你们全家人坐半年牢房，罚银五百两！"县老爷说完就骑马带人走了。

员外家的人可急坏了，员外抱怨说："都是我惹的祸，都是我惹的祸！"三儿媳妇对老公公说："爹，您老不要着急，从今天开始，您老躺在炕上，吃好点，喝好点，千万不要下炕，县老爷那我去对付。"

第三天，三儿媳妇来到县衙。县老爷问："你家吹大话的老公公怎么没来？"三儿媳妇说："回禀老爷，我家吹大话的老公公在家里坐月子哩。"县老爷听了说："一派胡言！天下哪有男人坐月子哩？"三儿媳妇说："敢问老爷，这天下哪有公鸡下蛋呢？"三儿媳妇把县老爷问得哑口无言，从心里佩服三儿媳妇说："有你这样的儿媳妇，你家老公公当然'万事不求人'咧。"

三儿媳妇把员外家的一切事务，管理得井井有条。账目是日结月清，生意是蒸蒸日上，八方来财，日进斗金。家庭和睦，尊老爱幼，日子过得红红火火。

搜集地点：泾源县六盘山镇东山坡村

搜集时间：2017 年 10 月 25 日

讲 述 人：王治义

采录人员：王文清　王　芳　咸永红　张　昕　张　滢　陈翠英　冯丽琴

文字整理：王文清

整理时间：2020 年 2 月 12 日

155

王二师父

　　王二是谁？以前光听说王二的名号，大多数人不知道王二到底是谁。

　　王二是西安城里一个武林高手，喜欢打抱不平。他在西安城里有一个武馆，收了一百多个徒弟。西安城里有个地头蛇，名叫肉蛋。肉蛋也是个不一般的人物，刀砍不伤，枪打不进。练武的人基本上都有个命门，肉蛋的命门是涎水窝窝。除了这个命门之外，肉蛋刀枪不入。肉蛋就凭着刀枪不入，在西安城里作威作福，到处横行霸道，老百姓见了肉蛋也是敢怒不敢言，人人都惹不起。在他身后，也跟了很多的小弟，仗着他的大哥是西安城里的老大，经常欺负城里的老百姓。

　　西安城里来了一家人，弟兄两个，姐妹两个。这四个人是习武出身，家乡遭了难，逃难到了西安城里，靠一身技艺，在西安城里混口饭吃。老大叫黄天霸，老二叫黄天太。两个人在武行还没有出道，一点名气也没有。没有名气想在西安城里混，还是很不容易的。西安城东的一个破庙，经常有一个人称祁姑姑的姑娘在练拳。黄天太到了庙门前，要与祁姑姑较量一番。两人打了六百个回合，一百二十几个照面，不分胜败。又打了几个时辰，还是决不出个高低。祁姑姑作了个揖，说道："我看你的武艺高超，你胜不了我，我打不败你，干脆我们两个回去再修炼一段时间。三月之后，你我在擂台山庄相约，一决高下。"黄天太作揖回礼，答应了这个约定。

　　擂台山在渭河边上，到处是悬崖峭壁，山如刀削，难登易守。祁姑姑的师父是擂台山的总教主，武艺高强，威名远扬，总教主教出来的徒弟，个个武艺超群，经过总教主调教过的徒弟，在西安到扬州一带的武林，排名数一数二。黄天太的哥哥黄天霸，担心黄天太吃亏，在三月之约的期限快要到的前三天，独自一个人到渭河边上的擂台山庄叫阵，扬言要和祁姑姑一决高下。黄天霸虽然是他们兄妹里排行老大，但武艺不是很精，不到三十个回合，祁姑姑一掌过去，拍到了黄天霸的后背，黄天霸"哇"的一声口吐鲜血，昏死过去。黄天太兄妹三个寻不到黄天霸，寻到渭河边上，听过路的人说擂台山庄有个没有名气的黄家老大，寻祁姑姑要与她比个高下，没几个回合就被打得口吐鲜血。一个路人说："真不知天高地厚，一点名气也没有，还找祁姑姑比武，真是找死哩。"另一个路人说："就是的，活腻了找死么。"黄天太上前问："找祁姑姑比武的人,是不是叫黄天霸？"路人说:"不知道叫啥名字,听说是姓黄。"黄天太大叫一声:"不妙。"他用轻功跳到擂台山庄,只见大哥黄天霸口吐鲜血,昏迷不醒。黄天太抱起黄天霸,大声叫着:"大哥,大哥。"黄天霸慢慢地睁开眼说:"别再去找祁姑姑报仇了,我们打不过她和她师父。"黄天太抱起黄天霸,来到高有万丈、势如斧削的悬崖上,像是平地一样的轻巧,到了擂台山庄。总教主还没有出来,祁姑姑抢先一步,说:"你我约定的三月之期还有两日才到,你赶紧回去好好静修两日,两日后你和我再战。"黄天太要给他大哥报仇,说什么也要立即比试。几个照面下来,黄天太败下阵来了,口吐鲜血,但不至于伤到内脏。祁姑姑说:"你还是再回去好好练练去吧,要想报仇,我在擂台山上随时等你。"

黄天太背着黄天霸,回到西安城。这西安城里最厉害的武林高手,就数王二师父了。黄天太之前见到过王二师父,收拾过肉蛋一伙人。那天,肉蛋带着他十几个狗腿子,到西安城里欺负一个老人家和他的孙女。老人家年事已高,行走不便,他十八妙龄的孙女,搀着他到街道里赶集,正好碰到肉蛋,肉蛋见姑娘长得漂亮,想图谋不轨占姑娘的便宜。围观的人都不敢上来,黄天太兄妹们上前阻拦,被肉蛋的手下一顿痛打,兄妹四个敌不过肉蛋的狗腿子。看着黄天太兄妹被打倒在地,肉蛋抬起脚正要踢向黄天太的脑袋,只听肉蛋"哎哟"一声翻倒在地。救了黄天太的,正是陪媳妇买菜的王二师父。王二师父扶起黄天太兄妹四人,说:"这群地痞流氓到处欺压百姓,你们刚到西安城,人生地不熟的,凡事要谨慎小心。"王二师父还说:"你们要是碰到什么困难,就到城西的王二武馆来找我。"

黄天太背着黄天霸到了王二武馆,王二师父给黄天霸号了脉,说:"伤得不轻,我这里的普通药物只能续他的命,要想痊愈,还得到四川的峨眉山上,寻一味千年灵芝,作为药引才行。"黄天霸被打伤的消息传得很快。

黄天霸有个结拜弟兄,是个山东大汉,人高马大,轻功是一流。他来到西安答应到四川峨眉山上寻找灵芝。山东大汉的轻功登峰造极,在天空像是一盏灯,一会儿飘到这里,一会儿飞到那边,只一会儿工夫,就把千年灵芝草的药引拿到了西安城。经过服用王二师父配的药,一个月时间不到,黄天霸就能下地走路跟着王二师父打理一家药馆的事情。兄妹四个拜了王二师父为师,王二师父给黄天太传授了很多化解擂台山庄师徒功夫的拳脚。

五个月以后,感觉身体好了,跟王二师父学得差不多了,就寻思与祁姑姑打擂台。这天,黄天太出了王二武馆不远,感觉背后有人跟着。他躲到一个墙角,他看到跟着他的不是别人,而是肉蛋。肉蛋带了十几个狗腿子,一挥手,把黄天太给围了。肉蛋笑着说:"我以为你们兄妹四个,躲到王二那里不出来了,终于等到这一天了,让我今天好好教训教训你这个不知天高地厚的野小子。"黄天太说:"我还以为是谁呢,原来是一坨狗都不吃的大粪啊。"肉蛋说:"听说你还想到擂台山庄,找我的师父和师妹?你要是想去找她们,得先过了我这一关。"肉蛋一伙人多力量大,黄天太打起来得心应手,三拳两脚就把肉蛋带的狗腿子打得落花流水。肉蛋冲过来,黄天太使了二指禅,在肉蛋涎水窝窝一捣,肉蛋当场没了命。这下可把西安城的老百姓高兴坏了,个个称赞黄天太为民除了一大害。

到了擂台山庄,祁姑姑出来迎战。不到三十个照面,祁姑姑被黄天太一拳打得内脏破裂。她的师父擂台山总教主,走出庄园,双手合十,眼瞪得和灯泡一样大,"呼"地吹了一口气,吐出了一颗铁珠子;又吹了一口气,铁珠子长得跟碗一样;再吹一口气,铁碗变成了铁钟。这铁钟震得人耳朵像针刺一样的疼。黄天太抽出王二师父送给他的宝剑,使着一口气朝着铁钟砍去,铁钟一下子碎成了铁渣渣。总教主见铁钟已毁,心里开始慌起来,还没有发功,就被黄天太使了王家拳一掌击毙了。

看见黄天太一拳打死了总教主,擂台山庄的人,像逃难一样四处逃窜。山庄门口有个小吃摊,摊主上前跪倒在黄天太的面前说:"恩人啊,你得救救我们啊。"黄天太说:"我给我的大哥报仇,不是你的恩人,你赶紧起来。"摊主说:"你就是我的恩人,那个山庄的总教主,在扬州城里杀了人,又抢了很多扬州百姓的钱。没钱的杀了,长得漂亮的姑娘扣留在他的山庄。还有些家里稍微好一点的,全关在他山庄的暗室里,七八十号人哩。"

摊主带着黄天太,找到暗室的入门。在一个阴暗的地窖里,果然有七八十号人关在里面,这些人曾经都是扬州城里的富商。放了富商,摊主邀请黄天太兄妹三个人到扬州府坐上一坐,摊主说:"扬州知府正在四处寻找像恩人一样的武林高手,恩人你心地善良,为人正直,又有一身好武艺,肯定会成为扬州知府里的座上宾。"黄天太说:"我这一身的本领,是王二师父给我教授的。我能不能去扬州,还得回去听听师父的意见哩。要不是师父,我说不定早死在了祁姑姑的手里了。"

富商们回到了扬州,把他们得以解困的经过,给扬州知府大人详细地讲述了一番。扬州知府亲自到西安城里的王二武馆,邀请王二和黄天太到扬州城里,保扬州百姓平安。王二师父说:自己不图名不图利,药馆给黄天霸打理,自己专为百姓看病,能为百姓疗体治伤,是他最大的愿望。他把黄天太推荐给了扬州知府。其实,扬州知府就是冲着黄天太兄妹们来的,这个扬州知府很有水平,把王二师父了解得相当透彻,他知道王二师父不会去扬州城的,请不动王二师父,王二师父会把自己徒弟当中武艺高超的推荐给知府大人。

黄天太在西安城里收拾了地痞肉蛋,到渭河边上的擂台山庄打死了总教主,名声四扬。又受了王二师父的推举,当上了扬州城绿林军的总教头。他们兄妹四个声名远播,王二师父不爱出名,把徒弟们个个都教成了武林高手。自己背着一个药箱进了深山老林,过起了采药看病的生活。后来的人,慢慢也就把王二师父给忘记了,只知道他的徒弟们个个都很厉害。

采录地点:泾源县黄花乡店堡村
采录时间:2021 年 3 月 29 日
讲 述 人:海尚云
采录人员:王文清　陈翠英　咸永红　冯丽琴
文字整理:泾源县文化馆
整理时间:2021 年 9 月 18 日

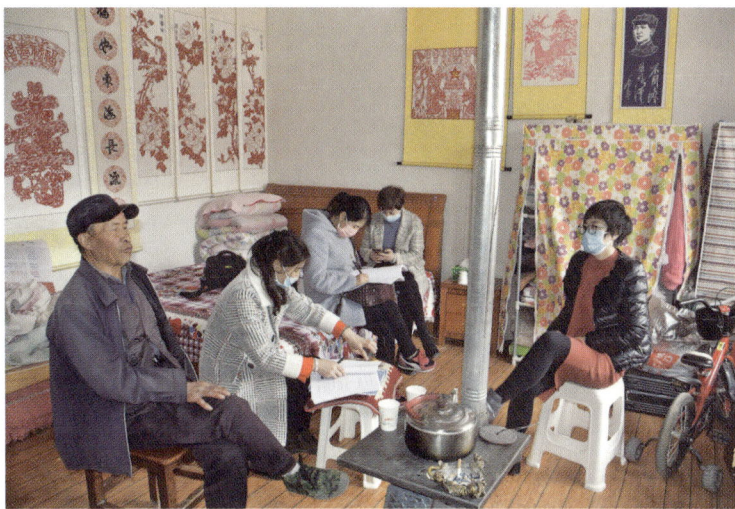

2019 年 11 月 23 日,文化馆非物质文化遗产中心工作人员在六盘山镇东山坡村搜集采录泾源县民间故事。

王祥卧冰

　　很久很久以前,在陕西八府桥附近,有一个王员外家生了一子,起名王祥。王祥三岁时母亲生病去世了,王员外家大业大,后来又娶了一个老婆。王祥和这后母一起过日子,后母心肠很不好,她不仅不关心王祥,还处处刁难他。后母的所作所为,王祥都憋在心里,从不对他父亲说后母的坏话。转眼间,王祥十二岁了。后母心想:"这娃的道行比我的还大,我骂他、打他、为难他,王员外从来没有给我脸色看。"后母心里明白,王祥从来都没给他父亲说半句她的坏话,又想着再好好为难为难王祥,后母就装起病了,背过王员外和王祥吃好的、喝好的;当着王员外和王祥的面,卧床不起,不停呻吟,病重得不得动弹。

　　王员外请了不少郎中,给抓了不少药,吃了都不见效。其实,后母就没吃药,郎中没办法医治。王员外关心地问:"你病了这么长时间,整天不吃不喝,咋能行,你想吃啥?"后母看着王祥站在王员外身旁说:"我啥都不想吃,就想喝点鲜鱼汤。"王祥听了说:"母亲,你等着,我去买鲜鱼。"王祥跑去市场买鱼。

　　善良的王祥哪里知道寒冷的冬天市场没有鲜鱼?大雪纷纷扬扬地下个不停,整个大地白茫茫一片。王祥上街跑下街,下街跑上街,有卖菜卖肉的,就是没有卖鲜鱼的。王祥问一个卖肉的:"大叔,哪里能买到新鲜鱼?"卖肉的说:"三九寒天,哪来的新鲜鱼?你要去江里海里才能捞到新鲜鱼。"王祥问:"江里在哪里?"卖肉的顺手一指说:"一直往前走就能碰到江。"

　　寒风呼呼地吹着,天气特别冷。王祥走啊走啊,来到河边,发现整条河都结冰了。"怎么办?怎样才能钓到鱼呢?"王祥在江边跑上跑下,想不出办法,跑到满头大汗。忽然,他灵机一动:我浑身这么热,不如躺在冰上,用体温融化冰块,这样不就可以钓鱼了吗?想到这儿,王祥急忙脱下上衣,赤裸着上身躺在冰面上。王祥冻得直打寒战,他紧抱着双臂,身子抖个不停,就连牙齿也在不停地打架。但是,一想到用这种方法能够融化冰面,让后母吃到鱼,王祥就紧闭嘴唇,咬紧牙关,躺在冰上一动也不动。过了没多久,王祥的身子就被冻得通红,背部也冻麻木了,肚子冰凉了,很快四肢便不再灵活,牙齿也在不由自主地打架。于是,他翻了个身,趴在冰面上,将肚皮紧贴着冰面。就这样,王祥来来回回翻了好多次身体。又过了一会儿,整个身子失去了知觉。王祥的肉身粘在冰上,冻得大声哭喊。头一声哭喊声太高,惊动了上天,玉皇大帝听见了,对身边一个大仙说:"这人间咋这么大的哭声?谁去看看人间发生啥事了?"这位大仙就去人间查看,大仙站在天空,看着王祥冻得有气无力,第二声哭喊声音小了,惊动了四海老龙王,四海龙王也派虾兵龟将查明情况。

天上的大仙查明情况后,禀报玉皇大帝:"陕西八府桥附近,有一个王员外,所生一子叫王祥。三岁时亲生母亲生病去世了,继母抓养王祥长到十二岁。那天,他的继母卧病在床,想喝一口鲜鱼汤。王祥跑到大街上,猪肉羊肉摆两行,没有个鲜鱼摆集上,王祥觉得事不巧,急忙跑到江岸上。浑身衣衫都脱下,热身子趴在冷冰上。冻得王祥放声哭,头一声哭得太高了,惊动了上天和玉皇;第二声哭得太低了,惊动了四海的老龙王。"玉皇大帝听了后,给四海龙王下令:"赶快把冰雪融化,给王祥把新鲜鲤鱼放出来。"四海龙王在一起商量,这三九寒天,咋能把冰雪融化?最后就把温泉搬到大江里,用温水融化王祥身下的冻冰。王祥开始感觉到冰下面有了一股股流动的温热,忽然,他听见身体下的冰发出"噼啪"的声音,王祥赶紧站起来,盯着冰面。啊,奇迹真的出现了!只见他先前躺卧的冰面上破了一个洞,两条又大又肥的金黄色大鲤鱼"噗"的一声从冰窟窿蹦到了冰面上。

王祥激动得大叫起来:"啊,是鲤鱼!是大鲤鱼!"他连忙穿上衣服,就伸手去捉那两条活蹦乱跳的鲤鱼,抱起鱼跑回了家。

王员外命人把鱼做好,王祥后母喝了新鲜鱼汤,吃了新鲜鱼肉。王祥卧冰求鲤鱼惊动了上天,感动了后母,也治好了后母的心病。从此后,后母对王祥和亲生儿子一样,和睦相处。

搜集地点:泾源县六盘山镇和尚铺村

搜集时间:2017 年 12 月 28 日

讲　述　人:司玉霞

采录人员:王文清　咸永红　王　芳　张　滢　陈翠英　冯丽琴

文字整理:王文清

整理时间:2020 年 3 月 20 日

薛丁山射大雕

相传在很久以前，薛丁山和薛仁贵一个是白虎、一个是黑虎，黑白本就不能和睦。小时候的薛丁山一直和母亲生活，从来没有见过自己的父亲，也不知道自己的父亲是干什么的。

薛丁山从小最爱做的事情就是射大雕，他觉得每射下一只大雕，就能让自己的本事更加厉害一些。刚开始的他，基本射不中，每次都让大雕给逃走了。慢慢地，他也长大了，技巧和本领越来越娴熟，只要看见大雕，都能射下来，有时候还能一箭双雕。他每天很高兴，觉得射的雕越多，自己的本领也就越强。他的母亲不这么想，觉得上天有好生之德，不应该残害那些无辜的生命，母亲经常劝薛丁山少射大雕，想练习本领，可以用别的方法。可是自己的儿子根本不听，母亲也就没啥办法了。

一天，薛丁山准备去别的地方找一找，看看哪里有大雕，他家天空的大雕基本被他射完了，而且现在的大雕基本都不敢从他家的那片天空飞过。薛丁山一直走，一直走，走到一座大山上。他往山头望去，看见山头有几只大雕，他心里高兴极了。原来大雕害怕，都躲到这个地方来了。

薛丁山拉起弓，射了一箭。可是并没有射中，反而把雕吓得四处飞走了。薛丁山看雕飞起来了，立马又射了一箭，箭刚飞出去，一支箭苗飞了过来，他还没来得及躲，就把他给射伤了。他很奇怪，正在他准备给自己拔箭治伤的时候，几个士兵走了过来，问他是什么人？他还没来得及解释，就被带到了一个大将军跟前，他看见大将军也身上中了箭，而且正是他的箭。大将军问道："你为什么要射杀大雕呢？"薛丁山说道："我想练习本领，射大雕能更好地让我练习本领。"大将军说道："你这样想是不对的，大雕也是生命啊！我看你的箭法不错，应该射杀了很多大雕了吧！"薛丁山说道："那是当然了，刚才要不是有人阻挡，我肯定就将大雕给射死了。"大将军说道："刚才是我阻挡的你，为了阻挡你的箭，被你给射伤了。"薛丁山说道："那你不是也把我射伤了吗？"大将军说道："我让士兵带你过来，就是为了让军医给你治伤的。"军医很快给大将军拔了箭，包扎了伤口，又开始给薛丁山包扎伤口。薛丁山问道："你是朝廷的那个大将军吗？怎么跑到这荒山野林里来了？"大将军说道："我是薛仁贵，被人陷害，带领士兵逃到了此地。"薛丁山说道："我母亲说我的父亲也叫薛仁贵，但没说过他是什么人，我也没见过他。"薛仁贵赶紧问道:"你是不是叫丁山,你还有个妹妹叫金莲。"薛丁山说道:"你怎么知道的?"薛仁贵高兴极了,说道:"我就是你的父亲啊!"父子两个相认了。

薛仁贵回家见到了多年等待的妻子和女儿,一家四口团聚了。自此以后,薛仁贵真正地教儿子本领,也禁止儿子射杀大雕。

其实这个故事只是民间流传下来的,告诉我们每一个人,动物也是有生命的,我们要爱护每一个动物,不去伤害它们,尽量去保护它们。

搜集地点:泾源县六盘山镇杨庄村
搜集时间:2018 年 3 月 23 日
讲 述 人:赵志奇
采录人员:王文清　张　昕　王　芳　咸永红　冯丽琴　陈翠英
文字整理:泾源县文化馆
整理时间:2021 年 4 月 22 日

赵志奇　1968 年 7 月出生于六盘山镇杨庄村。

泾源民间故事·人物轶事篇

163

药王撒药

据说孙思邈这个药王的称号并不是皇帝亲封的。传说孙思邈年轻的时候,跟着父亲学医学得不是很精通,父亲去世后,他就继承父亲的营生。在他父亲去世的那一年,他家乡的人得了一种流行的怪病,只要人得了这种病,刚开始浑身抽搐,接着白眼儿一翻脚一蹬就没气了。村里的人和邻村的人慕他老父亲神医的名号来向他求药,情急之下,他随手错抓了一把锯末给病人,结果人肯定是没有救活,而且还砸了他父亲神医的招牌。

为了给父亲争气,也为了能医治好更多的病人,孙思邈到处求学,拜了很多名师,也学到了很高的医术。不过,之前他的医术影响了他的口碑,几乎没有人找他看病,更没有人愿意让他给看病,空有一身本领却没有地方施展。

一天晚上,他一个人孤单地躺在床上,迷迷糊糊地看到一个白胡子老汉慢慢地向他走来,用麻纸一张一张往自己的嘴上贴,他的呼吸越来越困难,他想用力揭去麻纸,可是手上一点力气也没有。挣扎了很久,才挣脱开来,原来只是一场噩梦。醒来的他在问自己:为什么会出现一个白胡子老汉,他是谁?看样子像是个神仙,可神仙为啥要用麻纸一层一层地贴我呢?是不是之前抓错药给别人治病没有治好,那人来索命来的?他一边想一边上山,来到老父亲的坟前,给老父亲上了一炷香,这时从山上下来一个穿黑衣的道士,道士问:"这既不是节气,也不是神医的祭日,你这大中午的来坟前祭拜,不知是啥说法?"

孙思邈说:"其实也没有啥说法。"看着道士有几分仙骨,他把昨晚做梦的事说给道士听,道士说:"那是你的好运到了,用麻纸贴你的嘴巴,就是糊口的象征。"道士掐指又算了一会儿,笑着说:"出了山向北三十里,就有个胡口县,你到那里,或许能一雪你的前耻。"

拜谢完道士,孙思邈也没有回家收拾行李,径直向北走了三十里,摆了三天的摊还是没有一个人上前来问病。孙思邈想着,会不会是道士寻他开心。转眼一想,道士说得有头有尾,看来还得坚持。到了第四天,孙思邈刚摆上摊,街道上的唢呐声由远而近地传来,原来是一支送葬的队伍,棺材路过孙思邈的摊前时,他上前拍了拍棺材,忙说:"快放下。"

"人死抬棺半路不能停。"

"你们抬着一个活人干啥去?"

"活人?你吓唬谁呢?这人都死了三天三夜了。"

"我给你能医活,你信不信?"

"不信,死了三天三夜了,能治活就见鬼了。"

他让抬棺人放下棺材,把棺材打开,拿出一根银针,在死人的人中扎了一针,没过一会儿,那个躺在棺材里的人睁开了眼睛,站了起来,也认出了他的家人,恢复了意识。这下孙思邈的名声传开了,人们又开始称他为神医。神医的名气越传越远,一直传到了长安的皇上那里。那年正好皇上得了一种病,请了天下名医都没看好。皇上派人请了孙思邈,说也是很奇怪,一服药就把皇上的病给治好了。皇上要奖赏他,给他一盘金元宝,他不要;让他当太医院总领事,他不当。这也不要那也不要,可为难了皇上了。皇上问:"那你想要啥?"

"我给别人看病都是分文不收,更何况您是天子,我更不能收。"他说,"你要是真想给我东西的话,那我就要您一件不穿的旧衣裳。"

皇上说:"旧衣裳就旧衣裳吧,赏了。"就让太监把一身不穿的旧龙袍给了孙思邈。孙思邈穿着皇上的旧龙袍从大殿里出来,大臣们还以为是皇上出来了,个个跪地喊"万岁"。待孙思邈走近,他们才知道是跪错了人,有个大臣知道他是来给皇上看病的,随口说了句:"原来不是皇上,是药王啊。"于是,药王的名号从此传开了。

被封为药王之后,药王觉得没有啥病是自己治不了的。有一次,药王行医路过六盘山,看到这里山高水险,交通很是不便,而且山上连一棵草药也没有长。这儿的百姓没钱看病,当然有病了也没有草药治病。有了病,不是求神拜佛,就是"小病靠扛大病等亡"。他想在这里传扬他的医名,便摆起了医摊。一连好多天,一个看病的人也没有。"我不信,这里的人不看病,我也不信,这里的人不求我看病。"

有一天,他来到六盘山的一眼水泉前,看见山泉里有一条黑蛇游动翻滚。他想:这蛇身上有毒,如果有人把毒水喝了一定肚子疼。肚子一疼,他就会找我给他治病。如果他来求我,我一定会给他治。想着想着,果然过来了一个打柴人,背一捆柴,大汗淋漓,到了泉边,他把柴放下,趴下就喝泉水,然后顺手掏出两瓣红蒜吃了,缓了一会儿,安然无恙,药王见他肚子没痛,便好奇地问:"你喝凉水,为什么还要吃蒜?"打柴人掏出两瓣红蒜,说:"虽然这水里时常有长虫,长虫游过的水里有毒,可吃了蒜就能够解百毒,可保日行万里无事。"说完,他又背起柴走了。

药王看着渐渐远去的打柴人,心里非常地失落,他想:"我尝遍了百草药,才制成了这些解毒百药,没想到自己几十年的工夫就叫砍柴人的两瓣红蒜给废了。"他越想越气,一气之下,打开百药箱,把药材全部撒到山上了。所以,至今六盘山的药材齐全,种类繁多。为了感谢药王对六盘山撒药的功德,人们在六盘山腰上盖了座"药王庙"纪念他。

搜集地点:泾源县大湾乡瓦亭村
搜集时间:2017 年 11 月 16 日
讲 述 人:张　杰
采录人员:王文清　王　芳　咸永红　冯丽琴　陈翠英
文字整理:泾源县文化馆
整理时间:2021 年 1 月 15 日

张　杰　1953 年
6 月出生于大湾乡瓦
亭村。

药王医弟

药王孙思邈年轻时并不得势,那时他的医术很高明,但是不得势。村子里的人病重了找药王看病,将死之人神仙也救不了,慕名来找药王的大多是病得不能治的人,药王给把病看了,这些人大多还是死了,人们传言说药王看病,一看一个死,吓得人都不敢去看病了。

药王有次路过村庄,他的表弟正在给家里盖房。表弟想捉弄一下药王,就假装有病让药王给他看看,想见识药王的医术到底有多高明。药王孙思邈快要走到他家时,表弟从房顶上跳到了地面上,抱着肚子嚷着说肚子疼。药王走近表弟,看了看眼睛,又把了一下脉,摸了一下肚子,说道:"你没得救了。"表弟哈哈哈地大笑起来,说道:"孙思邈啊孙思邈,人们都说你这个药王是假的,我今天才算领教过了,你果然是个假的药王。我明明好好的,在这装病戏弄你呢,你还说我快要死了。"药王并不言传,摇了摇头转身就走。没走一会儿工夫,表弟突然捂着肚子大叫起来,不一会儿就咽了气。

原来,表弟在房顶上盖房,尿有点胀,他从房顶上往下一跳,挣扎了一下把膀胱给挣破了,那时候医学还不是很发达,不能破肚做手术,膀胱破了以后只能等死了。自此之后,村子里的人不敢再说孙思邈是假药王了。后来,药王碰到了一个难产的女人死了,众人抬着要去埋,被药王给救活了,药王的名声大振,传到了唐王那里,给唐王看好了病,唐王李世民给封了药王的称号,并且在太医院行走。唐王东征的时候,药王随着唐王南征北战哩。

搜集地点:泾源县六盘山镇和尚铺村

搜集时间:2017 年 12 月 28 日

讲 述 人:李春生

采录人员:王文清　王　芳　咸永红　冯丽琴　陈翠英

文字整理:泾源县文化馆

整理时间:2021 年 3 月 14 日

泾源民间故事·人物轶事篇

167

夜 明 珠

在古代有一个丞相,他因为机缘巧合得到了一颗夜明珠,他对这颗夜明珠爱不释手,每天一有时间就去摸一摸,看一看,然后向周围的人炫耀一番。慢慢地,知道的人也就多了,都知道他有一颗无价之宝夜明珠,很多人也就开始羡慕嫉妒,慢慢地,开始产生了觊觎之心。

这天,丞相下了早朝,去看自己的夜明珠,可是翻开宝盒一看,夜明珠不翼而飞了。丞相心里承受不了,一病不起。丞相可是皇上的得力助手,为了江山社稷,也为了能帮助丞相早日痊愈,皇上就让张贴皇榜招纳能人志士为丞相找寻夜明珠。谁如果能找到丢失的夜明珠,就给谁高官厚禄,享不尽的荣华富贵。

许多人看见都围上去看皇榜,"丞相夜明珠丢失,招纳能人志士"。街上的小乞丐看见那么多人围着看什么东西,也挤上前去看个究竟。当小乞丐刚挤到前面,大风一吹,皇榜就掉了下来,小乞丐赶紧伸手去接,没想到皇榜就刚好落在他手里。

众人看见小乞丐揭了榜,纷纷喝彩,说小乞丐要帮丞相找夜明珠了。小乞丐才知道自己干了错事,他哪里知道丞相的夜明珠被谁偷了,他连夜明珠是扁是圆都不知道。

侍卫看见有人揭了皇榜,赶紧去查看,小乞丐心想这下完了。侍卫让小乞丐一同去丞相家中,寻找夜明珠。小乞丐想反正也是死,跟着去吧!走在半路,看见一位算命先生,就过去问算命先生,你知道夜明珠是扁是圆,算命先生说道:"夜明珠当然是圆的,怎么可能是扁的呢?"小乞丐就走到一个面摊,仗着侍卫在自己旁边,向老板要来了一些面粉和水,将面粉弄成了一个圆疙瘩,装进了兜里。

来到了丞相面前,丞相一看是个小乞丐揭了皇榜,觉得他肯定找不回夜明珠。就问道:"你一个小小乞丐,可知夜明珠是扁是圆?"小乞丐想着他问过算命先生,说是扁的还是圆的呢,因为没有见过高官,被丞相一吓,他更记不起来了。他突然想起,当时算命先生给他说了,他弄了个面疙瘩不是放兜里了吗,拿出来一看不就知道了吗,面疙瘩在路上被压过变成扁的了,小乞丐也就没多想说道:"是扁的"。众人一听都偷笑起来,丞相更是气得不行,连夜明珠是扁是圆都不知道,竟然敢来欺骗本相。"来人呀,拉下去斩了"。小乞丐一听吓得半死,连忙说:"我虽然不知道是扁是圆,但是你可否给我三天时间,我如果三天内找不到,你再杀了我不迟啊!"丞相说道:"好,本相给你三天时间,你给我找不到夜明珠,我定不饶你。"小乞丐一听,心里默默想,反正怎么都得死,迟死总比早死好。

三天时间很快到了,小乞丐吃香的喝辣的,觉得就算死了也值了。很快,丞相的两个家丁来接小乞丐。小乞丐和两个家丁一边走一边说话,问道:"你们叫什么名字呀?"家丁回答道:"我叫张三,他叫李四。"很快到了丞相房里,丞相问道:"你可查出来了?"小乞丐看了一眼张三和李四,想到自己反正得死,乱说吧,然后就开口说道:"我查出来了,不是张三,就是李四。"

张三和李四吓得赶忙跪下,丞相说道:"还不赶紧如实招来。"张三说道:"因为我俩每天看着夜明珠,夜明珠闪闪发光,又听见一些官员讨论夜明珠的价值,实在忍不住就偷了夜明珠。"小乞丐没想到自己随口一说,竟然找到了真凶,心里别提多高兴了。丞相说道:"赶紧说,你们将夜明珠藏在了哪里?"李四说:"我们兄弟俩因为害怕被别人发现,晚上将夜明珠藏在了我们住的房屋上面的瓦片下面,用布包起来了。"丞相听见了,赶紧命令侍卫去找,不一会儿,找到夜明珠了。丞相高兴不已,连忙向小乞丐道谢,说道:"没想到你还有如此才能,是老夫有眼不识泰山。"小乞丐听见丞相夸自己,心里想着,我这是撞了狗屎运了,乱说也能说准。

因为小乞丐帮丞相找回了夜明珠,皇上对小乞丐赞赏有加,给他封了官。而丞相也给小乞丐很多金银珠宝,小乞丐因为机缘巧合过上了富足生活。

搜集地点:泾源县黄花乡下胭村

搜集时间:2017 年 10 月 22 日

讲 述 人:李彦华

采录人员:王文清　咸永红　冯丽琴　陈翠英　王　芳

文字整理:泾源县文化馆

整理时间:2021 年 1 月 27 日

有计不在年高

很久以前,有一个70多岁的老头,他从一个桥上走过,刚走到桥中间,就听见桥下面有人在喊救命,老头以为自己听错了,没走两步又听见有人在喊救命,老人心想,这是不是有人困到了桥洞下面,老头循着声音来到了桥下面,四处查看也没看见人,老头感到很疑惑。正当老头要上桥的时候,有人说话了:"你快救救我,我在瓶子里面呢!"老头一看,真的有一个瓶子,就说:"你怎么会跑到瓶子里面去了,你不会是妖怪吧!"瓶子里的人说道:"我不是妖怪,我是被人害死了,坏人将我的灵魂给装进这瓶子里面了。"老头一听,这也是个可怜人,就问道:"那我怎么放你出来呢?我看这瓶子口被封上了。"瓶子里面的东西说道:"没事的,你只要将瓶子口上面的塞子取下来我就可以出去了。"老头听了,就将瓶口上面的活塞拔去,瓶子里的东西被放出来了。然而出来的是一只大妖怪,老头吓傻了。妖怪说:"你这老头也太笨了,骗你你就信了,你把我放出来了,我现在要吃了你。"

老头吓得赶紧往桥上跑,没跑两步就被妖怪抓住了,老头大喊救命。这时,正好有一个去学堂上学的小孩子听见了救命声,他跑到桥下面看见一只大妖怪正要吃一个老爷爷,小孩喊道:"你个妖怪,你赶紧放了老爷爷。"老头急忙对小孩说:"你赶紧跑,不要过来。"妖怪一看这个小孩胆子挺大的,看见它不跑,还让它放了老头。妖怪问道:"小屁孩你不怕我吗?"小孩回答道:"我才不怕你呢,我比你厉害,为什么要怕你呀!"妖怪听了有些好奇,说道:"你为什么比我还厉害,难不成你也是妖怪?"小孩说道:"那是当然了,你别看我是个小孩,我道行可比你深。"老头一听完了,今天还碰见两只妖怪。妖怪说:"我才不信呢,天下就没几个妖怪比我厉害。"小孩说道:"你是从哪里出来的?"妖怪说:"我是从这瓶子被放出来的,一个道士把我抓进这瓶子了,我骗老头把我放了。"小孩说道:"那咱俩要不进去瓶子里比试比试,在外面比试万一被那些道行高的人抓去就不好了。"妖怪一听觉得有道理,也想一较高低。就钻进了瓶子,刚进去就喊道:"你赶紧进来比试。"小孩捡起活塞,将瓶子给封住了。妖怪一看自己被骗了,大声喊道:"你到底是什么妖怪,我饶不了你。"小孩说道:"我才不是什么妖怪呢,我是人,你个笨蛋妖怪。"小孩将瓶子放进水里,水将瓶子给冲走了。

老头都惊呆了,问道:"你不是妖怪吗?那你为什么要说你是妖怪呢?"小孩高兴地说:"我是为了骗它,这样我就能救您了呀。"老头感叹道:"我活了70多岁了,不如你一个小孩聪明有智慧,真的是有计不在年高,无计办事难成啊。"

搜集地点:泾源县黄花乡店堡村
搜集时间:2017 年 11 月 6 日
讲 述 人:杨彩兰
采录人员:王文清　咸永红　冯丽琴　陈翠英　王　芳
文字整理:泾源县文化馆
整理时间:2020 年 11 月 17 日

2017 年 10 月 27 日,文化馆非物质文化遗产中心工作人员在黄花乡搜集采录泾源县民间故事。

朱买成休妻

很早很早以前，相传有一个人叫朱买成，夫妻俩靠打柴为生，吃穿困难，日子过得很清贫，也很艰辛，妻子常常唠叨埋怨朱买成没本事，心里很窝火。

有一天，朱买成在砍柴回家的路上遇见一算命先生。算命先生告诉他："再过七年，你会有四十年的宰相位的生涯，生活会变好的，荣华富贵会接踵而来。"算命先生走后，朱买成想了想，摇摇头，也没当回事就回家了。回到家，妻子又哭又闹，说："家里已经无米下锅，要饿肚子了。今天你写休书，把我休了，我走，我出去闭着眼睛都能找一个有本事的好男人，肯定比你强。"朱买成一着急，就把在路上遇见算命先生的事说了一遍。妻子说："算了吧，我不信，你穷成这个样子了，哪还能成为什么宰相？还要再过七年，我现在一天都不想跟你过了。"朱买成再三请求，妻子还是执意要他将她休了。朱买成一气之下咬破食指，写下休书一封，说："那好，你过你的好日子去，现在你走了，七年后可别后悔了。"妻子见休书已写好，就算休妻了，她收拾好自己的一些东西，将就到天刚麻麻亮就离开了。

不知朱买成这七年是怎么过来的，妻子自从离开朱买成后，走投无路，受人嫌弃，过上了流浪要饭的日子。说出去的话，泼出去的水，覆水难收，她比之前在家过得更不幸，等后悔也为时已晚。

朱买成倒还好，苦守三亩田，一年下来还能积攒点儿粮食，苦是苦，但比到处要饭强多了，他也有过找回妻子的想法。可是，几年过去了，也不知妻子流落何处。

七年后的一天，锣鼓喧天，张灯结彩，一队人马停在朱买成的家门口，钦差大人宣旨接朱买成去朝廷赴任宰相。只见身穿官衣头戴官帽的朱买成，得意扬扬地骑上挂彩的大马、前呼后拥地经过一座又高又长的大桥的时候，朱买成老远就看见一个拄着拐杖、破衣烂衫的妇女正在路中吃着捡来的干馒头，这挡道的妇人头发又乱脸又脏，是哪里来的乞丐？貌似有些面熟。越走越近，没想到她正是当年被休的妻子，正要搭话，那妇人似乎也认出了朱买成，看来两人还是有缘。朱买成本想挽回妻子，不跟妇人一般见识，也没有想要讥笑她的意思。还没等朱买成下马走近，没料到那妇人突然飞奔桥边，一头栽下了桥，自杀了。没有人阻拦，也没来得及阻拦，就这样，朱买成的妻子死了。众人以为这个乞丐是个疯婆子，受到了惊吓，失足坠桥身亡。朱买成当时心里一震,没想到七年后妻子都变成乞丐了,还那么任性,是怕自己没面子才自寻短见。朱买成没有声张,眼泪却往肚子里咽,心里埋怨自己,没能把这个女人救下,留在自己身边,她的心思太重了,太好面子了。朱买成下令将这妇人尸体掩埋后,方才奔向朝廷,当时谁也不知道此坠桥妇人就是宰相前妻。

后来,朱买成做了当朝宰相数十年,后半生的生活水平和地位都提升了,却再也没有娶过妻子,终老一生。

搜集地点:泾源县黄花乡羊槽村

搜集时间:2017 年 10 月 23 日

讲 述 人:吴万全

搜集人员:王文清　冯丽琴　咸永红　陈翠英　张　昕　张　滢

文字整理:冯丽琴

整理时间:2019 年 10 月 18 日

2019 年 11 月 23 日,文化馆非物质文化遗产中心工作人员在六盘山镇东山坡村搜集采录泾源县民间故事。

朱文进的故事

朱文进和母亲一起生活。朱文进上京赶考的时候,杨连认他为干儿子。朱文进考完试回来后给母亲说:"娘,杨家认我做了干儿子。"朱文进母亲气愤地说:"杨家把你爹害死了,把咱们一家人都害了,你竟然认贼作父!"母亲气得没办法,就说她不认朱文进了。

朱文进和杨连去考官,走上一座独木桥,朱文进的母亲正在桥上往过走,他们擦肩而过,朱文进看见母亲并没有相认。母亲倒是急得一把抓住了朱文进,朱文进害怕杨连看见,一把把母亲从桥上推下去,想着把母亲淹死了,以前的事再无人知晓,然后甩袖而去。

朱文进母亲身上有颗夜明珠,她掉进水里之后,得到了夜明珠的保护,漂浮在水上,没有淹死。

有一个叫胡三的小伙子,从小是个孤儿,家里也没有什么人。就他一个人孤苦伶仃地靠杀猪宰羊维持生计。这天,胡三着急上大集市上去做买卖,路过这座独木桥时,听见桥下面好像有声音,他站定仔细一听,果真桥下有喊"救命"的声音。胡三跳下水把朱文进母亲救了上来。胡三问:"老人家你家里有啥人,我把你背上送回家。"朱文进母亲说:"我家里没有人,就我一个人。"胡三说:"老人家,我没有爹娘,孤苦伶仃地一直是一个人过着,我把您老人家背回去,你就是我娘。我养活你,你照顾我,有我一口饭,就有您老人家一口饭。有我养你,有你照料我,咱们相依为命。"朱文进母亲说:"能成!"胡三就把朱文进母亲,救回去给他当了母亲。

其实朱文进母亲还有一个女儿,女儿四处打听,找自己的母亲。后来,打听到母亲跳水了,女儿今天也来到人们传说母亲跳水的桥上,心想:我母亲死了,没人照顾我了,我活着还有啥意思,不如一死了之,想到这里,便一头跳了下去。刚把朱文进母亲安顿好,返回来的胡三碰巧这时候走到了桥边,看见一个年轻姑娘跳水了,赶忙跳下去把她救了上来。胡三问姑娘说:"姑娘你年纪轻轻的为何要轻生?"姑娘说:"我母亲跳水淹死了,谁来照顾我,我不如死了算了!"胡三说:"姑娘,我说句话你也别生气。你走我家走,我是个单身汉。"姑娘"啪"地迎面扇了胡三一巴掌。胡三说:"我话还没说完呢,你打我干啥?我家里有个老母亲,我母亲老了,我每天起早贪黑去挣钱,没人伺候我母亲,你到我家陪着我母亲,照顾我母亲。给我们洗衣做饭,我挣钱养活你们,有你照顾我老母亲,我放心。这话还没说完,你就打我。"姑娘说:"如果是伺候老人,我愿意去。"

胡三把姑娘领回家,母女相见,姑娘一看竟然是自己的母亲。朱文进母亲就给女儿说:"你哥哥认害死你爹、害我们全家的杨连做父亲,给杨连当了干儿子。今天早上,我想到城里去求签,路过那座桥时,碰见你哥哥和杨连过来了。我一喊你哥哥,没想到朱文进这个大逆不道的东西,竟然趁机一把把我推下水。胡三是个好人,他救了我,又救了你,你给他当个妹妹母亲也愿意。"

过了一段时间,皇上张榜献宝。

这天,胡三出门时,朱文进的妹妹说:"哥哥,你的鞋太烂了,你今天出去,记得买上一张纸回来,我剪双鞋样子,给你做双新鞋。"胡三说:"不用了,我这脚太大,哪有这么大的纸,让你剪鞋样啊!"朱文进妹妹说:"不管多大的纸只要你能拿回来,我就能想办法把鞋样剪好。"

胡三走在路上,看见墙上贴着一张大纸,他不识字,用手一摸,这纸又厚又结实。胡三高兴地想:这个纸真不错,拿回去让我妹妹给我剪鞋样正好,又大又结实!胡三就把这张纸揭了下来拿走了。第二天,衙役到胡三家里来要宝,说:"把宝珠交出来!"胡三说:"我一个靠杀猪宰羊维持生活的穷人,哪里有宝珠啊,我没有!"衙役又说:"不是的,把宝珠交出来!"胡三说:"我家后院的猪,一个一个都喂得很饱,你随便挑!"衙役说:"既然没宝,你为啥揭皇榜?你揭了皇榜没有宝,就是犯了欺君之罪,犯了杀头的罪!"胡三说:"我是真没有宝啊!我不认识上面的字,就把它给揭了,我不知道那是皇榜啊!"衙役说:"现在我们只好带你走,你犯了死罪,带你去杀头!"胡三说:"你们稍等一下,我还有个老母亲和妹妹,我给她们打声招呼,不然,我走了她们都不知道,我走了她们都没啥吃,没人管。"衙役同意了,胡三进屋给老母亲跪下说:"母亲,我不知道把献宝的皇榜当纸揭了,看那纸又大又厚又结实,想拿回来让妹妹给我剪鞋样呢。现在官家来要宝我没有,人家说我犯了欺君之罪,要拉我去杀头呢。我死了你和妹妹没人照顾咋办呢?"朱文进母亲问明原因后,就给女儿说:"快去把夜明珠拿来!"朱文进的妹妹把夜明珠拿来,正是官府要找的宝。这就要给献宝的人封官了,胡三成状元了。

胡三坐上了官轿,路过朱文进母亲被推下水的那座桥时,遇见了杨连和朱文进。朱文进说:"怪不得我家的夜明珠不见了,原来是胡三杀了我母亲!抢了我家的宝!"朱文进就堵住胡三的轿子说:"我爹死了以后,我家的宝我母亲拿着呢,你把我母亲杀了,把我家的夜明珠拿去了!"胡三说:"我一没偷人,二没杀人,这宝是我母亲给我的!我在哪里杀你母亲了?"随行的陈国老就说:"只要去把胡三母亲叫过来,这事就好办了!不知道你母亲在哪里呢?"胡三说:"我母亲就在我家,在豆腐房里。你们去了慢一点稳一点,好好给我母亲说,不要把我母亲吓着了。我母亲老了,千万别吓我母亲!"

衙役们把朱文进母亲叫了过来,当着大家的面,陈国老问:"老人家,朱文进说这颗夜明珠是他家的,胡三说这夜明珠是他母亲的。那这颗夜明珠到底是谁的?"朱文进母亲说:"这颗夜明珠是我的!"陈国老又问:"胡三和朱文进都说你是他母亲,那究竟胡三是你亲儿子呢?还是朱文进是你亲儿子?"朱文进母亲说:"胡三是我亲儿子,朱文进是个谁我不认识!"陈国老又问:"听说你被人推下水,要淹死你,是谁把你推下了水?又是谁把你救了呢?"朱文进母亲伤心地说:"推我下水的是狼心狗肺的朱文进!救我的是我的亲儿胡三!"陈国老当即命人绑了朱文进,押去大牢等候处决。

胡三做了官以后,把朱文进母亲和妹妹接到自己的官府,悉心照顾,一家人日子越过越好。

采录地点:泾源县六盘山镇和尚铺村
采录时间:2020 年 12 月 14 日
讲 述 人:石海兰
采录人员:王文清　陈翠英　王　芳　咸永红　冯丽琴　张　滢
文字整理:泾源县文化馆
整理时间:2021 年 8 月 14 日

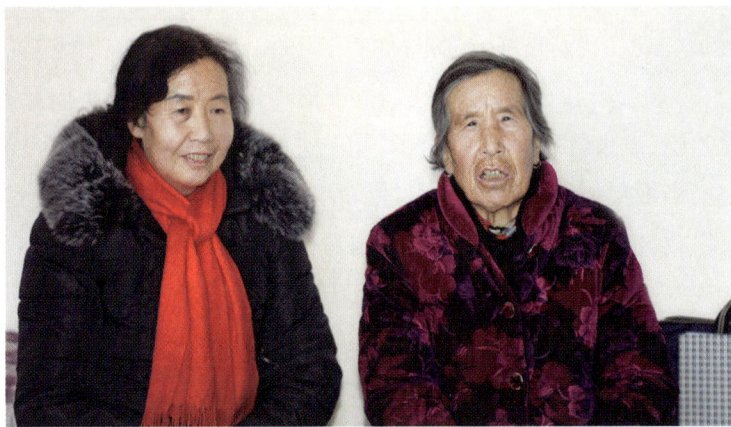

2020 年 12 月 14 日,石海兰(右一)在泾源县六盘山镇和尚铺村漆效文家中讲述泾源民间故事。

除非己莫为

　　宋朝时期,朝廷可以说是有两派,一派是以石大人为首正义的忠臣;一派是以薛太师为首邪恶的一方。

　　这一年春季进行了科举考试,宋慈顺利考取了状元,他在朝廷也算有了自己的一席之地。而薛太师在朝廷凭着皇帝的恩宠,一手遮天。他想要拉拢新状元郎宋慈,于是请求皇帝下旨,将他女儿许配给宋慈。就这样宋慈和薛太师成了岳父和女婿的关系,薛太师本以为通过这种方式,可以将宋慈揽到自己的队伍当中。可是他却不清楚宋慈是一个清正廉洁的人。宋慈的理想就是当官要为百姓办事,绝不徇私枉法,用自己的能力为百姓办实事。所以从实质来看,宋慈是正义的一方。而薛太师确实是恶的一方,他们永远不会有交集,就像两条平行线。薛太师作为朝廷的二把手,能爬到今天这个位置,绝对有着过人之处。虽然他们两人都有过人之处,可惜因为站队不同,最终还是刀剑相向。

　　薛太师在朝廷中可谓权倾朝野。但是朝廷中还是有一些刚正不阿的好官,他们不会屈服于薛太师的魔爪中。而薛太师为了稳固自己的地位,使自己从此高枕无忧。他就开始祸害这些大臣,除掉他的眼中钉,其中一些大臣死状惨不忍睹。为了掩盖自己的罪行,薛太师让手下把证据毁灭得一干二净,并且买通了相关的大臣,替自己掩饰罪行。这些大臣的死亡,一直没人能查出原因,这些案子被搁置了,成了千古奇冤。

　　善恶到头终有报,这一次薛太师将自己推上了绝路。其实薛太师风流成性,他是一个很会掩藏的人。有一次,他将一位妇人强暴并且抛弃了。很不幸的是,这位妇人怀孕了,这个孩子怎么可能被容于世呢? 这位妇人不忍孩子被杀害,她就偷偷抱着孩子逃跑了,在逃跑途中遇到贵人,就像是上天的眷顾。她遇到了朝廷中有声望的石大人收留。在石府他们娘俩居住下来,一来二去石大人看上了这个妇人。他们有着很多相同的爱好,就像是彼此的知己。石大人对妇人表达了自己的爱慕之情,妇人也接受了。就这样,他们相濡以沫地一起生活了很多年,一家人过得很幸福,石大人也帮着妇人养大了这个女孩。

生活总是充满变故和意外,而这妇人逃走后,薛太师还认为这母女是他的祸患,到处派人打听,派杀手取两人性命。薛太师终于得知了娘俩的消息,才知道娘俩一直藏身于石府,真是最危险的地方,也是最安全的地方。他让手下暗杀了石大人,并且将自己的孩子也杀死了。石大人全家被害的消息传到了皇宫,皇帝甚是大怒,一名好大臣就这样死于非命了。于是,皇帝下旨让宋慈彻查此案,并且将凶手缉拿归案。宋慈为了查出幕后黑手,也是煞费苦心。但是皇天不负有心人,终于一切水落石出。宋慈为了正义,将自己的岳父收押大牢。在开审前,宋慈来到大牢,看望自己一直敬重的岳父。没想到岳父满口的仁义道德,其实是一个披着羊皮的狼而已。宋慈很愤怒!薛太师说道:"宋慈,我还是很高兴有你这样一位正直的女婿,其实你挺像年轻时候的我。可惜我被名利权力欲望冲昏了头脑,陷入名利场的漩涡越陷越深,无法走出漩涡了。"宋慈听了岳父的一番懊悔之言,也是深表理解。毕竟在这个尔虞我诈的官场中,想立足就得有最高的地位和威望,这也是很多官员无法摆脱的宿命吧。

第二天,薛太师被押上了法场被处以斩立决。临终前,他流下了忏悔的眼泪,并且说道:"我这辈子最后悔的事,就是利欲熏心。杀害了自己的女儿和自己的恩人。"宋慈听完后直摇头,并且感叹道:"问权财为何物,只教人最痴狂,为此世人皆可抛,可悲可叹。"

这正是:莫要人不知,除非己莫为。

采录地点:泾源县黄花乡羊槽村

采录时间:2017 年 10 月 22 日

讲 述 人:吴万全

采录人员:王文清　陈翠英　王　芳　咸永红　冯丽琴

文字整理:泾源县文化馆

整理时间:2021 年 10 月 7 日

后 记

泾源县文化馆研究馆员　王文清

　　《泾源民间故事》这套丛书是在上级文化旅游部门的高度重视和泾源县委、县政府的大力支持下,文化馆(非物质文化遗产中心)全体人员经过六年多时间的不懈努力,终于付梓。欣喜之余,如释重负。

　　泾源民间故事是目前泾源县唯一的国家级非物质文化遗产代表性项目。回想文化馆非物质文化遗产中心起步时非常艰难,没有一个非物质文化遗产代表性项目,没有一位传承人,更没有一份原始资料,我们是从一张白纸开始,克服一切困难,进村入户,对泾源非物质文化遗产项目进行全面普查、登记。截至 2022 年年底,成功申报国家级非物质文化遗产代表性项目 1 项,自治区级非物质文化遗产代表性项目 11 项,自治区级传承人 20 名,自治区级传承基地 3 处。固原市级非物质文化遗产代表性项目 16 项,传承人 45 名,县级非物质文化遗产代表性项目 42 项,传承人 128 名。

　　《泾源民间故事》丛书的整理出版,是全力打造一系列泾源文化遗产工程的一个环节。其宗旨是搜集挖掘、整理和发展泾源民间文化,探寻文化源头、弄清文化背景、理清文化脉络、做好文化课题,构筑泾源文化精品体系,提升泾源文化品位,统筹经济和社会全面发展,共塑泾源新的文化品牌。这套故事集既是民间故事鉴赏的精品,又是研究六盘山地区民俗学、文化学、语言学、伦理学和社会学的宝贵资料。泾源虽说县小人少,但泾源的文化底蕴非常丰厚,流传较广的济公和尚修炼于延龄寺,道教名人广成子修炼于白云山。李白、王维等历代诗人对泾源都有精彩的描述,《西游记》《柳毅传书》《封神演义》等撰述了泾源神秘的龙文化。泾源民间故事不仅数量多,种类也比较齐全,有幻想故事、生活故事、寓言和笑话。其中,幻想故事中又有动物故事、精灵故事、鬼怪故事和宝物故事,生活故事中又有机智人物故事、聪明媳妇故事、财主与长工故事和其他生活故事,笑话中也是嘲讽笑话、幽默笑话和诙谐笑话并存。它们或表现人与人之间的矛盾,或书写人们的生存困境、或描写人类美好愿望、或赞美美好品质、或鞭挞丑恶行为,都比较真实地反映了泾源人民的生产生活的渊源。

　　《泾源民间故事》丛书是县文化馆非物质文化遗产中心的同仁们经过六年时间的

采访搜集、挖掘整理,采录民间故事1440篇,约200万字。这当然不是泾源民间故事的全部,而只是其中的一部分,遗憾的是,泾源民间故事不能全面搜集挖掘整理,更为遗憾的是,有好多民间故事讲述人已经故去,使一些非常珍贵的传说故事彻底消失,不得不令人怅然若失。今天能出版这套《泾源民间故事》,责任重大,意义深远,可以把流传在人们口头的和散落在民间资料中即将消失的民间故事,用文字、图片、音频、视频等方式保存下来,这是一份弥足珍贵的文化遗产,这是一件泽被后代、功德无量的大好事。这些民间口头文学作品不仅彰显泾源浓厚的文化底蕴,也是打造文化泾源品牌的需要,而且对于弘扬民间优秀传统文化具有重要的现实意义。

在这次对泾源民间故事的搜集整理过程中,我们采录了好多宝贵资料,得到了很多民间故事讲述人的大力支持,他们是姚治富、漆效文、杨彩兰、李凤鸣、田秀莲、马宝珍、杨德山、海尚云、马宝珍、马爱萍、柳碧元、杨生忠、李强、司玉霞、李华、赵海江、金素花、何生莲、姚慧琴、张进元、刘焕章、魏国斌、陈福才等,他们年龄最小的也都六十多岁,最大的八十多岁,泾源民间故事濒临灭绝,抢救保护泾源民间故事责任重大。这些讲述人在民间故事的传承过程中,并非每一个人都具有创造和传播民间故事的能力,那些见识广、记忆好、说话巧的人才是民间故事传承的主要群体。这些人长期扎根在人民群众当中,与民间乡土血肉相连,练就了超强的讲述能力。他们了解群众的好恶,明白群众的情感,能积极主动地吸纳民间故事,并融入自身的知识积累和生活体验,形成独具特色的讲述风格。这些讲述人通常具有鲜明的个人风格和出色的创编能力,能触类旁通,将戏曲、传说、歌谣等不同的民间文学与故事结合在一起,并融入自己的人生感悟,使得故事情节更加丰富、立意更加深刻。

《泾源民间故事》丛书所有入选作品都在地区、民族、内容、风格、类型等方面有代表性。对于内容相近的作品,注重质量,精选了其中较完整、较有特色的篇目。所有故事都具有一定的趣味性和吸引力,形象生动,情节曲折,语言精炼,充满正能量和具有教育意义。

《泾源民间故事》丛书在挖掘、搜集、采录、整理、统稿、编校等工作中,首先感谢泾源县文化馆非物质文化遗产中心的同仁们,感谢阳光出版社的编辑对丛书的认真编校。还要感谢固原市委宣传部对这套丛书的认真审核,还有固原博奥彩色印刷有限公司全体员工认真负责和精美印制。正是因为有这么多人的共同努力,才使《泾源民间故事》丛书得以出版,相信这套民间故事,会对传承民间优秀文化、研究地方史、文化史、民族史等,产生积极而深远的影响。

2023年5月30日